C'EST ARRIVÉ UN JOUR
Tome III

ŒUVRES DE PIERRE BELLEMARE
et JACQUES ANTOINE

Dans Le Livre de Poche :

LES DOSSIERS EXTRAORDINAIRES DE PIERRE BELLEMARE.
LES NOUVEAUX DOSSIERS EXTRAORDINAIRES DE PIERRE BELLEMARE.
LES DOSSIERS D'INTERPOL, tome I.
LES DOSSIERS D'INTERPOL, tome II.
LES DOSSIERS D'INTERPOL, tome III.
LES DOSSIERS D'INTERPOL, tome IV.
LES DOSSIERS D'INTERPOL, tome V.
LES AVENTURIERS.
LES AVENTURIERS *(nouvelle série).*
HISTOIRES VRAIES, tome I.
HISTOIRES VRAIES, tome II.

PIERRE BELLEMARE
présente :

C'EST ARRIVÉ UN JOUR, tome I.
C'EST ARRIVÉ UN JOUR, tome II.

PIERRE BELLEMARE
présente

C'est arrivé un jour

Tome III

TEXTES DE
MARIE-THÉRÈSE CUNY
JEAN-PIERRE CUNY
JEAN-PAUL ROULAND

ÉDITION N° 1

© Édition n° 1, 1980.

1

LA BEAUTÉ DU DIABLE[1]

15 mars 1944 : depuis quatre ans, Roger Chaumel est pilote de bombardier dans la R.A.F. Il a d'abord fait la campagne de France, puis, après la défaite, il a été un des premiers Français à rejoindre Londres pour s'engager dans l'aviation anglaise.

Depuis, il accomplit sans relâche ses missions de bombardement. Une tâche obscure, qui ne procure pas la célébrité, réservée aux pilotes de chasse, mais qui est tout aussi dangereuse... Parfois, il lui arrive de penser à son lointain pays dont il est sans nouvelles depuis longtemps, Alger, et à sa femme Monique qu'il a laissée là-bas.

Cette nuit-là, l'objectif de Roger Chaumel est le nœud ferroviaire d'Amiens. Dès le début, l'opération s'annonce mal. La D.C.A. allemande est particulièrement dense. Mais il faut descendre au plus

---

1. Afin de préserver l'anonymat de certains héros de ces histoires, les auteurs ont parfois changé les dates, les noms de lieux ou de personnes. (Note des Auteurs.)

bas pour avoir les meilleures chances d'atteindre la cible.

Brusquement, il y a un choc violent, un éclair et puis, une sensation de chute libre. Roger Chaumel a juste le temps de se dire qu'un obus vient d'emporter une aile et c'est le trou noir.

Quand il reprend conscience, il est sur un lit d'hôpital, et la première chose qu'il voit, ce sont des uniformes allemands, il est prisonnier. Dès que ses forces le lui permettent, il se redresse un peu sur les coudes. Pourquoi faut-il qu'il y ait un miroir, au-dessus d'un lavabo sur le mur d'en face ? Il pousse un cri, car c'est une vision de cauchemar. Il n'a plus de nez : à la place, deux trous rouges lui mangent le visage. Il n'a plus de paupières : ses yeux sortent grands ouverts de sa tête. Il n'a plus de lèvres : une ouverture béante découvre toutes ses dents. Le reste de son visage est couvert de cicatrices et de brûlures. Il découvre enfin qu'il est chauve et que tout le sommet de son crâne est recouvert d'une espèce de membrane rose vif.

Roger Chaumel ne peut pas y croire. C'est sans doute qu'il est encore inconscient, et qu'il n'a pas entièrement repris ses esprits. Alors, il tourne lentement la tête de gauche à droite, et dans le miroir, la chose innommable suit docilement son mouvement. Cette vision d'horreur est bien son reflet.

Quelques instants plus tard, le médecin allemand est à son chevet, et dans un français approximatif, le met au courant de son état.

« Vous avez eu beaucoup de chance. Tous vos camarades sont morts. Vous aviez une partie du crâne enlevée. Nous avons posé une prothèse. Vous êtes hors de danger. Pour votre visage, nous n'avons malheureusement pas de moyens d'intervenir. C'est la guerre, les moyens manquent. »

Pendant les jours qui suivent, Roger Chaumel sombre dans le désespoir, et il faut l'attacher sur son lit pour l'empêcher de se suicider.

C'est ainsi que le découvrent les Alliés, quand, quelques mois plus tard, ils entrent dans Amiens. Les Allemands ont évacué l'hôpital en laissant derrière eux les blessés. Immédiatement, le malheureux est pris en charge par les Anglais et transporté en Grande-Bretagne dans un hôpital spécialisé.

A cette époque, la chirurgie esthétique n'en est qu'à ses débuts, mais les médecins anglais ont déjà une grande expérience. Les chirurgiens accomplissent sur Roger Chaumel un travail gigantesque. Pour lui refaire un nez, on lui prend un bout de mollet. Avec un morceau de cuisse, on lui refait les lèvres. Ses paupières sont prélevées sur le haut du front. On remplace la prothèse rudimentaire de son crâne par une plaque d'argent. Et on prélève encore une fois un morceau de peau pour refaire le cuir chevelu, sur lequel on implante des cheveux. Roger ne peut pas voir les étapes de cette transformation, car dans cet hôpital, il n'existe aucun miroir. C'est une règle absolue. Enfin, on lui retire ses dernières bandelettes et on lui tend une glace pour lui permettre de juger du résultat. Et, comme dans l'hôpital allemand, il pousse un cri...

Car une nouvelle fois, il croit à une hallucination. Il a devant lui un visage normal avec un nez droit, légèrement busqué, mais bien proportionné, des lèvres minces, toute sa peau est lisse. Il a l'impression de voir une statue.

Le médecin anglais a l'air particulièrement satisfait de son travail.

« Alors, vous êtes content ? »

Roger est incapable de répondre. Le docteur n'a pas cherché à le refaire comme il était avant. Il lui a donné une beauté classique, idéale. Mais ce visage régulier et inhumain ne lui correspond pas du tout. Avant, il avait le nez retroussé et les lèvres épaisses. Ce n'était pas harmonieux, ce n'était peut-être pas beau, mais c'était lui. Et cette beauté, que lui renvoie son miroir, l'écrase. C'est un peu comme s'il était endimanché : comme si on l'avait habillé en smoking pour vivre sa vie de tous les jours. A la différence près qu'un costume peut se retirer, et peut s'envoyer promener,... pas une nouvelle peau.

Au printemps 1946, Roger Chaumel quitte l'hôpital. Il doit rentrer chez lui à Alger... Il appréhende cet instant. Il a tout écrit à sa femme. Il lui a même envoyé la photo de son nouveau visage. Mais il ne sait même pas si la lettre est arrivée car les postes fonctionnent mal en cet immédiat après-guerre.

C'est à cela qu'il pense, accoudé sur le pont du bateau qui pénètre dans la rade d'Alger. Puis il descend sur le quai, noir de monde, où des centaines de familles accueillent les soldats blessés ou prisonniers qui rentrent enfin de la guerre.

Roger scrute les visages, et soudain, sourit. Elle

est là. C'est sa femme. Il fait des gestes dans sa direction. Il crie son nom. Elle n'a pas l'air de le voir, de l'entendre. Elle continue à fixer, derrière lui, ceux qui continuent de débarquer.

Enfin, il arrive devant elle, et dit :

« Monique, c'est moi... C'est Roger... »

Monique a un mouvement de recul. Elle ne peut que répondre :

« Pardonne-moi. Laisse-moi le temps de m'y faire. »

Et tandis que les autres couples s'embrassent, s'étreignent en versant des larmes, eux s'en vont côte à côte et en silence...

Roger et Monique reprennent la vie commune. Ils font des efforts héroïques pour faire comme si rien ne s'était passé. Mais Roger s'aperçoit vite qu'ils sont voués à l'échec. Sa femme ne s'y fait pas, et ne s'y fera jamais. Ce n'est pas lui qu'elle a épousé. Physiquement, il n'est plus le même; il n'est plus son genre. Par moments même, il a l'impression de lui faire peur. Elle doit penser obscurément que cette transformation physique correspond chez lui à un changement moral. Elle a l'air de se méfier de ses réactions et la nuit, elle dort à peine.

Il est vrai que lui-même a modifié son attitude envers elle, car il ne sait plus comment s'y prendre. Tantôt il est timide et emprunté. Tantôt, au contraire, il est brusque et presque violent. Et lorsqu'elle le repousse, il perd toute retenue, lui fait des reproches, crie, et hurle :

« Je suis ton mari. Tu es ma femme. Tu n'as pas le droit... »

Mais si elle cède, si elle se jette dans ses bras, c'est pire encore. Il a l'impression qu'elle le trompe. Qu'elle est amoureuse de ce beau visage qui n'est pas le sien, qu'elle se donne à un autre. Dans ces moments-là, Roger croit devenir fou. Il est jaloux, d'une jalousie insupportable et invivable, jaloux de lui-même. Chaque fois qu'il s'approche de sa femme, il souhaite de toutes ses forces qu'elle soit comme elle était autrefois avec lui. Mais, au même instant, il espère exactement l'inverse. Il espère qu'elle va le repousser, qu'elle va rejeter ce séducteur, ce rival dont il a malgré lui les traits.

Au début de 1947, après un an de cauchemar, Monique et Roger décident ensemble de mettre fin à cette situation impossible. Ils divorcent. Et Roger monte à Paris, où personne ne le connaît, pour tout reprendre à zéro.

Dans la capitale, il a la chance de réussir rapidement. Il trouve un emploi de représentant qui lui permet de gagner confortablement sa vie. Il présente bien, sa beauté rassurante et impersonnelle lui permet un excellent contact avec sa clientèle.

Chaque soir, il rentre dans le petit appartement où il vit seul et où il n'y a pas de miroir...

Et puis, un jour de l'été 1947, alors qu'il marche dans la rue, il entend une voix derrière lui. Une voix gaie, alerte :

« Roger... Eh, Roger... »

Il se retourne. Une jeune fille agite les bras dans sa direction. Il la reconnaît tout de suite. C'est Suzanne, une ancienne camarade du lycée d'Alger.

Immédiatement, elle balbutie quelques paroles d'excuse :

« Je suis désolée... monsieur... De dos et à la démarche, j'avais cru reconnaître un ami. »

Incapable de parler, Roger Chaumel lui fait signe de rester. Ce qui se passe en lui est tellement fort qu'il est incapable de prononcer un mot. Son dos et sa démarche, elle les a reconnus ! Tout s'illumine en lui. On peut encore le reconnaître. Suzanne vient brusquement de lancer une corde, de jeter une passerelle entre son passé et son présent. D'un seul coup, il retrouve son unité. Il n'est plus cet être éclaté entre deux vies. Il est Roger Chaumel, il n'a jamais cessé de l'être.

Par bribes, il explique toute son histoire à la jeune fille, et ce soir-là, ils sortent ensemble, puis ils décident de se revoir. Pour Suzanne, la transformation physique de Roger n'est pas tellement gênante, au contraire, elle lui plaît. Quant à lui, depuis qu'il a rencontré la jeune fille, il est gai et débordant de vie. De plus, il est joli garçon. Roger, d'ailleurs, s'en rend compte. Chaque jour, il prend davantage conscience de son charme, et le sourire de ses lèvres fines se fait de plus en plus enjôleur.

Roger et Suzanne se sont épousés peu après. Un an plus tard, ils eurent leur premier enfant. Un garçon, auquel ils ont dû dire, comme tous les parents :

« Mange ta soupe, si tu veux grandir et ressembler un jour à ton papa. »

2

LE CAHIER DU PASSÉ

M. Jean a quarante ans. Mais son embonpoint déjà prononcé, ses joues pleines, son crâne dégarni et sa petite moustache grisonnante lui font paraître davantage. M. Jean s'appelle en réalité Jean Blanchet, et en 1958, voilà dix ans qu'il est portier d'un grand hôtel de Nantes. Personne ne l'appelle par son nom de famille. Pour tout le monde, il est « monsieur Jean ».

Jean Blanchet aime bien qu'on l'appelle par son prénom. Cela fait un peu mystérieux et il aime le mystère. Nul ne sait d'où il vient. Il n'a pas de famille. Son passé, il le dévoile par bribes, quand il est en veine de confidences, et à chaque fois, pour ceux qui l'écoutent, c'est une révélation, presque un roman.

Ce soir-là, le 2 mars 1958, Jean Blanchet est attablé au café avec quelques amis. C'est l'heure de la belote, et du bavardage. L'un des joueurs se met à parler de l'Afrique, car il vient de lire, dans une revue, un reportage intéressant. Avec un sourire, il se tourne vers Jean Blanchet.

« Alors, monsieur Jean ? Avec la vie que vous avez menée, vous avez sûrement dû connaître l'Afrique ? »

Jean Blanchet ne répond pas, et se contente de hocher la tête avec un petit sourire. Les autres se regardent. M. Jean était aussi en Afrique ? On interrompt la partie et on le presse de questions.

« Alors... Racontez-nous, monsieur Jean. Où avez-vous été ? Pourquoi étiez-vous parti là-bas ?... »

Le petit homme aux allures d'employé de bureau ne répond toujours pas. Puis se décide à pousser un gros soupir.

« C'est une histoire longue et pénible. Si vous voulez, je vous en parlerai une autre fois. »

Voilà, c'est tout, et nul ne peut tirer un mot de plus à M. Jean ce soir-là.

Une fois la partie terminée, il salue courtoisement tout le monde, remet son pardessus, son chapeau, et s'en va. Il regagne en vélomoteur son petit studio.

Jean Blanchet est tout excité, en se retrouvant seul. Voyons, qu'a-t-il bien pu faire en Afrique ? Que va-t-il inventer cette fois-ci ? Car tout ce qu'il raconte sur son passé, à ses amis, à ses collègues et aux clients de l'hôtel, est faux, archifaux. Ce n'est qu'un tissu de mensonges merveilleux.

Jean Blanchet va vers son petit bureau et en retire un gros cahier. Sur la couverture, est collée une étiquette où il a écrit, d'une belle écriture appliquée : « Cahier du passé ».

M. Jean sourit, car les gens sont bêtes, ils sont médiocres. Ils ne savent pas ce que c'est qu'un « cahier du passé ». Pas étonnant, d'ailleurs, puisque c'est une invention à lui.

Jean Blanchet ouvre donc cérémonieusement son cahier du passé. Sur les pages, en caractères penchés, sont consignés par ordre chronologique les événements qu'ils prétend avoir vécus. Tous les soirs, il les relit pour être certain de ne pas se contredire. Il s'en imprègne peu à peu et les mois, les années passant, cette vie imaginaire forgée de toutes pièces a fini par se superposer à la vraie. C'est devenu son passé, à la différence près qu'il l'a choisi lui-même. Il est le maître de son passé.

Où va-t-il pouvoir placer l'épisode africain ? Il feuillette les pages et découvre un trou de six mois à la fin de l'année 1936. Dès demain, il va acheter des livres sur l'Afrique pour bien connaître le sujet. Il faudra imaginer une histoire mouvementée avec beaucoup d'action.

Ce soir-là, Jean Blanchet s'endort satisfait à l'idée que beaucoup de gens aimeraient avoir un cahier du passé ! Mais ils ne peuvent pas. Ils ont une famille, des amis qui les retiennent et les enracinent à leur vraie vie. Lui, ce n'est pas le cas. Lui, il peut tout se permettre, puisqu'il est officiellement mort.

Jean Blanchet s'est endormi. Son vrai passé, il le revoit quelquefois dans ses rêves. Cela commence par le luxueux appartement parisien de ses parents ; son père, un médecin en renom, sa mère mondaine et superficielle, ses deux frères aînés poursuivant des études brillantes. Et lui, au milieu de tout cela. Lui, médiocre, timide, avec de vagues tentations artistiques mais aucun don réel et surtout une immense, une incommensurable paresse. Il a été renvoyé d'un nombre incalculable d'établissement scolaires.

Et puis, à dix-huit ans, il met enceinte une serveuse de restaurant. Malgré l'opposition de ses parents (ou à cause d'elle) il veut à toute force l'épouser, et ses parents le chassent, le déshéritent et le maudissent presque.

C'est alors les années sombres dans un petit appartement de banlieue, où il s'essaie à la peinture moderne. Mais après des semaines passées devant les toiles désespérément blanches, il lui faut bien se résoudre à trouver autre chose. Il fait de la peinture, mais en bâtiment. Juste de quoi les nourrir tous les deux. Car ils sont restés deux. Sa femme a fait une fausse couche.

Ensuite, la guerre est arrivée, sa femme est partie dans le Midi. Lui, est d'abord resté dans sa banlieue jusqu'à l'exode, puis le hasard l'a conduit à Brest, où il est resté quatre ans. Pas une fois, il n'a pu communiquer avec sa famille... Et, en octobre 1944, le destin s'est brutalement manifesté.

Il passait devant le blockhaus Sadi-Carnot à Brest, quand une explosion épouvantable l'a jeté à terre. Il a cru à la fin du monde, puis il s'est relevé, pour fuir, au milieu des flammes, de la fumée et des cris. Il a fui droit devant lui, sous le coup d'un choc nerveux. Lorsqu'il a repris réellement ses esprits quelques jours plus tard, il avait fait des dizaines de kilomètres à pied dans la campagne. Alors, il a acheté un journal pour voir si on parlait de l'explosion de Brest. On en parlait, et il y avait eu beaucoup de victimes. Son nom était là, dans le journal, sur la liste des personnes disparues qui correspondaient vraisemblablement aux corps non identifiables. Son premier réflexe fut de rentrer pour dire qu'il était bien vivant. Pourquoi ne l'a-t-il pas fait ? Pourquoi est-il allé à Nantes où personne ne le connaissait ?...

Là, il a attendu. Il a vivoté... Trois mois plus tard, son nom était de nouveau dans le journal. Cette fois, il était définitivement compté au nombre des victimes de l'explosion de Brest.

Ce jour-là, Jean Blanchet s'est regardé dans la glace et a répété :

« Je suis mort... Je suis mort... »

Et il a dû se retenir à un meuble pour ne pas tomber. C'était tout à coup un tel vertige, une telle ivresse... Une impression de légèreté extraordinaire, comme si tout son corps était jusque-là recouvert d'un plâtre qu'on venait brutalement de lui ôter.

Alors, pour la première fois, Jean Blanchet s'est senti libre. Sa famille ? Il n'avait plus aucun devoir envers elle, puisqu'il était mort. Ils avaient sans doute déjà reçu l'avis de décès. Ses parents, qui l'avaient chassé, ses frères tellement plus brillants que lui, sa femme qu'il avait regretté d'avoir épousée dès leur mariage : c'était fini, terminé. D'ailleurs, on avait dû le pleurer, on avait dû dire, en enjolivant un peu, aux amis et connaissances : « Notre pauvre Jean est mort à la guerre. » Sa mort le rendait respectable. Elle le réintégrait dans la famille à titre posthume. Il avait rempli son devoir, il était quitte envers eux.

Alors, à vingt-six ans, Jean Blanchet a décidé de commencer sa vie. Il est resté à Nantes et a trouvé cet emploi de portier dans un grand hôtel. Tous ceux qui l'approchaient étaient frappés par un contraste étrange. Il avait un physique banal, pour ne pas dire insignifiant, mais en même temps il se dégageait de lui une incroyable assurance. Comme s'il se sentait différent des autres, hors de leur portée.

Avec quel sourire de compassion il regardait tous ces clients qui, dès leur arrivée à l'hôtel, se précipitaient pour téléphoner à leurs femmes, à leurs parents. Lui, il n'avait rien de tout cela. Il était libre.

C'est alors qu'avait commencé le jeu du cahier du passé. Un jour, un collègue lui avait demandé :

« D'où es-tu, toi ?... »

Blanchet, surpris, hésita un moment puis répondit :

« Je suis de Montmartre. »

Pourquoi Montmartre : il n'en savait trop rien. Peut-être pour faire artiste. Dès que le collègue était parti, il s'était empressé de noter sa réponse pour ne pas se contredire plus tard, et c'était le début du cahier du passé. Maintenant, il a sa vie à lui, avec des parents qui l'aimaient, une enfance heureuse, et une femme morte prématurément qui fut sa grande passion.

Jean Blanchet se lève de mauvaise humeur, ce 3 mars 1958. Il a passé une mauvaise nuit. Son vrai passé n'a cessé de le tourmenter. Il s'habille, encore mal réveillé, et se retrouve dans la rue. Il a plu : la chaussée est luisante. Il enfourche son vélomoteur, et chemin faisant, l'optimisme revient. Comme chaque fois qu'il est optimiste, il retrouve son vieux rêve, son rêve secret. Il est mort. Si la mort l'oubliait, lui, si petit, si humble, lui officiellement mort. Et s'il allait tromper la mort comme il a trompé les humains...

Jean Blanchet tend le bras à gauche pour tourner dans la rue de son hôtel, puis soudain se ravise. Là, sur la droite, il y a une librairie et des livres sur l'Afrique, il n'y pensait plus. Il fait un brusque quart de tour, mais il n'a pas vu la voiture derrière lui, et se jette presque sous ses roues. Le conducteur n'a pas le temps de freiner sur le sol mouillé.

Les gens s'attroupent autour de l'homme qui gît sur la chaussée, le crâne ouvert.

« M. Jean est mort. »

Oui, M. Jean est mort, quatorze ans après Jean Blanchet. Une seule mort venait de mettre fin à deux passés, et à deux vies.

3

LE JOUR DU BOULANGER

Dix heures du soir sonnent au clocher du petit village de Marson, à quelques kilomètres de Châlons. Le boulanger, Pierre Lahanque, jette un coup d'œil circulaire au fournil. Tout est prêt pour la fournée de la nuit, il n'y aura qu'à craquer l'allumette pour chauffer le four empli de fagots. La pâte repose dans le pétrin, il peut aller se coucher.

La B.B.C. a encore donné de bonnes nouvelles ce soir, du 17 août 1944. Les armées allemandes craquent de tous côtés, c'est le commencement de la fin. Durant la journée, des véhicules aux allures de défaite ont transité par le village. Soldats harassés de fatigue, vaguement dissimulés sous des branches d'arbres, l'œil bas et la tenue délabrée. Où est la fière Wehrmacht qui défilait fièrement dans le sens contraire, il y a quatre ans ? Mais ce ne serait pas le moment quand même de tomber entre ses mains. Pierre Lahanque en est à sa quatrième évasion d'un camp de prisonniers.

en Allemagne. Il est venu se faire oublier à Marson qui réclamait un boulanger, et n'a pas hésité à faire partie d'un groupe de la Résistance. Comme il éteint la lampe du fournil, un grincement caractéristique l'immobilise. C'est la grille du jardin. Des cales, judicieusement placées, provoquent le signal sonore. Qui peut bien venir à cette heure ? Il n'a pas fini de se poser la question lorsque sa femme ouvre la porte en coup de vent et souffle :

« Les Allemands ! »

C'est la catastrophe. L'aviateur anglais qu'il héberge depuis un mois est encore dans la cuisine, il n'aura pas le temps de gagner la cachette prévue dans la cave.

« Au grenier, vite, fais-le monter au grenier. Ils n'auront peut-être pas l'idée de monter à l'étage. Ils viennent sûrement chercher du pain et voyant la boutique fermée, ils auront fait le tour, voilà tout ! » Tandis que l'aviateur de la R.A.F. monte précipitamment les marches, des coups violents sont frappés à la porte de la cour. Mais Mme Lahanque fait signe à son mari de ne pas ouvrir tout de suite. Il faut gagner du temps, faire disparaître les preuves d'un repas de trois personnes. Tandis qu'elle cache les couverts compromettants sous l'évier, les coups redoublent à la porte. Quelle impatience et quelle nervosité, se dit le boulanger, en se dirigeant bruyamment mais lentement vers les appels.

« Voilà, voilà ! »

Avec une maladresse un peu trop visible, Pierre Lahanque tourne la clé dans la serrure, un tour, deux tours, il fait jouer le verrou de sûreté, met la main sur la clenche et manque de recevoir la porte dans le visage tant elle est poussée avec violence. L'œil dur, le visage sévère, un officier le bouscule et fait irruption dans la pièce.

« Vous êtes bien lent à ouvrir, monsieur le boulanger ! »

L'homme est jeune, dans les trente ans, il s'exprime dans un français impeccable. Son uniforme noir, à tête de mort, ne laisse aucun doute sur sa sinistre qualité, c'est un officier SS suivi de son ordonnance.

« Nous voulons manger et dormir, mon camarade et moi. »

Mme Lahanque, un pâle sourire aux lèvres, s'avance et échange un regard qu'elle veut rassurant, avec son mari.

« Nous n'avons que deux chambres, messieurs, la nôtre et celle des enfants.
— Et là-haut ? »

D'un doigt ganté de noir, l'officier désigne l'escalier emprunté quelques instants auparavant par l'aviateur anglais. Mme Lahanque savait bien que tout cela finirait mal. Déjà, voici trois mois, des amis de la Résistance lui avaient amené un pilote américain descendu au-dessus de Châlons, et depuis quatre semaines cet aviateur de la R.A.F., recueilli blessé dans la forêt voisine. Si le SS le trouve, ils seront fusillés tous les trois. Etait-ce bien la peine de prendre autant de risques à si peu de temps de la Libération ? La pauvre femme reste paralysée devant l'Allemand, qui, toujours courtois même dans la cruauté, demande :

« Vous permettez ? »

L'officier SS a sûrement été renseigné ! Quelqu'un les a dénoncés, le boulanger en est sûr, et si c'est cela, autant mourir en beauté et s'arranger pour aller chercher la mitraillette cachée sous le bûcher, dans le fournil. Il s'efface alors poliment pour les laisser monter, mais l'officier lui intime l'ordre de passer devant.

« Tu prépareras une omelette à ces messieurs, lance Pierre à sa femme. Les œufs sont dans le fournil — et il ajoute négligemment — sous le bûcher. »

Le SS, qui n'a rien perdu de la conversation, ajoute qu'il lui faudra douze œufs pour lui et douze pour son camarade.

« Nous avons bon appétit », affirme-t-il avec autorité.

Cette précision ramène l'espoir au cœur du boulanger. Si l'officier était venu chez lui sur dénonciation il ne songerait qu'à découvrir l'aviateur et ne parlerait pas de nourriture. Pourtant, tout en gravissant les marches, le boulanger se dit que de toute façon, même si sa femme a bien reçu le message, elle ne sait pas se servir d'une mitraillette et que, même si l'Anglais par miracle a réussi à se cacher derrière les sacs de farine, la présence de son lit-cage trahira sa présence. Il va falloir vendre chèrement sa vie avec ses poings et les moyens du bord.

Arrivés en haut de l'escalier, le boulanger regarde avec terreur le SS sortir son revolver de son étui et lui intimer l'ordre d'ouvrir. Pierre pousse la porte et entre. Aussitôt, dans le silence monte un ronflement sonore. L'Anglais dort, ou fait semblant. Comme l'Allemand se dirige vers l'endroit d'où provient le bruit, Pierre lui emboîte le pas. Sur son petit lit, l'Anglais semble dormir d'un profond sommeil. Il a adopté la position d'un homme qui s'est jeté tout habillé sur sa couche, terrassé par la fatigue. Ses vêtements civils le sauvent provisoirement et donnent une idée au boulanger. Baissant le ton, il explique que « son commis » travaille toutes les nuits et qu'il va se lever dans quelques heures.

« Lui, beaucoup fatigué. »

Dans son désir de convaincre, Pierre s'est mis à parler petit nègre.

« Lui, pas beaucoup dormir, nixt schlafen, la nuit, arbett, la nuit. »

Cette façon de parler agace profondément l'Allemand qui lui fait signe de couper court à ces explications infantiles. Comme il se dirige vers le fond du grenier suivi de son camarade, le boulanger sent un long frisson lui parcourir le dos. Sur la chaise, un peu à l'écart, sous un vasistas, il y a un dictionnaire anglais-français. Impossible de le laisser là. Le plus naturellement du monde, Pierre s'approche et le met dans sa poche disant à voix haute cette phrase inouïe, justifiant son geste qui n'a pas échappé aux Allemands.

« Qu'est-ce que ça fait là, ça ? »

Et le boulanger qui, la peur aidant, joue le rôle de l'homme qui n'a rien à se reprocher à la perfection, demande à ces messieurs s'ils sont satisfaits de leur visite au grenier et, sans attendre de réponse, conclut :

« Par ici, messieurs ! »

Et c'est avec une satisfaction extrême qu'il referme la porte sur les ronflements de « son commis » qui continuent de plus belle. Après avoir jeté un coup d'œil aux chambres, les deux Allemands arrivent dans la cuisine d'où parvient le bruit sympathique de la fourchette battant les œufs. Mme Lahanque a dressé le couvert. Très caricatural, l'officier ôte sa casquette puis ses gants noirs, doigt après doigt et confie le tout à son ordonnance. Il ne lui manque que le monocle ! Mais il a mieux :

« Nous boirons volontiers du champagne, mon camarade et moi. »

Devant la surprise de la femme et l'étonnement du boulanger, il ajoute avec flegme :

« Tous les Français ont caché une bonne bouteille de champagne à la cave pour fêter l'arrivée des Américains. »

Le ton est si impératif, que le boulanger, sans un mot, descend à la cave, pour y déterrer précisément deux des précieuses bouteilles destinées à fêter le « grand jour ». Il pose l'une des bouteilles en haut de l'escalier et livre l'autre à l'ennemi, trop heureux de s'en tirer à si bon compte.

En silence les deux Allemands engloutissent les omelettes que Mme Lahanque a confectionnées avec application. A la fin du repas, tout en dégustant le champagne qu'il trouve fort à son goût, l'officier sort un cigare de son étui et demande une allumette. Pierre s'avance, il a toujours des allumettes soufrées au fond de sa poche, machinalement il retire le livre qui l'empêche d'en prendre une, et se trouve avec le dictionnaire anglais-français dans la main. Grâce au ciel le côté visible par l'officier est la partie vierge ! Réenfouissant prestement l'objet compromettant dans l'autre poche, le boulanger donne du feu et s'entend avec stupeur réclamer l'addition.

Dans le silence qui suit cette demande pour le moins insolite, résonnent toujours les ronflements de l'Anglais qui continue à jouer son rôle au-dessus de leurs têtes.

L'addition ! Mme Lahanque jette des regards interrogateurs vers son mari. Répondre à l'Allemand pose un problème, il risque de prendre une invitation pour une provocation : mais à quel prix compter les œufs ? Au prix officiel ou au prix du marché noir ? Le boulanger vient au secours de son épouse et, coupant la poire en deux, fait des comptes approximatifs.

Alors l'officier allemand se lève, boutonne sa veste, raccroche son ceinturon, regarde longuement le petit papier sur lequel Pierre Lahanque a griffonné quelques chiffres, le plie en deux, le pose sur la table et dit le plus calmement du monde :

« Demain, les Américains vous paieront. »

Puis, claquant les talons, dans un demi-tour impeccable, il regagne la porte qui lui tient grande ouverte son ordonnance, et disparaît dans la nuit. Laissant le boulanger, sa femme et leur Anglais digérer leur surprise à l'aide de la deuxième bouteille de champagne. Ce n'est qu'au moment d'aller se coucher que M. Lahanque demande à sa femme si elle avait bien reçu le message, à propos de la mitraillette cachée sous le bûcher.

« Bien sûr, répond la boulangère, je te l'ai même apportée, elle est là. »

Suivant le geste de sa femme, le boulanger voit avec une horreur rétrospective sa mitraillette enveloppée dans un sac, posée sur le buffet, là où précisément, quelques instants auparavant, l'officier allemand avait déposé sa casquette et ses gants noirs.

Pierre Lahanque, boulanger de son état, avait déjà connu la chance. Il s'était évadé quatre fois d'un stalag et avait connu toutes sortes de dangers. Mais il est des jours où la chance est si insolente que l'on a peine à y croire. C'est ce que l'on appelle « avoir son jour ». Ou alors... il avait eu affaire à un genre de SS complètement écœuré, sans griffes ni dents, et qui, sentant la fin prochaine, n'avait même plus la force de grogner.

De toute façon, c'était « son » jour, au boulanger, ce 17 août 1944.

4

LA CARGAISON DU *CHINA SUN*

C'est un drôle de bateau pour un drôle de voyage, sur un drôle d'océan, avec des drôles d'hommes, sur un cargo nanti d'un moteur poussif dont la ligne de flottaison est largement dépassée.

On se demande comment ce tas de ferraille arrive à flotter, chargé comme il est.

Un tas de ferraille qui transporte une fortune : du bois précieux venu de Chine, du jade, des soieries, du coprah.

Un tas de ferraille qui transporte beaucoup plus encore, une cargaison d'espoir, de l'espoir en caisse.

Car sur le *China Sun,* il y a trente caisses marquées « HAUT » et « BAS » avec une indication supplémentaire en anglais : « HANDLE WITH CARE » « Manier avec précaution ».

Elles sont sur le pont près du grand mât, arrimées les unes aux autres, par rangées de cinq, et sur deux étages.

Le *China Sun* a quitté le port de Mankeou, en Chine du Sud, il y a vingt-six jours. Nous sommes en décembre 1929, et décembre 1929 en Chine, c'est une drôle d'année.

Il y a deux ans que Tchang Kaï-Chek bataille pour réprimer le mouvement communiste.

Il a rompu avec la mission soviétique, son armée a pris Mankeou et Shanghai. Il a installé à Nankin le gouvernement nationaliste chinois, marché vers le nord jusqu'à Pékin où il est arrivé en juin 1928, et là, depuis un an, son aventure personnelle végète.

Les dissidents fourmillent, les généraux rebelles pullulent, les communistes gagnent du terrain, et le tigre japonais guette.

Et comme dans toutes les périodes troublées de tous les pays du monde, les trafiquants pullulent en Chine, à Mankeou en particulier.

Mankeou est un port fluvial sur le Yang-Tsen-Kiang, le fleuve Bleu le plus long de Chine. Mankeou c'est une ville d'or sur le fleuve Bleu.

Les grands navires viennent jusqu'à elle du monde entier; ils apportent l'essentiel, et remportent le superflu : produits de première nécessité contre soieries, jade et bois précieux.

Il y a vingt-six jours Mankeou dormait sous la lune. Les gros cargos se balançaient mollement et le fleuve Bleu était noir.

Sur les quais, le long du *China Sun,* des ombres s'agitaient. On chargeait les trente caisses sous l'œil d'un observateur attentif et inquiet : un fonctionnaire d'une race indéterminée, de celle que l'on paie grassement pour ne rien dire.

Puis le *China Sun* avait descendu le fleuve dans l'aube pâle, remonté l'estuaire boueux, croisé au large de Formose, mis le cap sur les Philippines et affronté le grand Pacifique.

Vingt-six jours de navigation, sans autre problème que les bagarres de l'équipage, une douzaine d'individus venus des quatre coins du monde, dont un Français, Charles R.

Charles R. ne fait pas partie de l'équipage. Son nom est inscrit sur les registres comme passager. Il a embarqué en même temps que les trente caisses mystérieuses. Il les a lui-même vérifiées sur le pont, et il ne les quitte guère des yeux depuis que le navire a levé l'ancre.

Chaque nuit, il les ouvre pendant quelques minutes, une par une. On entend alors des petits bruits sur le pont, comme une armée de souris, puis il les referme.

Charles R. n'en est pas à son premier voyage, et pourtant ce vingt-sixième jour, il est inquiet. Inquiet car c'est la première fois qu'il navigue sur le *China Sun,* et c'est la première fois que son chargement doit rester sur le pont, car la cale est pleine, le cargo bourré à craquer, et le capitaine ne lui a pas donné le choix.

« C'est ça ou tu trouves un autre bateau ! »

Trouver un autre bateau, cela voulait dire attendre des semaines, et les caisses de Charles R. ne le pouvaient pas. Il avait promis un départ pour une date précise, on lui avait déjà payé le prix du voyage : 30 roupies par caisse. Alors il a accepté, avec un mauvais pressentiment, et au bout de vingt-six jours, la tête de ce capitaine ne lui dit toujours rien qui vaille. Il a demandé beaucoup plus cher que le tarif habituel pour embarquer le fret de Charles R.

Aujourd'hui, dernier jour du voyage, le Pacifique est creusé d'énormes vagues qui éclaboussent le pont, inondant les caisses et secouant les cordages qui les retiennent plus mal que bien. La nuit est épaisse, froide et brumeuse. On approche des côtes californiennes.

Charles R. s'est réfugié dans la cabine de pilotage. Dans une heure environ le *China Sun* mouillera dans une crique déserte, où l'on pourra débarquer ce chargement clandestin, à l'abri des gardes-côtes, et sans passer par la douane. Cela fait, le cargo gagnera son port de déchargement, reprendra du fret pour la Chine, et Charles R. refera le chemin du retour vers Mankeou, avec 900 roupies en poche.

Il les dépensera dans des boîtes à matelots, et recommencera sa prospection pour un autre voyage, avec d'autres caisses, sur un autre bateau. Le *China Sun* a ralenti sa course, il est entré à présent dans les eaux territoriales américaines quelque part au large des côtes de Californie. Le capitaine observe la nuit, car s'il a bien calculé sa route, dans vingt minutes il devrait atteindre le point de débarquement. Dans vingt minutes, les caisses empilées sur le pont ne seront plus que des caisses vides, sans danger pour le *China Sun* et surtout pour son capitaine. Et tous les gardes-côtes du coin pourront bien fouiller le navire de fond en comble, ils n'y trouveront rien de suspect. Pour l'heure, le capitaine risque son brevet, avec en prime quelques années dans les prisons californiennes.

Le *China Sun* navigue avec le minimum de feux de position et la côte n'est toujours pas visible, le capitaine l'estime à un quart de route.

Il ne jettera pas l'ancre, il fera ouvrir les caisses à quelques encablures de la côte, des hommes en sortiront, sales et puants comme un troupeau de bétail et ils sauteront dans l'eau noire pour en gagner la terre. Charles R. quitte le poste de pilotage et gagne le pont. Armé d'un pied-de-biche, il décloue la première caisse, le couvercle vient facilement. La tête d'un Chinois apeuré en émerge.

« Allez... sors de là! »

Le Chinois ne comprend pas le français et Charles R. lui explique par gestes qu'il doit l'aider à ouvrir les autres caisses, pour aller plus vite.

Trente caisses, trente Chinois apeurés, un Chinois par caisse.

C'est cela le chargement de Charles R.

Trente Chinois qui ont payé chacun 30 roupies pour être enfermés dans trente caisses pendant vingt-six jours.

Ils font partie de ceux à qui la Chine nouvelle fait peur, qui crèvent de faim, de froid et de misère, et veulent quitter leur terre pour vivre ailleurs. Ailleurs, mais où?

Le Japon est surpeuplé, et la guerre menace, l'Indochine n'a pas de travail, la famine écrase la Sibérie, le Mexique ne veut pas des jaunes, l'Australie non plus, il reste l'Amérique, terre fermée à l'immigration mais non à la contrebande. En Amérique, un Chinois peut se perdre dans la foule d'autres Chinois, où les marchands d'hommes comme Charles R. offrent le voyage pour 30 roupies par tête. D'habitude, c'est dans la cale, et chaque homme doit emporter ses vivres. On les jette à l'eau sur la côte californienne et ils se débrouillent.

Charles R. a une bonne réputation, car il accompagne toujours son chargement. Avec lui, on ne craint pas d'être semé au large, dans la mer de Chine, comme c'est souvent le cas. Charles n'a ouvert qu'une dizaine de caisses lorsqu'un hurlement du capitaine l'arrête brutalement :

« Les gardes-côtes ! rentrez-moi tout ça, vite, bon sang, dépêchez-vous ! » Affolés, ne comprenant rien, les Chinois regagnent leur caisse respective, bousculés par le Français. L'équipage en alerte recloue les caisses, d'un ample coup de marteau, et chacun observe avec inquiétude les feux du garde-côte. Aucun doute, il se dirige vers le *China Sun.* Quelques minutes encore et il abordera. Charles R. n'a pas le temps de se poser de questions, car le capitaine hurle :

« Deux hommes par caisse ! Exécution ! »

L'équipage était prévenu depuis longtemps. Pas un flottement, pas un geste d'hésitation, pas une seule protestation. « Ho hisse ! » c'est un ordre. La première caisse a fait un plouf misérable en se cognant à l'écume du Pacifique, la seconde lui est tombée dessus, puis la troisième, il y avait sept hommes d'équipage et ils ont mis cinq minutes à exécuter l'ordre du capitaine. Cinq minutes pour trente Chinois, donc trente caisses clouées que Charles a regardé couler à l'arrière du bateau.

La dernière disparaissait lentement dans l'eau noire quand le garde-côte a accosté.

Coprah, bois précieux, un journal de bord en règle : cargaison légale. Au revoir, messieurs, ont dit les gardes-côtes, et Charles n'a rien dit. Les trente Chinois non plus, qui avaient disparu par 80 mètres de fond, cloués dans leurs caisses, marquées « HAUT » et « BAS », « A manier avec précaution ». Disparus sans un cri, aux portes de l'Amérique, le 28 décembre 1929.

5

LE RÔLE DE SA VIE

Fin octobre 1948. Malgré la saison avancée, il fait très chaud dans le désert de Monumental Valley, aux Etats-Unis. Pour l'instant, d'ailleurs, il y a du monde dans le désert.

Des Indiens avec leurs chevaux, des soldats en costume de la cavalerie américaine, mais aussi toute une foule de personnages en chemisette ou en robe légère. Car on tourne un film : « La Charge Héroïque ».

John Ford, le metteur en scène, est assis sur un fauteuil pliant, entouré de ses assistants, devant l'énorme caméra montée sur rails. Il prend son porte-voix :

« Scène 137. Tout le monde en place. Rudy Bowman, c'est à vous ! »

Un homme revêtu de l'uniforme de la cavalerie sort des rangs. Il est grand, plutôt âgé, ses cheveux gris sont déjà clairsemés. Il marche d'un pas un peu raide, le sourire crispé.

Sans perdre de temps, il va s'allonger, la tête

sur une pierre, juste face à la caméra. Autour de lui, trois hommes, également en uniforme de cavalerie. Ce sont les vedettes du film. L'un d'eux se penche sur lui. On reconnaît John Wayne.

« Ça va aller, Rudy, ne t'en fais pas... »

Rudy Bowman ne répond pas. Il se contente de faire un petit sourire. Couché sur le dos, il est ébloui par le soleil du désert. Tout là-haut, dans le ciel, une buse est en train de décrire de grands cercles. Elle a dû repérer une proie.

Intérieurement, Rudy Bowman répète une dernière fois son rôle : quelques lignes, une trentaine de mots. Mais, jamais il n'a été aussi ému. Ce jour est le plus important de sa vie. Et tous ceux qui sont là, les acteurs, les figurants, les techniciens, le savent plus ou moins, car ils connaissent tous la vie de Rudy Bowman.

Elle avait bien commencé, sa vie. En 1910, il a vingt ans. Dans sa petite ville de province, près de Philadelphie, il s'est déjà fait une réputation : Rudy possède une voix merveilleuse, exceptionnelle. Aussi bien lorsqu'il chante que lorsqu'il parle. Et cette année-là, à vingt ans, il décide de suivre sa vocation : il sera acteur.

Pendant sept ans, Rudy parcourt les théâtres de Philadelphie et de sa région. Il n'a que de petits rôles, mais on l'apprécie, et il acquiert rapidement une notoriété locale. Sa carrière s'annonce bien. Seulement, en 1917, c'est la guerre et Rudy Bowman part pour la France comme les autres. Et puis, le 3 novembre 1918, alors que la victoire est si proche, c'est le drame. Avec une dizaine de ses camarades, il est chargé d'attaquer une batterie allemande près de la Meuse. Ils rampent vers leur objectif, quand un obus éclate sur eux. Lorsque Rudy Bowman reprend conscience, c'est pour constater que tous ses camarades sont morts. Il essaie de crier pour appeler, mais aucun son ne sort de sa bouche. Un flot de sang s'en échappe et il respire avec difficulté.

Rudy attend du secours plusieurs heures. Quand on le découvre enfin, il est immédiatement dirigé vers un hôpital et opéré d'urgence. Il a très bien supporté l'opération, et le lendemain, le médecin vient le trouver.

« Je dois vous dire la vérité, mon vieux : vos cordes vocales ont été sectionnées par un éclat d'obus. Vous vous en tirerez. J'espère que cela ne sera pas trop grave pour votre profession. »

Comment Rudy a-t-il pu supporter un choc pareil et comment ne s'est-il pas laissé aller au désespoir ? Il n'a jamais su. Mais sa réaction fut exactement l'inverse. Tout de suite, il a refusé d'admettre la terrible réalité. Il s'est dit : « Non, ce n'est pas vrai. Je dois parler. Je parlerai. »

Et dans son lit d'hôpital, à peine le médecin sorti, il fait des efforts désespérés pour faire sortir un son de sa bouche. Au début, c'est décourageant, car il ne se passe rien, c'est le silence. Mais il continue. Malgré les infirmières qui veulent l'empêcher de s'épuiser, il recommence et il recommence encore.

Au bout de trois jours enfin, Rudy obtient un résultat. En chassant violemment l'air avec son diaphragme, il parvient à produire un son. C'est loin d'être harmonieux. C'est une espèce de grognement, de raclement ou de grincement, mais c'est un début. Assez rapidement, en envoyant l'air avec plus ou moins de force, il parvient ensuite à moduler ce son et à se faire comprendre du personnel de l'hôpital.

A son retour aux Etats-Unis, Rudy Bowman est dirigé vers le meilleur centre perfectionné dans le traitement des sourds-muets. Car son cas et sa volonté farouche de parler sans cordes vocales intéressent les médecins. Et Rudy fait des progrès rapides. Au bout d'un an, au prix d'efforts incroyables, il réussit à parler.

Grâce à son diaphragme et aux muscles de sa gorge, il parvient à émettre des sons intelligibles. En 1920, il enregistre même un disque où il chante et déclame une petite poésie. C'est une voix horrible à entendre. Elle est criarde, grinçante, inhumaine, mais c'est une voix. Le disque de Rudy Bowman est expédié à tous les centres de sourds-muets des Etats-Unis. Car il s'agit d'un cas presque unique d'expression sans cordes vocales.

Parallèlement et contrairement à toute attente, sa carrière d'acteur se poursuit. Car, ne pouvant plus jouer au théâtre, Rudy s'est tout naturellement tourné vers le cinéma. Au début des années 20, c'est toujours le cinéma muet. Et aux Etats-Unis, il est dans une période d'expansion extraordinaire. On tourne des films un peu partout. Les studios se multiplient. Rudy Bowman est de plus en plus sollicité. Les rôles affluent. Pas encore les premiers rôles. Mais cela ne devrait pas tarder.

Car Rudy Bowman est un bon acteur. Au cinéma muet, il faut exagérer les expressions de physionomie et les gestes. C'est exactement ce qu'il est obligé de faire dans la vie courante. Aussi, devant la caméra, Rudy arrive à faire passer dans un regard ou dans une attitude tout ce que les autres expriment d'habitude avec leur voix. Lui, l'homme sans cordes vocales, il est, dans ses films, criant de vérité. Le cinéma lui apporte une nouvelle satisfaction, car sur les plateaux, il est enfin à égalité avec les autres. Dès que les moteurs se mettent à tourner. Tous ces acteurs, à la voix parfaite, sont comme lui, contraints de s'exprimer avec leurs bras, leurs mains, leurs yeux, tous les muscles de leur visage. Par une revanche extraordinaire du destin, l'infirmité de Rudy Bowman le sert. Bientôt, il va devenir un grand acteur.

Et c'est le second drame de sa vie. A la fin des années 20, naît le premier film parlant. Au début, comme tant d'autres, Rudy ne veut pas y croire. Ça ne sera jamais au point, ça ne marchera pas. Mais le cinéma parlant se généralise rapidement. Et maintenant, pour être acteur, il faut avoir une voix.

Pour Rudy Bowman, c'est la chute, brutale, presque la misère. Il ne veut pas abandonner. Le cinéma, c'est toute sa vie. Il a besoin de l'ambiance des plateaux et du ronronnement des caméras. Alors, il devient figurant.

Combien de passants, dans tous les costumes de toutes les époques, a-t-il interprétés! Combien de serveurs de restaurant tendant les plats d'un air respectueux ! Combien de sentinelles abattues dans le dos !... Tout cela pour de petits cachets minables. Et sans prononcer un seul mot.

A chaque fois, Rudy quitte le plateau désespéré, sans même oser serrer la main à ceux qui sont maintenant des vedettes et qui étaient autrefois ses partenaires...

Pourtant, il fait tout pour obtenir un petit rôle parlant. Ne serait-ce que deux mots à dire. « Merci beaucoup » ou « Bonjour, monsieur »...

Mais tous les metteurs en scène refusent, car sa voix est trop affreuse. Elle gâcherait à elle seule toute la scène.

Enfin, au début de 1948, il rencontre John Ford. A lui aussi, Rudy formule sa requête. Les mots lui viennent du fond du corps, et il est pitoyable. Le metteur en scène réfléchit quelques instants puis lui déclare, à sa stupéfaction :

« Je crois que j'ai ce qu'il faut pour vous. »

Voilà comment, en ce jour de fin octobre 1948, presque trente ans jour pour jour après sa terrible blessure, Rudy Bowman va jouer le rôle de sa vie. Trente mots. Les dernières paroles d'un soldat de la cavalerie américaine, blessé à mort.

De son fauteuil pliant, le metteur en scène lance un ordre :

« Moteur... »

C'est à Rudy. Alors, dans le silence du désert, monte un son rauque, grinçant. C'est une voix qui sort des entrailles, un gémissement, un râle.

« Ne vous en faites pas pour moi... Capitaine... J'espère... que vous me pardonnerez mon audace... Mais j'estime... j'estime que j'ai accompli ma mission... »

Vingt-trois mots, vingt-trois sons rauques, arrachés de toutes ses forces. Et brusquement, il fond en larmes. C'est un jeu de scène extraordinaire qui n'était pas prévu dans le scénario. D'autant que les trois autres acteurs, les trois vedettes, ne peuvent pas cacher leur émotion. La caméra fixe leurs visages bouleversés. Et Rudy Bowman, dans un dernier effort, en contractant son diaphragme et les muscles de sa gorge, articule les sept derniers mots de son rôle :

« ... dans la grande tradition de la cavalerie... »

Voilà. Rudy Bowman se tait. Son rôle est terminé. John Wayne et les deux autres se découvrent lentement, comme le prévoit le scénario. Mais tous les autres, silencieux au milieu du désert, acteurs, figurants, techniciens, ont le sentiment qu'ils lui rendent un grand coup de chapeau.

6

AGONIE PAR TÉLÉPHONE

Fin octobre 1939 : sur la côte Est des Etats-Unis, à l'embouchure du Potomac, une péniche-laboratoire est amarrée. Elle appartient à une société privée, et les expériences en cours concernent les sonars, des appareils nouveaux destinés aux sous-marins. Dans ce but, la péniche a reçu des aménagements particuliers.

Elle est percée à l'avant, au milieu et à l'arrière, de trois puits métalliques d'un mètre de diamètre et de quatre de profondeur. Ces puits débouchent d'un côté sur le pont et de l'autre sur le fond du bateau. Ce sont eux qui servent à tester les sonars. Les appareils sont placés dans le puits à sec, et un scaphandrier est ensuite chargé d'aller sous la coque, déverrouiller le fond escamotable, pour laisser l'eau pénétrer dans le puits. Quand les essais sont terminés, on envoie de nouveau un scaphandrier, cette fois pour refermer le fond, et l'eau du puits est aspirée avec des pompes.

Une fois le puits à sec, les appareils sont retirés, d'autres prennent leur place et ainsi de suite.

Ces essais durent déjà depuis plusieurs mois. Jusqu'ici, ils avaient lieu beaucoup plus en amont du Potomac. Mais les navires de guerre ont eu besoin de l'emplacement. La péniche s'est donc transportée à l'embouchure, à un kilomètre de la mer.

Il est 3 heures de l'après-midi, ce 28 octobre, et les chercheurs travaillent au tube n° 3 à l'arrière du bateau. Pendant ce temps, un peu plus loin sur le pont, Joseph Karneke et David Skill discutent calmement. Ce sont de vieux copains. Ils travaillent ensemble depuis des années. Lui, Joseph Karneke, est scaphandrier; quant à David Skill, il dirige la plongée depuis le pont à l'aide du téléphone. Le capitaine de la péniche s'approche d'eux.

« C'est fini au tube n° 3, il faut le verrouiller. »

Joseph Karneke met son équipement : sa combinaison, ses bottes, son casque, et s'avance d'une démarche pesante. Derrière lui, les trois cordons qui le relient au monde extérieur : le tuyau d'arrivée d'air, la corde de sécurité pour le ramener en cas de besoin, et le câble du téléphone directement branché sur son casque.

Pour rejoindre le puits n° 3, Joseph Karneke descend par le n° 2 qui est ouvert, mais en touchant le fond, il a une surprise. Il y a de la vase, beaucoup de vase, et très peu de place, car la péniche est très basse. A peine 75 centimètres au-dessus du fond. Joseph se met donc à quatre pattes et entreprend de se diriger vers l'arrière. En une minute, il est sous le puits n° 3. Le couvercle déverrouillé est là, qui pend sur le côté. Joseph Karneke annonce dans son casque :

« J'y suis. Je referme le couvercle. »

Un instant plus tard, la lumière qui tombait du puits ouvert disparaît et c'est le noir absolu. Joseph Karneke sait ce qu'il a à faire. Le travail se fait à l'aveuglette, mais il est relativement simple : sortir les écrous, les mettre sur les vis et serrer avec la clé anglaise. Il y a une vingtaine d'écrous et il faut compter une bonne minute pour chacun. De la routine pour Joseph. Il l'a déjà fait cent fois quand la péniche était amarrée plus haut dans le fleuve. Cette fois-ci, il a un peu moins de place, mais c'est tout.

Joseph Karneke se met à siffler tout en vissant ses écrous. Là-haut, son copain David Skill, qui l'entend dans ses écouteurs, fume tranquillement une cigarette. Dix minutes s'écoulent. La moitié du travail est faite. Et c'est alors que Joseph Karneke a une curieuse impression. Ce n'est pas visuel, car il est dans le noir total. Mais c'est une impression de gêne. Il lui semble que ses mouvements se sont raccourcis. Il se rend compte que son bras droit qui va de son sac à outils pour prendre les écrous, au couvercle du tube, fait de moins en moins de chemin. Il s'est arrêté de siffler et demande :

« Eh, dis donc, David, elle coulerait pas la péniche, par hasard ? »

La voix de David arrive dans le casque avec une parfaite netteté :

« Tu rigoles ! Je t'assure qu'on flotte normalement. »

Joseph Karneke se remet au travail. Il s'est sans doute trompé... Mais non. Tout à l'heure il pouvait lever le bras, maintenant il ne peut plus. S'il veut le déplier, il se cogne contre la coque. Il se remet à parler dans son casque.

« Ecoute, David, je te dis que le bateau coule. Il descend sur moi. »

David change de ton.

« Joseph, tu plaisantes ou quoi ? »

Mais la voix de Joseph Karneke est de plus en plus angoissée.

« David... Fais quelque chose. Appelle le capitaine. Je peux plus bouger, David ! La péniche va m'écraser. Mais fais quelque chose, bon Dieu, fais quelque chose ! »

Sur le pont, tout le monde s'est attroupé. On réfléchit, on ne comprend pas. Et soudain, le capitaine dit en pâlissant :

« Bon sang, la marée ! »

Eh oui, la marée. Jusqu'à présent, la péniche avait fait ses essais en amont du fleuve, là où les eaux sont étales. Mais près de l'embouchure, elle est entrée dans la zone d'influence de la mer. Et maintenant c'est la marée descendante. Non, la péniche ne coule pas. Elle s'abaisse, comme le niveau de l'eau. Dans une demi-heure, elle sera à sec, et en dessous il n'y aura plus rien. Joseph Karneke sera broyé, pulvérisé.

David Skill reprend son micro :

« Joseph, tu m'entends ? Ne t'affole pas, on va

te tirer de là. On va te ramener avec la corde de sécurité. On met le treuil en marche. »

Le treuil est mis au maximum avec une puissance de traction de douze cents kilos. Mais la voix de Joseph Karneke retentit de nouveau :

« Alors vous le mettez ce treuil ? J'ai la corde entre les doigts. C'est mou. Ça ne se tend pas. »

Cette fois, c'est le drame. La corde de sécurité a dû se coincer quelque part. Alors dans son lit de vase, couché sous la coque de la péniche qui se rapproche centimètre par centimètre, Joseph Karneke n'arrête pas de hurler :

« David, je veux pas mourir. David, fais quelque chose ! Je veux pas mourir. »

La mort qui l'attend, Joseph la connaît, comme tous les scaphandriers. En fait, il y a deux possibilités. Si la péniche continue de s'enfoncer, elle fera éclater son casque, et ce sera la noyade. Mais il y a pire encore : si le tuyau d'arrivée d'air se coince, c'est l'asphyxie progressive. Dans le casque, il y a de quoi respirer pendant une minute, peut-être deux... une ou deux minutes d'agonie.

Pendant ce temps, sur le pont, on tente la seule solution possible. Un plongeur descend par le tube n° 2 pour dégager la corde avec une lance sous-marine. C'est un engin qui, comme une lance d'incendie, projette un jet d'eau à grande puissance. David Skill tente d'expliquer calmement à son ami Joseph la manœuvre qui va suivre.

« Ecoute, Joseph, on va dégager ta corde avec

la lance. Ensuite on l'attachera à la corde et tu vas tirer pour l'amener à toi. Quand tu auras la lance, tu la dirigeras vers le bas. On mettra le jet et ça va creuser une tranchée dans la vase. Comme ça on pourra te remonter... Tu comprends, Joseph...? »

Joseph Karneke répond d'une voix haletante :

« Oui. Je comprends... Mais dépêchez-vous, je peux plus bouger du tout. Je peux même plus lever la tête. »

Quelques minutes s'écoulent encore. Et puis, dans le casque de Joseph Karneke, il y a un cri de victoire de David.

« Ça y est, Joseph. On a réussi. La lance est attachée. Tire la corde, vite... »

Aplati sous la coque, Joseph Karneke cherche à tâtons la corde.

Il l'attrape, tire, la lance est au bout. Il la dirige sous lui. Et hurle :

« Je l'ai. Allez-y ! »

Sous la pression du jet d'eau, la vase est brutalement remuée en tous sens et une avalanche de cailloux vient brutalement frapper son casque.

Mais c'est le miracle, car la vase se creuse. Une tranchée se forme, de quelques dizaines de centimètres seulement, mais suffisante car Joseph Karneke s'enfonce, et ne touche plus la coque. Il peut remuer les bras, remuer les jambes, et il se sent enfin tiré en avant par la corde.

Quelques instants plus tard, il est ramené par le tube n° 2. On se précipite sur lui, on déverrouille son casque. Enfin, c'est l'air libre, le soleil et le visage de David redevenu brusquement autre chose qu'une voix.

Avant de s'évanouir, Joseph a juste la force de lui dire :

« Tu parles d'un coup de téléphone ! »

7

LE SEIGNEUR DES MONÉDIÈRES

Depuis trois ans, un loup énorme ravage la vallée de la Corrèze, quelque part au pied du massif des Monédières. De force et d'intelligence supérieures, l'animal a déjoué toutes les battues, évité tous les pièges tendus et le soir la terreur règne sur l'ensemble de la contrée. La semaine passée, celui qu'on appelle à présent le Seigneur des Monédières a tué et sauvagement éventré 3 génisses et 6 moutons. La population locale a décidé de faire quelque chose, voilà pourquoi en ce jour de marché du mois de décembre, sur le coup de midi, Brunel, le maire du village, revient de la gare de Tulle en compagnie de l'un des plus grands chasseurs de loups de l'époque. Il a à son tableau de chasse une bonne cinquantaine de bêtes et depuis plus de quarante ans, des Causses au Morvan, et des Monts de la Marche au Ventoux, quand un loup fait des ravages, on fait appel à lui.

Or des loups, il y en a beaucoup au début de ce siècle.

Le maire pousse la porte de l'auberge.

« Messieurs, voici Mallemort, notre maître louvetier. »

Malgré ses 75 ans, l'homme respire la force et la santé. Ses yeux bleus sont d'une vivacité remarquable, et une grosse moustache blanche éclaire son visage. On s'écarte, on fait asseoir cet homme étonnant dont la renommée est venue jusqu'ici. On lui apporte un verre de vin chaud parfumé à la cannelle. A petites gorgées, Mallemort vide son verre, le repousse au milieu de la table et s'essuie les moustaches d'un revers de main. Le plus grand silence règne dans la salle. On regarde cet homme qui est venu tuer le monstre. Il va sûrement parler, expliquer ce qu'il compte faire. Demander de l'aide pour organiser une battue... Le vieil homme sort de son gousset une montre en or, la porte à son oreille, ouvre le boîtier protecteur, regarde l'heure, se lève et dit simplement :

« Je mangerais bien quelque chose ! »

Un peu déçu par ce laconisme, quelqu'un lance :

« Faut faire vite, à présent il tue pour le plaisir ! »

Mallemort s'est arrêté net dans son mouvement, son regard se pose sur l'interpellateur qui regrette déjà d'avoir parlé.

« Un loup ne tue jamais pour son plaisir, monsieur, il tue par nécessité, c'est différent. »

Cette fois, c'est Brunel, le maire, qui intervient. Il rappelle le bilan de la semaine passée :
« 3 génisses et 6 moutons... avec une génisse il en avait assez pour sa semaine, non ? »
Mallemort admet bien volontiers. Mais il ajoute que cette apparence d'acharnement sanguinaire sur ses victimes n'est en fait que la recherche des morceaux préférés : le foie, le cœur, tout ce que l'homme appelle « les abats ». Quand un loup n'est pas affamé, il choisit sa nourriture. Il ne faut jamais calomnier l'adversaire.

« Si votre loup est devenu un tueur, c'est par raffinement, et s'il a eu l'occasion de le devenir, c'est que vous lui en avez laissé le temps. Sur ce, messieurs, bon appétit ! »

Dès le lendemain, Mallemort entre en campagne. On le voit parcourir les lieux où l'on a signalé la présence du loup. Il examine avec soin les restes des animaux victimes de la bête. Il se poste seul sur une hauteur, bien avant le lever du jour et écoute pendant des heures. Des hurlements venant de différents points de la montagne lui apportent la certitude qu'il y a plusieurs loups, mais son cri à LUI, le Seigneur des Monédières, il l'a repéré. Il est unique : un octave plus haut que les autres et il dure plus longtemps.

Après cinq jours d'observation, Mallemort passe à l'action. Il trempe des gants dans le sang frais d'une génisse, puis découpe les rognons de l'animal ainsi que le cœur et le foie. Il dissimule dans chacun des morceaux une capsule inodore de cyanure, enrobée dans la graisse. Il met ensuite les trois appâts dans trois sortes de sacs faits de peau de génisses trempée elle aussi dans le sang.

A la tombée de la nuit, le louvetier part à cheval dans la montagne, traînant derrière lui les trois sacs attachés à une corde. Après un circuit d'une dizaine de kilomètres sans descendre de cheval, il vide chacun des trois sacs à 300 mètres de distance.

Le lendemain, au petit jour, Mallemort retourne sur les lieux. Son vieux cœur bat un peu plus vite en constatant que le premier appât a disparu. Le second, lui non plus, n'est pas là. La victoire aurait-elle été aussi facile ? Mais 300 mètres plus loin, le louvetier retrouve les trois appâts réunis. Ils sont intacts, le loup des Monédières n'y a pas touché et pour montrer son mépris, les a copieusement arrosés de ses déjections. En rentrant au village, Mallemort qui, décidément, n'est pas bavard, traduit pour les paysans :

« Ça sera dur, très dur... »

Alors s'engage une lutte sans merci entre le vieil homme et le loup. Mallemort sait que seul le piège peut venir à bout du Seigneur des Monédières. A présent il a jugé « SA » bête et il l'estime à sa juste valeur. Avec des ruses de Sioux, il dissimule des pièges autour d'un appât. Mais le louvetier a beau prendre des précautions incroyables, le loup arrive, décèle la présence des pièges, gratte avec sa patte juste avant les fers pour mettre au jour la chaîne reliée à une bûche de bois, et repart sans rien toucher.

Par contre, au petit jour, à des kilomètres de là, un ou deux moutons seront égorgés et dépecés.

Le louvetier change alors de tactique : il tue d'abord sur place un gibier quelconque, lapin, lièvre, perdrix, qu'il laisse à l'emplacement où il est tombé, sans y toucher. Avec des gants passés au sang frais, il enfouit ses pièges de part et d'autre, en quinconce. Peine perdue, le loup flaire le passage de l'homme et renonce à la proie facile, après avoir gratté ici et là, pour bien montrer son passage, et sa méfiance.

Pendant cinq semaines, Mallemort multiplie en vain les ruses et les pièges. Et puis, un soir de janvier, alors qu'il regagne le village, le louvetier entend un hurlement dans la montagne. A ce cri, répond le hurlement du loup des Monédières. Un sourire de satisfaction se dessine aussitôt sur les lèvres de Mallemort. A peine rentré au village, il annonce la bonne nouvelle.

« Le seigneur de la montagne est vulnérable, il va se marier. »

Et Mallemort cesse de mettre des pièges pendant une semaine. Une semaine entière consacrée à l'écoute du loup. Posté dans un arbre, ou au sommet d'un rocher, le vieil homme suit le mariage du Seigneur des Monédières. Il quadrille le terrain où il fait sa cour, repère les sentiers de chasse sur lesquels il passe avec sa compagne. Enfin un soir, le louvetier prépare deux pièges. Le premier assez grossier près du corps d'une génisse, le deuxième à quelques mètres du premier, subtilement dissimulé autour des abats de l'animal.

Le lendemain matin, Mallemort triomphe enfin. Le terrain autour des abats est labouré, un piège a fonctionné et l'un des loups est parti, traînant derrière lui toute la ferraille. Le cœur serré d'émotion, le louvetier suit la trace. Plusieurs centaines de mètres plus loin, deux silhouettes de loups immobiles se dessinent sur fond de neige. Le Seigneur des Monédières est là, debout, près de sa compagne qui tire désespérément sur le piège qui lui broie la patte avant. En apercevant le vieil homme, le grand loup pousse un hurlement déchirant et bat en retraite. La louve lui répond et fait face au danger qui approche. Un coup de feu claque et se répercute dans la montagne. Lorsque Mallemort rentre au village, le cadavre de la louve en travers de cheval, il sait que désormais le Seigneur des Monédières est à sa merci.

Le soir même, non loin du village, le vieil homme prépare ses pièges en ayant soin de traîner le cadavre de la louve autour de chacun d'eux. Il ne se donne même pas la peine de mettre d'appât, il sait que le lendemain au petit jour...

Et le lendemain, au petit jour, lorsque le groupe des chasseurs du village, sous la conduite de Mallemort, arrive sur les lieux, le grand loup est là, prisonnier des mâchoires d'acier reliées par une chaîne à un arbre. En voyant les hommes approcher, le fauve s'apprête à livrer sa dernière bataille. Ses yeux verts lancent des éclairs et un grognement rauque s'échappe de sa gorge. Un chasseur l'ajuste déjà, mais Mallemort l'arrête d'un geste.

« Non, nous allons l'emmener au village, vivant. Préparez des lassos. »

Les premières cordes sont coupées d'un seul coup de dent, et puis une réussit à passer, on tire, on en passe une seconde et bientôt cette lutte inégale se termine par l'immobilisation du loup qui se retrouve pattes et mâchoires liées, dans le cellier du maire du village.

Toute la journée, la population des environs défile pour voir de près celui qu'elle avait nommé le Seigneur des Monédières.

Et lorsque le soir tombe, Mallemort rend visite au grand vaincu et s'enferme avec lui.

Le lendemain, lorsque Brunel, le maire du village, pénètre dans son cellier, il a la surprise de constater que Mallemort a passé la nuit près du prisonnier. Sa surprise est encore plus grande en voyant que le loup est débarrassé de toutes ses entraves. Pourtant l'animal respire encore, mais ses yeux grands ouverts ont perdu toute vivacité. « Il n'en a plus pour longtemps », dit Mallemort, à voix basse, et comme pour se justifier, il ajoute : « Il n'a même pas bougé lorsque je l'ai détaché. Je sais bien qu'un animal ne connaît pas la mort, mais parfois il peut abandonner la vie. »

Le grand loup rendit son dernier souffle à la nature, vers midi, à l'heure où le soleil de janvier est juste au-dessus de la montagne des Monédières. Mallemort en tant que louvetier eut droit à la peau de l'animal, mais renonça à le dépecer. Il fit faire un grand trou à la sortie du village et y fit déposer la louve et le loup. Le Seigneur des Monédières et sa dame.

Ainsi reposent, réunis pour toujours, celle dont l'imprudence coûta la vie à celui qui l'avait choisie pour compagne. Même le roi des loups peut mourir d'amour...

8

UNE CERTAINE IMAGE

Est-ce un bien ou un mal... ce qui est arrivé à M. Royer n'est arrivé à personne d'autre qu'à lui, et peut-être cela vaut-il mieux.

Nous mourons, nous disparaissons, nous retournons à la terre, nous ne sommes plus que cendres et souvenir dans l'esprit de ceux qui nous ont aimés, ou détestés. Il doit y avoir une raison à cela. Une bonne raison. Que le premier qui la trouve en fasse profiter le monde entier, car personne n'est convaincu que cette raison soit bonne.

Depuis 81 ans que M. Royer est au monde, il a rarement connu une matinée aussi désagréable. A 81 ans, M. Royer est plutôt d'un caractère gai, et si comme tout un chacun, l'idée de disparaître de ce monde ne lui plaît guère, il s'efforce de ne pas y penser outre mesure. Mais cette matinée est macabre, car il existe, en Europe, et entre chrétiens, des coutumes pénibles.

La famille de M. Royer possède un caveau

depuis fort longtemps. Un grand caveau, une sorte de résidence secondaire et éternelle, où frères, sœurs, pères et cousins dorment depuis plus d'un siècle, de leur dernier sommeil. Et il est arrivé ce qui doit arriver. Il n'y a plus de place dans ce grand caveau. Il faut procéder à ce que l'on appelle joliment, en terme officiel : une réduction. C'est-à-dire, réunir tous ceux qui ne sont plus que cendres, dans un même et unique cercueil, pour faire de la place aux autres. C'est une nécessité assez conventionnellement épouvantable, car il n'est pas question que cette opération se fasse sans témoins. Il y faut la présence d'un membre de la famille, et celle d'un commissaire de police. C'est comme ça. C'est la loi. Le règlement, et c'est cela qui attend M. Royer, ce matin. Son cousin germain est mort. Il lui faut une place. Et comme il ne reste plus dans la famille en ligne directe que M. Royer, c'est lui qui a été convoqué de préférence à ses arrière-petits-enfants. Car là, dans ce grand caveau, se trouvent le père, la mère, les oncles, tantes de M. Royer. C'est donc lui qui doit assister à l'ouverture de chaque cercueil, c'est à lui que l'on remettra, s'il y en a, les bijoux ou objets personnels trouvés à l'intérieur, et ce, en présence du commissaire de police qui lui fera signer une décharge.

M. Royer met une cravate noire et un costume gris. Et sa main tremble un peu. Il va devoir jeter les yeux sur des ossements dont il aurait préféré garder le souvenir intact. Son père, médecin, disciple de Pasteur, qui s'est consacré à son éducation. Son père devenu veuf à sa naissance, et qui l'a tant aimé. Sa mère, qu'il n'a pas connue. Sa mère, morte en le mettant au monde, à 32 ans, morte de son dernier fils, morte d'épuisement et de tuberculose, pour que lui vive. M. Royer ne connaît d'elle qu'une photographie; une seule. Cette photographie fut longtemps le trésor de son père, et à sa mort, ce fut le sien. Un trésor inaccessible disparu à jamais. D'autant plus précieux qu'il était unique.

Dans un cadre ovale, orné de légères dorures, le visage d'une femme belle. Aux cheveux torsadés de nattes blondes. Belle comme ceux qui n'existent qu'en rêve, ou dans les contes de fées. M. Royer l'entend encore raconter cette beauté, ce teint pâle, ces yeux clairs, ces cheveux si dorés, si longs, ce corps si fragile...

Emilie... femme de Maurice Royer fut une femme aimée et M. Royer, son fils, a souvent pensé à cette seconde où elle est morte en le mettant au monde, elle si belle, et lui qui se trouve si vilain. Surtout en 1978, 80 années plus tard.

M. Royer contemple une dernière fois le portrait de son père, médecin distingué, mais incontestable, et veuf éternel. Puis celui de sa mère, et sa gorge se serre. Il en a tant rêvé petit garçon, jeune homme, et même tout vieux qu'il est.

A l'idée de ne voir que des os et de la poussière à la place de ce visage ovale, cerné de tresses dorées, le pauvre M. Royer se sent malade. Je n'irai pas... se dit-il.

Mais il le faut. Alors je ne regarderai pas. Mais on m'y obligera! Quelle stupidité, que ces coutumes macabres. Pourquoi n'enterre-t-on pas le cousin ailleurs ?

A pas menus, au rythme de sa canne, M. Royer franchit les allées calmes, bordées de marbres et de fleurs artificielles. Le ciel est d'un bleu indécent, le soleil, beaucoup trop brillant. Et pourquoi les oiseaux chantent-ils dans les cimetières ? Quelques silhouettes attendent déjà à l'entrée du caveau familial. Le gardien, les ouvriers et le représentant du commissaire. « Bonjour »... dit M. Royer.

« Après vous », dit le policier, en s'effaçant devant la grille de la petite chapelle.

Après vous... il ne pense pas si bien dire, pense M. Royer. Le prochain à entrer ici, les pieds devant, ce sera moi, de toute façon. Et un frisson lui glace la nuque, tandis que les ouvriers se mettent au travail.

Dans l'ordre de leur disparition, et à rebours, apparaissent le chêne vernissé de l'oncle Sébastien, celui de la tante Alphonsine, celui du cousin Pierre. L'ouverture de ces boîtes à poignées de bronze, mais aux clous rouillés, ne pose guère de problème.

M. Royer hoche la tête, évite de regarder le tri que les ouvriers, habitués à ce genre de travail, opèrent pour repérer les bijoux, et les restituer. M. Royer s'efforce de regarder ailleurs, mais l'endroit n'est pas grand. Il voudrait bien s'en aller, mais voici qu'il s'agit de son père et le respect le fait se redresser. Le souvenir de ce visage au front large et intelligent, au sourire tranquille, vient estomper l'horreur de ce que lui montrent les ouvriers. M. Royer tend la main avec certitude et on lui donne l'alliance de son père et celle de sa femme. Il a toujours porté les deux, on les rend à M. Royer qui les regarde, dans le creux de sa main avec intensité. La plus petite, c'est celle de sa mère, celle dont on va maintenant ouvrir le cercueil, celle qu'il n'a jamais vue de sa vie, autrement que sur l'unique portrait. Emilie, morte en 1898, à 32 ans.

Le cercueil est plombé, et les ouvriers ont un « oh » d'étonnement. Le travail prendra du temps. C'est étonnant un cercueil entièrement plombé, pour une morte de 1898! Bizarre... M. Royer veut-il aller se reposer? On l'appellera. Non. Il veut voir. Une espèce d'attirance bizarre le paralyse dans ce caveau glacial. Il regarde sans bouger les hommes attaquer le plomb au ciseau à froid, découper, arracher, déssouder... Il a l'impression de vider un sarcophage, c'est une reine que l'on a enterrée là, avec tant de soin.

Le couvercle de plomb a sauté. Il y a encore un couvercle de bois précieux, que les ouvriers ouvrent avec délicatesse, car il semble intact. M. Royer a le souffle court, il suit le mouvement avec une telle intensité que c'est à peine s'il frémit alors que les autres sursautent. Une main blanche et fine a glissé avec grâce, poussée par l'air brutalement expulsé. Intacte. En chemise de dentelle blanche, son visage pâle aux yeux clos, encadré de deux nattes d'or, Emilie Royer est intacte. Elle a 32 ans, éternellement, et son fils, qui en a 81, qui ne l'a jamais vue, est muet de stupéfaction, de terreur, d'émotion.

C'est un étrange face à face que celui de ce fils plus vieux que sa mère, que cette rencontre d'un autre âge. Emilie est bien celle de la photo, telle qu'il l'avait imaginée, rêvée, aimée, 81 ans de sa vie. L'officier de police émet une hypothèse :

« Je suppose que votre père a embaumé sa femme. Il était médecin et amoureux jusqu'au culte de ce visage parfait... »

M. Royer a hoché la tête. Oui, son père avait fait cela, c'était évident. Il avait voulu garder intacte celle qu'il aimait le plus au monde. Mais il ne l'avait jamais dit à son fils. Et le fils, tout à coup, après avoir pleuré et regardé de tous ses yeux cette mère qu'il n'avait jamais vue, s'est senti JALOUX, à 81 ans...

9

LE LÂCHE

De chaque côté de la route défile un paysage desséché de soleil. Un soleil américain, sur une route américaine. Un panneau annonce, près d'un bouquet de cactus, que l'on se trouve à Medway, aux Etats-Unis. Medway, dont on aperçoit les premières maisons de bois à un kilomètre. Le ciel est rouge, car le soleil se couche comme à regret tout au bout de la plaine. Une station-service désaffectée côté gauche, et côté droit un bar, orné d'une affiche prétentieuse, annonçant les meilleurs hot-dogs, et la meilleure bière...

L'homme qui s'arrête sur le bas-côté d'un coup de frein puissant jette un coup d'œil affolé en direction du bar.

Mais lui aussi est désaffecté, depuis longtemps. L'homme le sait bien, mais il a eu si peur...

A présent qu'il est sûr que personne ne l'a vu, que personne ne risque de le voir, il baisse sa vitre et regarde en arrière, sur la route.

A cent mètres environ, en suivant de l'œil les

traces de freinage de sa voiture, il aperçoit une petite boule sur le bas-côté. Une petite boule claire. La petite boule est immobile. Autour d'elle pourtant, on distingue nettement dans la lueur du soleil couchant un nuage de poussière qui retombe lentement sur le sol. Comme une poussière d'or.

L'homme respire un grand coup, pour récupérer son souffle, mais l'air chaud qui entre dans ses poumons ne le rafraîchit pas. Il transpire. Sa chemise, collée au siège de la voiture, lui brûle le dos. Ses jambes tremblent de l'effort et de la tension qu'il vient de subir en l'espace de quelques secondes.

Il n'ose pas bouger. Les idées se bousculent dans sa tête. Que faire ? Descendre en courant se précipiter vers cette boule immobile, et puis ? Et si la boule est morte ? Alors démarrer, en trombe, se sauver comme un assassin ?

Oui, mais si la boule n'est pas morte ?

Les mains moites, l'homme se décide brutalement. Il remet le moteur en marche, passe la marche arrière d'un geste si brusque que les pignons grincent abominablement, et recule lentement, sur cent mètres, jusqu'à la petite boule. Arrivé à sa hauteur, c'est à peine s'il ose regarder.

La petite fille a une robe rose, assez sale, et des espadrilles.

Couchée sur le bas-côté en chien de fusil, les bras sur la tête, elle semble dormir. Le peu que l'on aperçoit de son cou et de son visage paraît bien pâle. Les jambes sont recroquevillées, elle devait tenir un panier à la main, car il lui en reste une anse crispée dans la main droite.

D'un regard circulaire, l'homme cherche le panier, et le découvre un peu plus loin. Il s'en est échappé une orange, et un morceau de pain. Au milieu de la route, un chapeau de paille, écrasé, aplati, témoigne de l'emplacement du choc.

Voilà.

C'est un homme tout seul sur une route déserte, en train de constater qu'il a renversé une enfant, et qui se demande terrorisé ce qu'il va faire.

Or il ne devrait pas se le demander. Il devrait simplement descendre, examiner l'enfant, ou la réconforter, ou aller chercher immédiatement du secours, car il n'est pas médecin, et ne peut pas juger de la gravité de ses blessures. Dans le cas le plus grave, et si l'enfant est morte, il devrait également foncer jusqu'à la ville, distante d'un kilomètre, et prévenir la police.

Mais cet homme-là ne fait rien. Il a peur. Peur de descendre, de regarder, de toucher, de se persuader de la réalité des faits.

Quelque chose dans sa tête, comme un signal d'alarme, est en train de le persuader qu'il ne s'est rien passé. C'est impossible. Il est impossible qu'il ait écrasé cette enfant !

L'image brutale qui s'impose à son esprit, celle de l'enfant traversant la route en courant, le bruit du choc, le petit corps qui vole en l'air... tout cela il ne veut pas, il ne peut pas le voir. Ça ne s'est pas passé, c'est impossible.

Mais l'enfant est là. Petite boule rose et poussiéreuse, immobile, terriblement immobile, et l'homme ne peut pas ne pas la voir.

Il ouvre la portière... timidement. Met pied à terre et s'avance d'un pas comme s'il craignait d'être brûlé.

Légèrement penché, il appelle.

Sa propre voix lui fait peur. Et il remonte précipitamment dans la voiture, démarre comme un fou, sans même regarder dans son rétroviseur. Le soleil s'est couché. Les premières lueurs de la ville accueillent le chauffard qui se perd bientôt dans l'anonymat d'un drugstore, où il boit comme s'il n'avait jamais bu de sa vie. Il est 8 heures du soir.

A Medway, comme dans beaucoup de villes des Etats-Unis, existe une radio locale, animée par un meneur de jeu vantant essentiellement les mérites de la musique rock, des lessives aux enzymes et du savon machin.

L'animateur unique, Ronald Green, semble perpétuellement agité par un besoin de vivre à cent à l'heure. Sa voix excessivement enthousiaste mâchonne avec la même conviction les titres des chansons, les nouvelles de la ville et les publicités.

Son royaume, c'est le rez-de-chaussée d'une vieille maison, où il vit en étroite communion avec un technicien, tout aussi nerveux que lui, et une secrétaire chargée du courrier et des appels téléphoniques. Une table, une console, un magnétophone et deux platines de disques, un distributeur d'eau, et Ronald Green devant son micro.

La station émet de 9 heures du matin à 7 heures du soir, sans interruption, et lorsque Ronald Green a besoin de déjeuner, ce qui est après tout compréhensible, le technicien passe de la musique pendant une heure, ou dix minutes, le temps d'un sandwich.

Ronald a vingt-six ans, c'est un garçon un peu bête, mais dynamique, et dont les nombreux succès féminins sont accrochés sous forme de photographies dédicacées au-dessus de sa tête, dans le studio.

Ce matin-là, Ronald a l'air mal « vissé ». Mal vissé, c'est l'expression favorite du technicien lorsque Ronald n'a pas l'enthousiasme délirant nécessaire au dynamisme de la station.

La matinée s'écoule néanmoins sans anicroche, car ce n'est pas la première fois que Ronald est mal vissé. Puis la secrétaire lui passe une communication téléphonique. C'est le shérif de Medway. Il a besoin d'aide. Il demande à Ronald de passer, toutes les heures si nécessaire, un message radio pour l'aider à retrouver une petite fille de douze ans, Cory Materson, qui est partie de chez elle la veille et n'est pas rentrée chez ses parents depuis.

Ronald accepte de passer le message. C'est le moins qu'il puisse faire. D'habitude, les auditeurs lui demandent de retrouver une moto, une voiture volée, ou un chat perdu, mais une petite fille disparue, c'est important.

Consciencieusement, Ronald débite donc la description de l'enfant, taille, couleur des yeux, vêtements.

Au bout du troisième message, c'est-à-dire trois heures plus tard, nouveau coup de téléphone du shérif demandant un autre service. Une voiture de patrouille a retrouvé la petite fille, et cette fois le shérif demande à Ronald de passer des messages pour retrouver le chauffard qui l'a renversée. Car l'enfant a eu un accident, c'est évident. Elle est à l'hôpital dans le coma, sans blessure apparente grave, à part des ecchymoses diverses... Le shérif voudrait faire appel à la conscience du chauffard. Ne serait-ce que pour être sûr qu'il s'agit bien d'un accident de voiture, et non d'une attaque.

Ronald n'aime pas beaucoup ça. Le principe de son émission est d'entretenir une gaieté de bon aloi et sans interruption sur l'antenne. Il a déjà fait une entorse à ce principe pour les avis de recherches de l'enfant, il n'a aucune envie de dramatiser son antenne en courant après un chauffard. Mais le shérif insiste.

Alors Ronald accepte à condition que le shérif rédige lui-même l'appel. A midi, au micro, Ronald, entre deux disques, lit donc ceci :

« Je m'adresse à l'automobiliste qui a renversé la petite Cory Materson, dans la soirée d'hier ou dans la nuit. Nous savons qu'il s'est affolé. Nous savons qu'il a eu peur de l'avoir tuée. Cory n'est pas morte, mais les médecins sont extrêmement réservés. Il faut qu'il se dénonce. Son geste ne servira qu'à une chose, laisser peser sur les habitants de notre ville l'ombre d'un lâche. Les parents de Cory n'ont pas les moyens d'assumer eux-mêmes les frais d'hospitalisation et les soins coûteux que nécessite l'état de leur enfant. Si cet homme se dénonce, s'il avoue sa responsabilité, l'assurance paiera.

« Je répète... »

Et inlassablement, toutes les heures, Ronald Green répète son message. D'ailleurs, il voudrait ne pas le faire, que cela serait impossible : le patron de la station de radio a lui-même téléphoné à Ronald en lui disant :

« Faites-moi un beau petit laïus dramatique spécial sur le civisme et l'honneur et tout ça... Si nous retrouvons cet écraseur, ce sera bon pour notre publicité locale. »

Et Ronald a fait son petit speech dramatique sur le civisme, et l'honneur et tout ça... Le technicien a soutenu son texte d'une jolie musique, de quoi mettre les larmes aux yeux de toutes les ménagères de Medway.

Et puis, tout d'un coup...

A 17 heures 56, Ronald, au lieu de débiter ses publicités, avant de relancer son appel, a demandé le silence. Il a dit :

« Mesdames et Messieurs, bonsoir. Les émissions sont terminées. Complètement terminées, mais rassurez-vous, on trouvera bien le moyen de vous en faire d'autres un de ces jours. »

Et il est allé voir le shérif.

Il lui a dit : « C'est moi qui ai renversé la gosse. »

Le shérif l'a regardé. Il a dit : « Cory va mieux, Ronald. Elle s'en sortira. » Puis il a vérifié avec le morceau de pare-chocs retrouvé sur les lieux, le même morceau qui manquait à la voiture de Ronald Green. Ronald ne s'était même pas aperçu de cela. Il ne s'apercevait jamais de rien dans la vie à force de dire toujours les mêmes choses sur le même ton, comme un automate.

Mais tout de même, il s'était bien aperçu d'une chose... le lâche, c'était bien lui.

10

DANS LA DOULEUR

Comme beaucoup d'adolescentes, Carmela devint femme en silence et dans la peur.

Qui a dit : Ne fais pas ceci, ne parle pas à celui-là, n'écoute pas les autres, voici le bien, voici le mal, voici la joie et le péché...

Qui a dit : Tu n'as pas le droit de penser par toi-même...

Qui a dit : Sois sage, nous ferons le reste...

Qui a bâti ce mur de défense entre la vie et elle ?

Qui a laissé grandir cette peur épouvantable du jugement des autres : les grands, les adultes, les parents ?

Le temps n'est plus aux bébés qui naissent dans les choux et les roses. A l'ombre des jeunes filles en fleur, une angoisse est née, qui pourrait finir dans une poubelle.

Pour tranquilliser la bonne conscience française, pour être sûr que dans ce pays de liberté, de désinvolture et de remise en cause permanente des mœurs, une telle chose n'a pu se produire, il serait simple de dire que ceci est arrivé un jour dans un pays voisin. Un pays qui en 1970 n'avait pas encore retrouvé toutes ses libertés. Un pays où les rigueurs du pouvoir et de la religion pesaient lourdement sur la nouvelle génération.

La jeune fille s'appelle donc Carmela.

Carmela a dix-sept ans. Ses parents sont de petits-bourgeois, d'une province où il faut aller à la messe le dimanche, à confesse le matin, aux vêpres l'après-midi. Carmela doit aller en pension, dans une institution pour jeunes filles sages. Elle doit porter des jupes en dessous du mollet, des cols blancs, et ne pas laisser traîner ses cheveux sur ses épaules.

Après des vacances passées en famille, avec les cousins, les cousines, les oncles, les tantes et l'ennui quotidien, Carmela regagne donc sa pension pour la dernière année.

Autour d'elle, en dehors d'elle, loin d'elle, l'Europe, le monde est fou. On danse, on voit des horreurs au cinéma, on entend de la musique de sauvages, et il n'est pas un livre à mettre dans les mains d'une jeune fille de son âge. Mais tout cela ne franchit pas les barrières de la censure. Carmela est à l'abri du mauvais. Du mauvais tel qu'on le conçoit dans sa famille. Définition du mauvais pour Carmela : en gros, tout ce qui concerne les rêves de son âge, avec, en tête de liste, les garçons. Car on ne prononce jamais ici l'horrible mot de sexualité qui ne doit avoir cours que dans les familles ou les pays dégénérés.

Voilà selon quels critères voulus, imposés, et acceptés, Carmela retrouve au mois d'octobre sa pension de jeunes filles.

Carmela a toujours été un peu boulotte, avec un joli visage plutôt gai, et des yeux qui ne demandent qu'à rire. L'année dernière, elle faisait partie d'une petite équipe qui n'engendrait pas la morosité, dans la mesure du possible.

Mais cette année, Carmela ramène des vacances un visage au teint brouillé et aux yeux cernés. Elle a grossi, son caractère s'en ressent, et ses vêtements aussi. Dans le dortoir où les filles dorment par huit, elle s'enferme volontiers dans un box individuel, et les jours de repos, traîne en robe de chambre dans la salle de lecture. Elle ne rit plus, manifestement les autres l'ennuient et son agressivité a fait s'éloigner d'elle les anciennes camarades. Une ou deux d'entre elles se sont dit :

« Bof, elle fait un complexe. Elle ne mange presque plus pour maigrir, ça la rend insupportable. »

Et on l'a laissée dans son coin.

Carmela n'est plus jolie, n'est plus rieuse, il n'en faut pas plus pour l'isoler.

Les mois passent au rythme des cours d'algèbre, et de latin. A Noël, Carmela rentre chez elle comme les autres, et en revient tout aussi morose. Elle se plaint d'avoir mal à l'estomac, et toujours froid.

Les classes n'étant pas surchauffées, c'est peut-être normal.

Mais est-ce normal de garder toute la journée son manteau sur le dos ?

A celles qui la taquinaient de loin en loin, Carmela a répondu méchamment :

« Fichez-moi la paix, je suis frileuse, ça ne vous regarde pas. »

Un samedi et un dimanche de février 1970, Carmela déclare qu'elle est fatiguée, un peu mal fichue, et reste au lit jusqu'au lundi.

Le lundi matin à 8 heures, elle assiste au premier cours d'anglais. Puis aux autres, et personne ne s'étonne au réfectoire de la voir bouder son assiette. Elle est si pâle pourtant, que sa voisine de table lui dit :

« Tu sais, ça ne te fait pas maigrir de ne pas manger. Moi, à ta place, je m'en ficherais d'avoir un ou deux kilos de trop... »

Carmela ne répond pas. Et les cours reprennent l'après-midi. Ce n'est que vers 17 heures, au début du cours de mathématiques, que la jeune fille demande soudain à sortir. Le professeur demande :

« Qu'est-ce qu'il y a ? Vous êtes malade ?

— Non, non... je veux juste sortir un moment... »

La permission accordée, Carmela sort de la classe, et la surveillante la voit se diriger vers les toilettes au fond de la cour. Environ un quart d'heure plus tard, Carmela réapparaît frileusement enveloppée dans son éternel manteau. Elle traverse à nouveau la cour, et regagne sa classe.

Carmela ne se plaint de rien, durant la dernière demi-heure de classe. Puis range ses livres et ses cahiers, fait deux heures d'étude surveillée, ne mange guère au réfectoire et se couche comme tout le monde.

Le lendemain, à l'aube, une femme de ménage pousse un cri, on réveille la directrice, et bien avant que les pensionnaires ne soient levées, la police envahit la pension. Une enquête commence.

Ces messieurs et ces dames les professeurs, convoqués un par un dans le bureau de la directrice, subissent l'interrogatoire d'un commissaire. Cet interrogatoire ne donne rien, apparemment. Vers midi, le commissaire décide de réunir les élèves des classes de terminales dans l'amphithéâtre de chimie. Il y a là une trentaine de jeunes filles excitées par tout ce remue-ménage, et piaillant comme une volière.

« Silence, tonne la directrice, et asseyez-vous. Mesdemoiselles, il s'est produit ici, dans cette maison, un scandale épouvantable. Monsieur le commissaire est là pour vous interroger et découvrir la coupable. »

Monsieur le commissaire s'assoit devant le grand tableau noir, et examine un par un les visages tournés vers lui. Surprise, étonnement, curiosité, il peut tout lire dans ces jeunes regards. Il peut même lire le désespoir dans celui de Carmela.

Après un long examen silencieux, la voix du commissaire s'élève dans l'amphithéâtre. Sèche, impersonnelle, et menaçante à la fois :

« Ce matin, vers 5 heures, une femme de ménage a découvert, enveloppé dans un tablier au fond d'une poubelle, un nouveau-né. Il s'agit d'un bébé né il y a quelques heures à peine, et qui a été jeté vivant dans cette poubelle. Le tablier qui l'enveloppait est celui de l'une d'entre vous, qui a soigneusement déchiré la marque où s'inscrivaient son nom et sa classe. »

Un remous apeuré se répand dans l'amphithéâtre, et les jeunes filles se dévisagent avec angoisse, tandis que le commissaire poursuit :

« Il s'agit là d'une volonté délibérée d'assassinat. Celle d'entre vous qui a accouché de ce bébé a voulu s'en débarrasser. En le jetant dans une poubelle, elle espérait qu'il disparaîtrait à jamais, et de la manière la plus épouvantable qui soit.

« J'attends qu'elle se dénonce, d'elle-même. Sinon ce sera simple, un examen médical la désignera avec certitude. »

Carmela se lève. Elle n'a pas la force de parler, ni celle de pleurer, elle se lève, se désigne du doigt, et se rassoit la tête dans les mains.

L'amphithéâtre est vide à présent. Il ne reste plus que la directrice, Carmela, et le commissaire. Elle a le visage si pâle, les traits si tirés, la gorge tellement serrée, qu'elle raconte avec difficulté, d'une voix monotone, entrecoupée de sanglots secs. Carmela n'a jamais eu aucun flirt. Et le premier rendez-vous se passa au printemps dernier. Quelques mois plus tard, s'apercevant qu'elle était enceinte, Carmela entreprit de cacher son état à ses parents, à ses amies, au pensionnat, à tous ceux qui la côtoyaient, elle ne dit rien. Et ils ne s'aperçurent de rien. Malade, à force de serrer son ventre avec des bandes de chiffon, éternellement roulée dans un manteau trop large, Carmela vécut le calvaire de cette grossesse en silence. Et puis lundi vers 5 heures, elle a compris qu'elle était au bout. Elle a demandé à sortir. Elle a accouché seule, dans les toilettes au fond de la cour, enfermée dans deux mètres carrés de ciment. Tous les gestes qu'accomplit un accoucheur professionnel, elle les a faits empiriquement. L'enfant a crié sur le ciment glacé, elle l'a enveloppé dans son tablier, en enlevant les marques. Elle a dissimulé le paquet sous son manteau et en se glissant dans les communs, l'a déposé dans une poubelle. Puis Carmela a regagné la classe de mathématiques. Son dramatique exploit n'avait pris qu'un quart d'heure.

Aucune de ses camarades interrogées ne se doutait de cela, ni avant, ni après. Ni son père, ni sa mère, elle n'avait vu aucun médecin, fait aucune confidence.

Les parents de Carmela ne sont même pas venus la voir à l'hôpital où on l'a transportée. Elle n'a jamais voulu dire le nom du père de l'enfant à la police. Pourquoi ? La peur. Une peur comme celle-là, il faut l'admettre, puisqu'il est possible de la vivre, et il n'y a pas de quoi être fière, d'en être responsable, quand on est les parents de cette peur.

L'enfant, un petit garçon prématuré, fut mis en couveuse. Il était hors de danger le lendemain. Il était de la race de ceux qui n'ont pas besoin de choux et de roses pour venir au monde contre vents et marées, contre peur et angoisse.

Maintenant, pour inquiéter notre bonne conscience, pour être moins sûrs que la France est un pays de liberté, de désinvolture, et de remise en cause permanente des mœurs, il faut dire que ceci est arrivé un jour, mais pas dans un pays voisin. Alors que ceux qui doivent encore y penser y pensent, cela paraît urgent.

11

UN GENTLEMAN
PAIE TOUJOURS SES DETTES

Le Messerschmitt arrive au centre du collimateur, et le pouce de George Law va presser sur la commande qui déclenche les mitrailleuses de son Spitfire. Tout à coup, plus rien : par une adroite esquive, l'Allemand a disparu.

« Coriace, celui-là », pense l'aviateur.

Il n'a pas achevé sa pensée que dans un fracas épouvantable son tableau de bord vole en éclats. Un coup d'œil lui permet de voir, en une fraction de seconde, que son adversaire passe sur sa gauche. Comment a-t-il fait ?

Mais l'instant n'est pas aux interrogations. Le Spitfire tombe comme une pierre, et il faut sauter. George Law largue le cockpit et bascule dans le vide. Tandis qu'il descend, suspendu à son parachute, le Messerschmitt revient vers lui. Que veut-il, se demande le pilote avec une certaine angoisse. On a rarement vu des aviateurs tirer sur un adversaire malheureux, mais sait-on jamais.

L'avion allemand vient tout simplement le saluer. Pour ce faire, il balance les ailes à gauche et à droite, puis disparaît dans les nuages. Dans l'aviation, même aux pires heures de la guerre, il y a toujours eu ce côté chevaleresque, aussi bien du côté des Alliés que des Allemands.

Pour George Law, le retour à la base est loin d'être triomphant. Il est pénible de s'être fait posséder comme un bleu, surtout quand on s'appelle George Law, avec 13 victoires à son actif. Dès le lendemain, l'aviateur anglais peint lui-même son sigle sur le Spitfire qui lui est attribué en remplacement de l'autre : deux sortes de moustaches jaunes, sortant de chaque côté du nez de l'appareil, semblables aux siennes. Et en prenant son vol, il n'a qu'une idée en tête, retrouver son adversaire et se venger. Son premier soin est de patrouiller dans la même région que la veille, et le Messerschmitt se présente à nouveau. Il a lui aussi un sigle personnel que Law a eu le temps d'identifier lors de sa descente en parachute : des dents de requin peintes sur le nez de l'appareil. D'entrée, l'Anglais fonce sur son adversaire qui pique vers le sol et disparaît dans un nuage. George Law le poursuit, scrutant de tous les côtés. L'Anglais, sur ses gardes, amorce un demi-tour lorsque le Messerschmitt surgit derrière lui et lui envoie une rafale qui pulvérise les gouvernes de profondeur du Spitfire. Devenu fou, l'avion pique du nez et Law est obligé, une nouvelle fois, de sauter en parachute.

Cette fois, ce n'est plus au-dessus de la terre qu'il se trouve, mais au large des côtes anglaises, au-dessus de la mer. Tandis qu'il gonfle la bouée de sauvetage qui va lui permettre de flotter, l'aviateur anglais voit son adversaire repartir vers la côte, puis revenir en piqué au-dessus de lui. Il effectue cette manœuvre trois fois de suite dans le but évident de signaler sa présence aux garde-côtes qui patrouillent en permanence dans les eaux territoriales. Ayant accompli sa mission, l'Allemand bat des ailes à droite et à gauche et disparaît dans le ciel. Quelques instants plus tard, George Law est recueilli à bord d'une vedette de la Royal Navy.

Deux avions en deux jours. A la base, les ricanements fusent. Le malheureux aviateur en entend de toutes les couleurs. Plus que jamais il se doit de retrouver son adversaire et de le descendre. C'est une question d'honneur, il faut l'abattre, ou mourir. Le lendemain au même endroit, George Law retrouve son Messerschmitt. Et c'est l'ultime combat. Comme la veille et l'avant-veille, l'Allemand esquive son attaque de plein fouet et disparaît dans un nuage. Cette fois-ci Law ne veut pas se laisser surprendre, et poursuit son adversaire en piqué. Le Messerschmitt disparaît à nouveau, et à nouveau réapparaît un peu au-dessus du Spitfire. Law le voit fondre sur lui et pense que c'est fini. Pour la troisième fois il se trouve à la merci de ce diable d'homme. Or l'Allemand passe à quelques mètres de lui sans tirer. Instinctivement Law le prend en chasse. Pourquoi n'a-t-il pas tiré ? Une seule solution possible : ses mitrailleuses se sont enrayées. Et c'est le cas ! Dans son cockpit, l'Allemand lève les bras en signe d'impuissance.

Pendant quelques secondes une bataille intérieure se livre dans le crâne de George Law. L'homme qui l'aurait impitoyablement descendu une troisième fois est là, à portée de ses mitrailleuses, mais il est impuissant, il est désarmé. A vaincre sans péril, on triomphe sans gloire... certes, mais après tout, à la guerre comme à la guerre. Dans tout combat, la chance tient une place importante. Cette fois-ci elle a basculé en faveur de l'Anglais, tant pis pour l'autre. Alors George Law presse le bouton qui déclenche les mitrailleuses, et bientôt une fumée noire sort du Messerschmitt qui pique vers le sol accompagné par le Spitfire. A cette hauteur-là, pense Law, il ne pourra bientôt plus sauter en parachute. Et c'est préférable. Si son adversaire trouve la mort à l'issue d'un tel combat, personne ne pourra témoigner de sa lâcheté. Car George Law regrette déjà son geste. Lui qui se croyait un parfait gentleman, le voilà descendu au niveau le plus bas. Bientôt le Messerschmitt touche le sol et prend feu.

C'est fini, consommé, et comme le hasard a voulu que l'avion ennemi ne tombe qu'à quelques kilomètres de sa base, Law atterrit et se fait conduire en jeep sur les lieux. Un groupe de paysans et de soldats se tient à distance de l'appareil allemand qui achève de se consumer. L'aviateur questionne :

« Et le pilote ? »

L'officier interrogé désigne du menton un petit groupe de soldats en armes. Au milieu d'eux, se trouve un grand homme blond, au visage noirci qui regarde Law droit dans les yeux.

« C'est vous qui m'avez descendu ? » demande l'Allemand dans un anglais impeccable.

N'obtenant pas de réponse, il ajoute avec un grand sourire :

« Je croyais qu'il n'y avait que des gentlemen dans la R.A.F. ! »

L'aviateur baisse la tête, une paire de gifles ne lui aurait pas fait plus d'effet. L'Allemand pousse un profond soupir et conclut :

« Que voulez-vous, c'est la guerre ! »

A cet instant George Law voudrait être mort. Il s'entend bafouiller un « Je suis désolé » minable et s'en va, écœuré de lui-même.

Mais très vite, George Law réagit. Il est impossible de revenir sur ce qu'il a fait, mais il peut réparer dans la mesure du possible. Grâce à ses relations et à sa personnalité, l'aviateur va rendre la détention de son adversaire plus supportable. Il va lui rendre visite, lui apporter du ravitaillement. Rapidement, Conrad Muller comprend à quel point George Law regrette son acte et pour lui prouver qu'il lui pardonne, il accepte son amitié.

Puis George réussit à faire sortir Conrad du camp, pour quelques heures. Il l'emmène chez lui et le présente à sa femme Margareth qui tient un bar, non loin de la base. Une solide amitié unit les deux hommes jusqu'au jour où George Law disparaît lors d'une mission sur la France. Le commandant de la base vient un matin annoncer la nouvelle à Margareth.

« On a vu son avion s'écraser au sol avant qu'il ait pu sauter en parachute. »

Et la guerre va s'écouler. Après la capitulation de l'Allemagne, Conrad Muller est libéré, et comme il a continué de correspondre avec Margareth, il vient lui rendre visite, et puis, comme si c'était écrit, ils vont se marier. C'est logique, cela aurait été sûrement le dernier souhait de George. Plus tard, Margareth et Conrad achètent un pub à Londres qu'ils vont appeler le « George's Bar » : et la vie continue.

En 1948, un homme pénètre dans le pub et commande une bière. En le servant, Conrad sent un trouble étrange l'envahir. Dans la glace il observe le visage couturé de cet inconnu dont la voix brisée elle aussi l'a fait sursauter. Se pourrait-il ? Non, c'est impossible. George est mort et bien mort. Il a même été enterré dans un cimetière militaire près de Rouen, en France. Margareth et lui y sont allés l'an dernier. « George Law » était écrit sur la croix blanche. Conrad tente en vain de lier conversation avec l'inconnu, qui répond par monosyllabes et lorsqu'il ose enfin lui demander, en désignant les coutures qui lui balafrent le visage :

« La guerre ? »

L'autre secoue négativement la tête et répond :

« La route. »

Un peu rassuré, Conrad continue de parler avec l'inconnu. Mis en confiance, ce dernier finit par se détendre quelque peu. Il travaille en Allemagne pour le compte des Américains. Il est de passage à Londres et il a habité autrefois le quartier. C'est un petit voyage sentimental. Il donne même son nom. Il s'appelle Allan Smith et il est né à Stratford-sur-Avon, comme Shakespeare.

Tandis qu'ils bavardent, Margareth pénètre dans le bar. Conrad guette sa réaction lorsqu'elle découvre l'homme. Mais après s'être arrêtée un instant sur lui, le regard de sa femme glisse ailleurs, sans la moindre surprise. Conrad retourne à sa caisse parfaitement rassuré. C'est alors que l'inconnu se dirige vers la porte, puis se ravisant, revient vers la caisse.

« Pardonnez-moi, j'allais oublier de payer. »

Tandis qu'il rend la monnaie, Conrad sent à nouveau un trouble étrange le saisir. Ce n'est pas possible, il connaît ce regard ! Comme il reste là, médusé, ne sachant que dire, l'autre ramasse sa monnaie et se dirige vers la porte. Au moment de l'ouvrir, il se retourne et dit le plus naturellement du monde cette phrase qui va plonger l'ex-aviateur allemand dans un abîme de réflexions.

« Un gentleman paye toujours ses dettes ! »

Discrètement Conrad Muller fit une enquête à Stratford-sur-Avon. Un nommé Allan Smith y était bien né. Mais il avait été tué en combat aérien quatre ans auparavant pendant la bataille de Normandie.

L'inconnu ne remit jamais les pieds au « George's Bar ». Un an plus tard, Conrad quittait Margareth et retournait en Allemagne. Une ombre s'était glissée entre eux et l'empêchait de dormir. Cette ombre avait le visage labouré de cicatrices et évoluait comme le fantôme d'un gentleman !

12

LA PLUS GROSSE ARAIGNÉE DU MONDE

La mygale velue est la plus grosse araignée du monde. Pattes étendues, elle atteint 20 centimètres.

On a beaucoup exagéré la toxicité de sa morsure, qui n'en demeure pas moins fort dangereuse, car la mygale velue a la réputation de capturer des petits oiseaux, d'où le surnom qu'on lui donne en Amérique du Sud : « Araignée à oiseaux ». Son aspect est effrayant, son corps et ses pattes sont couverts de poils, et elle peut faire des bonds prodigieux à une vitesse étonnante. Grâce au Ciel, elle ne vit que dans les régions chaudes. Or, dans les années 60, dans une charmante ville d'Ecosse, Christian Cheviott, magasinier dans un supermarché, ouvre des caisses de bananes en provenance d'Amérique du Sud.

Et il voit soudain surgir de la caisse une énorme araignée qui s'immobilise à moins de 40 centimètres de son visage, et le regarde de ses trois paires d'yeux.

Certains serpents hypnotisent les oiseaux, ce doit être le cas également de la mygale noire, puisque le jeune Christian reste ainsi, sans bouger, pendant quelques longues secondes, la bouche ouverte, l'œil agrandi de terreur, le geste suspendu. Puis l'araignée a un mouvement de recul, le magasinier pousse un hurlement terrible et la mygale fait un bond et disparaît derrière les caisses. Christian Cheviott, lui, se rue dans le magasin en criant :

« Une araignée, une araignée ! »

Glen Fairbank, le directeur du supermarché, se précipite à sa rencontre, mécontent :

« Voyons, mon garçon, du calme, qu'est-ce qui vous prend ? Pas de scandale dans le magasin, voulez-vous ? »

Cheviott tend le bras vers la réserve et explique en hoquetant qu'il a vu une araignée. Le directeur lui répond que tout le monde en voit tous les jours, mais que pour autant, grâce au Ciel, personne n'en fait un tel scandale.

« Mais c'est un monstre, elle est grosse comme ça ! »

Devant l'énormité des proportions indiquées par le jeune employé, Glen Fairbank songe un instant qu'il a dû encore oublier de refermer la porte de la réserve aux spiritueux, lorsqu'un autre hurlement lui glace le sang.

« Tenez, elle est à la lessive », balbutie le magasinier.

N'écoutant que son courage, le directeur arrache des mains d'une préposée à l'hygiène un balai et se précipite. Il est à peine arrivé au rayon les-

sive, que d'autres hurlements s'entendent aux
« conserves ». Le temps d'y parvenir, les cris sont
passés au « bricolage », puis aux « luminaires »
pour finir à la porte de l'Administration.

Le balai brandi, Glen Fairbank suit à la trace la
progression du monstre qui sème la panique dans
son magasin, et se retrouve à la porte de ses
bureaux, juste à temps pour recevoir dans ses
bras une Miss Barrett défaillante.

« Là... là... là...
— Oui, je sais, l'araignée... où est-elle ? »

D'un doigt tremblant, la secrétaire désigne le
couloir qui mène aux bureaux.

« Elle est prise au piège », dit le directeur, en
fermant la porte. Un conseil de guerre s'impro-
vise aussitôt. Tous ceux qui ont vu l'araignée sont
unanimes. Elle est d'une taille gigantesque, son
corps est gros comme le poing et avec ses pattes,
elle est large comme une soucoupe.

Un vieux colonial qui se trouve là n'a pas de
peine à reconnaître la fameuse Veuve noire. Il en
a vu au Mexique, et sa piqûre est mortelle, dit-il.
Une dame avance prudemment que « puisqu'elle
a des poils », ce serait plutôt la mygale velue — ce
qui n'enlève rien à l'agressivité de l'animal.

« Qu'importe son nom, coupe Fairbank, l'essentiel est de la retrouver et de la tuer avant
qu'elle ne fasse de victimes. »

Un commando est organisé. Un homme devant,
deux derrière, armés de matériel prélevé au rayon
« jardinage ». Pelles, fourches, manches de pio-
ches. Avançant pas à pas, la patrouille passe les
bureaux au peigne fin. Une torche électrique à la

main, le directeur observe avec soin, sous les bureaux, derrière les meubles, dans les placards. Trois paires d'yeux humains scrutent, épient, détaillent chaque angle, chaque trou noir, chaque recoin.

En vain. Au bout d'une demi-heure de recherches, il faut se rendre à l'évidence, il n'y a pas plus d'araignée dans les bureaux du supermarché, que de bananeraies en Ecosse...

Evidemment la fenêtre d'un bureau est ouverte, et il est juste de penser qu'elle a pu partir par là, et grimper le long du mur. Cette éventualité fait bondir Glen Fairbank. Au-dessus, ce sont les fenêtres de son appartement et si l'une d'elles était ouverte.

Le commando se remet en route. La même fouille minutieuse a lieu chez le directeur au grand émoi de la femme de ménage.

On ne trouve rien chez Fairbank. Tant mieux, ou plutôt tant pis pour les autres, car à présent il faut prévenir les autorités. « Une énorme araignée s'est échappée d'une caisse. Il y a danger de mort ! »

En ville, c'est déjà la panique. La rumeur publique a fait tache d'huile. L'idée de cette bête velue, avançant à une vitesse inouïe, grimpant le long des murs, frappe au plus haut point l'imagination de tous ceux qui ont entendu le récit des témoins oculaires. La mairie est submergée de coups de téléphone : « Il faut nous protéger. Faites quelque chose. » Le maire prend les mesures d'urgence qui s'imposent. La police, les pompiers, les volontaires sont répartis en patrouilles qui commencent aussitôt à ratisser la ville, armées de bâtons. La population est avertie :

« Munissez-vous de bombes insecticides. Visez posément et appuyez en la poursuivant du jet, le plus longtemps possible. Restez calmes. Après tout, ce n'est qu'une grosse araignée... »

Pendant cinq heures, les rues, les égouts, les caves, les greniers, les escaliers, les cours, les jardins, les poubelles, les salons, les cuisines sont visités... en vain !

Et la nuit tombe sans que le « monstre » n'ait été retrouvé. Pour couper court à la panique nocturne, un communiqué de la mairie annonce : « L'araignée géante a été vue à quelques kilomètres d'ici, elle a quitté la ville. » Vérité, mensonge ? Plus d'un, ce soir-là, ferme à double tour ses volets...

Il est environ 2 heures du matin, lorsque Glen Fairbank est tiré de son sommeil par un bruit insolite qui vient du vestibule. Le spectre de l'araignée lui vient aussitôt à l'esprit. Et il n'a même pas une arme quelconque à portée de la main ! La bombe insecticide est restée dans le placard de la cuisine. Un léger silence puis le bruit recommence, plus présent. C'est comme un chuintement bref, suivi d'un son plus rauque. Une araignée, même géante, ne peut pas faire ce bruit-là !

Et tout à coup la porte de sa chambre s'ouvre en grand, tandis qu'un animal pénètre en trombe et stoppe au pied du lit.

Le chat ! C'est le chat qui pourchasse quelque chose. Une sueur froide inonde aussitôt Fairbank des pieds à la tête. La colère du chat n'a pu être provoquée par une vulgaire souris, dont il ne ferait qu'une bouchée. Si le chat est si furieux, ce ne peut être que devant le monstre velu.

Et au moment précis où le directeur étend la main pour allumer sa lampe de chevet, IL LA VOIT. Elle grimpe le long du mur, tandis que le chat jure et crache de plus belle. Le directeur est paralysé par la peur. Ses doigts se sont immobilisés sur l'interrupteur sans oser presser le bouton. La bête est monstrueuse ! Ceux qui l'avaient vue n'ont rien exagéré. Même le chat a peur. Il s'est réfugié sous le lit d'où il continue de faire entendre sa réprobation.

Blême de peur, Fairbank suit des yeux l'horrible bête qui continue sa progression le long du mur. Elle a atteint le plafond et entreprend de le longer en direction de la fenêtre. Si au moins il avait eu la bonne idée de la laisser ouverte ! Et il n'a rien pour se défendre si elle l'attaquait. Doucement, avec précaution, Glen Fairbank tourne les yeux vers sa table de chevet. Le réveil, le verre d'eau, la lampe, le téléphone, le livre qu'il est en train d'achever... Oui, le livre c'est mieux que rien.

Tandis que l'homme spécule sur l'éventualité d'une agression, l'araignée continue son chemin le long du mur, au-dessus de la fenêtre. Elle avance par à-coups, mais vu l'immensité de ses pattes, elle est déjà dans l'angle de la pièce. A présent, elle attaque le mur derrière lui, elle va passer au-dessus de sa tête...

Un instant, Glen Fairbank a l'idée de bondir hors du lit et de se précipiter dans le couloir, mais l'expression « cloué de peur » s'applique parfaitement à son cas. Il est dans l'impossibilité de bouger le petit doigt. Il ne peut que regarder, les yeux agrandis de terreur.

La voilà qui descend à présent... A moins de deux mètres de lui, la bête hideuse glisse lentement le long du mur, ses longues pattes velues se déplacent les unes après les autres, dans un mouvement parfaitement synchronisé. A un mètre du sol, elle s'arrête un instant, puis arrive en biais, très vite, vers le lit.

Horrifié, Glen Fairbank saisit son livre et le jette en direction du monstre, qui se laisse tomber sur le sol. Alors, sortant comme un éclair de dessous le lit, le chat attaque et en une fraction de seconde l'homme retrouve toutes ses facultés. Bondissant du lit, il ramasse une de ses chaussures et frappe l'araignée que le chat retient entre ses griffes. Il frappe encore, il frappe comme un forcené.

Lorsqu'il s'arrête, l'horrible bête est morte écrasée. Mais le chat se lèche la patte et Fairbank s'aperçoit qu'il a été mordu. Sans perdre une seconde, l'homme prend l'animal dans ses bras, et court réveiller le vétérinaire qui le soigne aussitôt. Mal en point pendant deux jours, le vainqueur de la mygale velue vivra, et il aura droit aux honneurs de la presse britannique.

Et comme les Anglais sont des gens sérieux, Pussy Cat recevra la Dickin Award, ce qui correspond à la plus haute récompense officielle anglaise, une sorte de Légion d'honneur, pour nos amies les bêtes.

13

LE DESTIN D'AIMÉE

Emmanuel Frémiet, sculpteur animalier de talent, a déjà réalisé son chef-d'œuvre, celui dont on parle dans les salons. Celui que l'on peut voir dans les jardins du Luxembourg, « Le chien courant blessé ».

L'artiste est un neveu du célèbre Rude, il fut son élève, il a du talent, de la sensibilité; c'est pourquoi le Conseil de Paris, réuni en 1872, décide de lui confier une tâche énorme :

« Frémiet, la Jeanne d'Arc est à vous. Statue de bronze, statue guerrière, statue de sainte, vous ferez selon votre inspiration... Votre Jeanne d'Arc ira sur la place des Pyramides ! »

En ce temps-là, Frémiet a quarante-huit ans. Ce qu'il sait de Jeanne d'Arc, tout le monde le sait. Et c'est peu.

Le voilà plongé dans les biographies, les gravures, les reproductions, cherchant un visage, une âme, un secret.

Qui était cette adolescente, dont on dit qu'elle

était plus garçon que fille ? Quels mots a-t-elle trouvés pour convaincre son roi ? D'où lui venaient sa force, son courage, quelle part faut-il garder de l'histoire ?

Frémiet cherche un visage pour comprendre tout cela. Et il ne le trouve pas dans les livres.

Alors, il va chercher l'inspiration sur place, à Domrémy. Là où traîne encore la légende. Il cherche à y retrouver l'âme de Jeanne la Pucelle. Il veut s'imprégner de l'odeur des bois, de la couleur du ciel, du visage des paysannes. On le voit parcourir la campagne inlassablement, fouillant les buissons, sautant les mares, et rêvant dans l'herbe lorraine.

Et c'est en rêvant dans l'herbe qu'il croit vraiment rêver. Frémiet vient de voir passer, à cent mètres de lui, Jeanne d'Arc. Jeanne la Pucelle en personne, montée sur un cheval brun, le torse droit, l'œil agressif, la cheville nerveuse, Jeanne traverse le pré, et disparaît en direction du village !

L'artiste saute sur ses pieds, et poursuit son mirage, sans se préoccuper de savoir s'il s'agit ou non d'une hallucination...

C'est elle, il la voit à présent... C'est ainsi qu'il doit la dessiner, puis la sculpter. Une adolecente, arrogante et tendue, perchée sur un cheval trop grand, fuyant vers un destin extraordinaire.

Elle a dix-huit ans, et elle s'appelle Aimée Girod. Comme Jeanne, elle a les yeux bleus, le torse plat, la jambe nerveuse. Comme Jeanne elle est fille de paysans, comme Jeanne elle trépigne de devenir quelqu'un. M. Frémiet, sculpteur de son état, bien poli de son état, entame une longue négociation avec les parents de la muse. Il veut emmener la belle à Paris, en tout bien tout honneur. Elle est son inspiration, elle sera le visage de Jeanne de Domrémy, le visage le plus vrai possible, puisqu'il est né de la même terre.

Aimée Girod en a rougi de plaisir. Tenir le rôle de la grande héroïne, voilà qui est à la mesure de ses rêves. Elle savait qu'un jour quelque chose arriverait qui l'éloignerait de ses moutons, et de son village. Elle est prête, et ses parents s'inclinent.

Voici Jeanne-Aimée à Paris.

Durant des heures, des jours, des semaines, des mois, elle pose inlassablement pour le maître.

Et le maître, inspiré, se surpasse. Dans le menton volontaire, il reconnaît la victoire d'Orléans. Par cette bouche tendre, il l'entend répondre au sinistre évêque :

« Je viens de Dieu, renvoyez-moi à Dieu dont je suis venue... »

Frémiet est heureux. Sa Jeanne d'Arc sera immortelle. Et, de fait, il obtient un succès considérable. Le jour de l'inauguration, Aimée Girod, la petite Lorraine, est à son bras. Et Paris lui fait fête. En Jeanne réincarnée, elle parcourt désormais les salons, les peintres se l'arrachent, et les dandies aussi...

Puis la jeune Lorraine se perd dans les tourbillons de la capitale, croyant profiter de sa gloire éphémère. Paris l'engloutit, Paris la mange, Paris la dévore, Paris la digère... Et Paris continue de lever des têtes admiratives sur la statue équestre de la place des Pyramides... Tandis que Paris oublie Aimée Girod la petite bergère.

En 1909, une vieille femme frappe à la porte de l'atelier du sculpteur. Ce dernier ripaille ce soir-là avec quelques-uns de ses amis artistes. L'un d'eux ouvre la porte et annonce :

« Frémiet ? Il y a là une femme, je crois qu'elle réclame l'aumône ! »

Frémiet répond qu'on lui donne la pièce, son ami s'exécute, et referme la porte. Mais on frappe à nouveau, et cette fois le sculpteur ouvre lui-même. Il regarde la femme. Elle tient la pièce dans une main tremblante. Un châle qui a connu des jours meilleurs la protège mal du froid de l'hiver...

« Monsieur ? C'est moi. Vous ne me reconnaissez pas ? »

Non, Frémiet ne la reconnaît pas. Il brusque un peu les choses. Car on est souvent gêné devant un mendiant.

« Que voulez-vous ? De l'argent ? On vous en a donné... Je ne sais pas qui vous êtes, madame, allez mendier ailleurs... »

Et il s'apprête à refermer la porte. Puis il hésite. Deux larmes viennent de le troubler. Ce visage fatigué, pâle, lui rappelle vaguement quelqu'un...

« Jeanne d'Arc, monsieur, vous vous souvenez ? C'est moi... C'est Aimée... C'est moi votre Jeanne d'Arc... »

Frémiet recule pour faire entrer la femme, et cherche sur ses traits vieillis prématurément la trace de l'adolescente. Mais il ne reconnaît plus rien. Vingt ans ont passé. Vingt ans d'une vie qui apparemment ne fut pas heureuse. Vingt années qui ont fait de cette femme une pauvre malade aux yeux creux, et à la bouche amère.

« Jeanne d'Arc... » dit-elle.

Et Frémiet ne sait quoi dire et quoi faire. Devant ses amis éberlués, il fait asseoir Aimée Girod, lui offre à boire et à manger, l'écoute raconter sa vie minable de petite gloire.

Pourquoi n'a-t-elle pas regagné son village, Domrémy, ses moutons, et son cheval, et sa vallée ? Pourquoi est-elle restée dans cette ville qui ne peut lui offrir de gloire, à présent, que celle de mauvais bistrots ?

C'est que Jeanne d'Arc ne pouvait rentrer chez elle que triomphante. Alors, chacun lui donne un billet, et personne ne sachant comment l'aider davantage, on la laisse repartir d'où elle vient : de la nuit, du froid, de la solitude.

On la laisse vieillir.

Et Emmanuel Frémiet, son sculpteur, meurt en 1910.

Personne n'entendra plus jamais parler de son modèle, la jeune Lorraine, qui, elle aussi, avait cru à la gloire.

En 1937, dans un faubourg parisien, vit une vieille femme solitaire : Aimée Girod. Depuis son jour de gloire, elle a connu soixante-cinq ans de misère, de soupe populaire et d'effroyable solitude.

Aimée Girod referme sa porte. La maison est vieille. Elle y habite seule depuis quelques années pour un loyer de famine. Le printemps parisien court les rues. Une nuit calme tombe sur les faubourgs.

Pourtant cette nuit de mai 1937, un incendie gigantesque, d'une rare violence, éclate dans la vieille maison. Dévorant portes, fenêtres, escaliers, les flammes détruisent en quelques heures le pauvre logement. Et l'on retrouve parmi les cendres le corps d'Aimée Girod.

Brûlée vive dans l'incendie.

Brûlée vive, comme Jeanne au bûcher. Brûlée vive, un soir de mai 1937, comme Jeanne un jour de mai 1431.

Etrange rencontre. Pensez-y en admirant la statue de la place des Pyramides à Paris.

Peut-être y verrez-vous un double visage ?

Celui de Jeanne, celui d'Aimée... le même, peut-être ?

14

LE MOT DE PASSE

Walter Johnson vient de rater le train qui devait le reconduire au collège, et il n'y en a pas d'autre avant le lendemain matin. Le voici donc contraint de passer la soirée et la nuit à Londres. Sous la grande pendule de Waterloo Station, il compte la maigre fortune que contient son portefeuille, lorsqu'un homme s'approche de lui, et lui glisse à l'oreille :

« Je vous avais dit que le beurre n'était pas bon pour le mécanisme... »

Tous les enfants anglo-saxons connaissent cette phrase par cœur. C'est un extrait d'*Alice au Pays des Merveilles,* ce qui correspond à notre *Petit Chaperon Rouge.* Aussi, dans un réflexe amusé, Walter répond :

« Et pourtant, c'est du beurre de la meilleure qualité. »

Satisfait de la réponse, l'inconnu enchaîne :

« Rendez-vous à 20 heures, 172 Brixton Road. »

Puis, montrant l'horloge au-dessus d'eux, il ajoute :

« Vous avez six minutes d'avance, ce soir tâchez d'être à l'heure, sans plus. »

Et avant que l'étudiant ait pu dire un mot, l'homme a disparu dans la foule. Intrigué au plus haut point, Walter note l'adresse pour être sûr de s'en souvenir, et décide de guetter l'arrivée de celui dont il a sans le vouloir usurpé l'identité, en arrivant six minutes avant lui.

A 17 heures, très exactement, un homme s'arrête sous la pendule, sort son portefeuille et compte ses billets, comme il l'avait fait précédemment. Chapeau mou, imperméable, fine moustache, on le croirait sorti tout droit d'un film de gangsters. Walter le regarde un instant, indécis, puis une idée le pousse en avant.

« Je vous avais dit que le beurre n'était pas bon pour le mécanisme. »

Sans l'ombre d'une hésitation, l'inconnu donne la réponse. Alors dans un souffle, Walter lui dit :
« Filez, quittez la ville, ils savent tout. »

Sans demander son reste, l'inconnu range son portefeuille et s'éloigne rapidement. Persuadé qu'il a mis la main sur une « affaire », Walter fonce aussitôt au commissariat et raconte son histoire au sergent qui l'écoute avec attention, mais déclare que la seule chose à faire est de se rendre à l'adresse indiquée.

Un quart d'heure plus tard, Walter Johnson, en compagnie du sergent Perfect, arrive au 172 Brixton Road. Mais le 172 est un trou. Un trou béant au fond duquel des ouvriers travaillent aux fondations d'un futur building.

La déception de Walter est grande, car il est certain d'avoir bien retenu l'adresse. Le sergent Perfect, lui, jette un coup d'œil aux bâtiments voisins et, ne trouvant rien de suspect, raccompagne l'étudiant à Waterloo Station. Walter s'excuse de l'avoir dérangé pour rien et, pour tuer le temps, décide d'aller au cinéma. Mais comme il hésite sur le choix du programme, une évidence lui vient à l'esprit : l'homme qui a donné le rendez-vous ne lui a pas dit de venir « dans » un lieu précis, mais « devant » un numéro précis. Il suffit donc d'être à 20 heures devant le 172 Brixton Road pour connaître la suite des événements !

Trouvant ce programme beaucoup plus excitant que n'importe quel film, Walter se fait déposer par un taxi à 20 heures précises devant l'immeuble en construction, et immédiatement, une voiture stationnée un peu plus loin avance à sa hauteur. Le conducteur se penche, comme pour lui demander un renseignement, et dit :

« Sept jeunes filles armées de sept balais...

— Si elles balayaient pendant six mois, croyez-vous qu'elles pourraient tout nettoyer... », enchaîne tout naturellement le jeune homme, puisant toujours dans ses souvenirs d'*Alice au Pays des Merveilles.*

« Monte », dit le conducteur, en ouvrant la portière.

Au moment de franchir ce pas, une sorte de vertige s'empare du jeune homme, qui réalise tout à coup son incroyable inconscience. L'espace d'un instant il songe même à s'enfuir à toutes jambes, tant sa panique est grande, mais l'autre est là qui se penche.

« Alors, tu montes, oui ? »

Walter jette un ultime regard autour de lui... mais ne voit personne à qui demander une aide éventuelle. Alors, maudissant son idée, il monte, et la voiture s'en va. Quelques minutes plus tard le véhicule s'engouffre dans un parking souterrain et s'arrête à côté d'une immense Cadillac noire. D'un signe de tête, le conducteur, qui n'a pas échangé un mot avec lui durant tout le parcours, l'invite à descendre, puis le fait monter à l'avant de la grosse voiture. « Un véritable corbillard », pense le jeune homme, qui sursaute au son d'une voix sèche :

« Bonsoir, Mr. Bronson. »

Walter se retourne. Deux hommes sont assis derrière. Celui qui l'a salué fume un énorme cigare. Il est, lui aussi, la parfaite caricature du gangster américain. Chapeau à bord roulé, lunettes noires, foulard de soie, pardessus mastic, gants beurre frais... Le son métallique de sa voix fait passer un frisson dans le dos du jeune homme.

« Votre client est descendu au Carlton Tower. Son secrétaire a commandé une voiture pour 21 heures très précises ! »

Le mot « client » évoque instantanément l'idée de mort dans l'esprit de l'étudiant. Ainsi, par bêtise, il a pris la place d'un tueur chargé de descendre un homme à la sortie d'un palace. A nouveau une envie folle de crier la vérité et de tout expliquer lui monte aux lèvres. L'homme au cigare a vu son trouble :

« Quelque chose vous gêne, Mr. Bronson ? »

Walter s'entend répondre, un peu trop vivement peut-être :

« Non, non, le cigare sans doute... Je suis allergique à la fumée... »

L'homme s'excuse et ouvre sa vitre tout en continuant à donner ses instructions.

« C'est Baboukian qui nous intéresse en priorité. S'il sort le premier, tuez-le, et filez. Si c'est Berzoff qui sort en tête, laissez passer. Maintenant, s'ils sortent ensemble, tuez-les tous les deux en commençant par Baboukian. On m'a dit que vous ne manquiez jamais votre cible, Mr. Bronson. Je l'espère pour vous, car Johnny, qui vous couvrira sur la banquette arrière, a consigne de veiller à la bonne exécution de nos ordres. Voici maintenant les photos des deux hommes, plus une enveloppe avec 500 livres, le reste vous sera remis après. Je suppose que vous avez votre arme personnelle ? »

L'homme au cigare jette un regard vers la petite valise que Walter a posée sur ses genoux. Le jeune homme sent une sueur froide lui mouiller la nuque. Dire oui, c'est reculer l'échéance pour mieux sauter. Dans ces moments-là, le cerveau fonctionne en accéléré. L'homme a dit : « je suppose ». Supposer n'est donc pas une obligation absolue.

« Justement non, répond Walter d'une voix qu'il veut assurée, je ne voyage jamais avec mes armes, c'est trop dangereux en ce moment. »

L'homme au cigare reste un moment silencieux.

« C'est votre droit, Mr. Bronson. Marc vous prêtera son revolver, il est très précis. N'est-ce pas, Marc ? »

L'homme qui est venu le chercher au 172 Brixton Road, et qui s'est installé au volant de la Cadillac, opine du chef en silence.

« Pas de question à me poser, Mr. Bronson ? »

Oh si, il en aurait des questions à poser, le malheureux Walter, mais à présent il ne peut plus reculer.

« Non, non, tout est clair. »

A 20 h 55, la Cadillac tombe en panne juste devant le Carlton Tower. Sous le capot levé, Marc feint d'être absorbé dans les difficultés mécaniques. La vitre avant gauche grande ouverte laisse voir un Walter plutôt anxieux. Sur ses genoux, dissimulé sous un journal, il serre la crosse du revolver que lui a passé le conducteur. Lorsqu'il a reçu l'arme, il a eu envie un instant de s'en servir mais il n'a pas osé. Ce n'est pas facile de tuer un homme pour la première fois. Et pourtant, dans quelques minutes, Walter le sait, il sera mort. Dans son dos Johnny ne lui fera pas de cadeau, et ce jeu imbécile va se terminer en tragédie.

20 h 59. Marc s'essuie les mains et referme le capot de la Cadillac, tandis que Walter est pris d'une sorte de tremblement qu'il a du mal à maîtriser. Il ne manquerait plus que l'autre s'en aperçoive. Un tueur qui a la tremblote !

A 21 heures, Marc ouvre sa portière.

« Attention, les voilà ! »

Walter jette un regard derrière lui. Johnny a sorti son revolver. Il lui fait un petit signe. Est-ce un encouragement... ou une menace ?

« On m'a dit que vous ne manquiez jamais votre cible, Mr. Bronson... je l'espère pour vous !... »

C'est donc une menace.

Une foule d'idées tournoient dans la tête du jeune homme, sans qu'aucune ne vienne vraiment céder le pas aux autres : que faire ? Se retourner et tirer sur Johnny ? Tirer sur les deux hommes qui sortent de l'hôtel ? Faire semblant d'avoir un malaise ? Faire exprès de tirer en l'air ?

« Allez, vas-y », murmure à ses côtés le chauffeur prêt à démarrer.

Lentement, Walter lève son revolver à la hauteur de son épaule...

Alors, un bruit épouvantable explose à ses oreilles tandis qu'une force prodigieuse le projette en avant et, au même moment, il bascule dans le néant.

Lorsqu'il reprend ses esprits, Walter Johnson est à l'hôpital. Un visage souriant se penche sur lui, celui du sergent Perfect :

« Vous en serez quitte pour un bras cassé et une énorme bosse au front. »

Et le policier raconte : lui aussi a eu la même réaction que l'étudiant. A 20 heures, dans une voiture banalisée, il est venu se poster à proximité du 172 Brixton Road. Il a vu Walter arriver puis repartir en voiture et il les a suivis. Lorsque la Cadillac est sortie du parking, il l'a suivie également tout en demandant par radio l'identité du propriétaire : un individu bien connu de la pègre internationale.

Alors il s'est caché à quelques dizaines de mètres de la Cadillac lorsqu'elle est tombée en panne devant le Carlton Tower, et, au moment où Walter a sorti son revolver, il a appuyé à fond sur l'accélérateur. Sa voiture est venue percuter de plein fouet la Cadillac. Ses adjoints n'ont eu aucun mal à maîtriser les deux gangsters, étourdis par le choc.

« Tenez, en guise de conclusion, je vous ai apporté ça ! »

Walter tend sa main gauche, la seule qui soit libre pour quelques semaines encore, et prend le cadeau du policier : un très bel exemplaire...
... d'*Alice au Pays des Merveilles*.

15

L'HOMME SANS TERRE

Il a derrière lui l'immense Himalaya, et devant lui la haute vallée de Jhelum.

Il est indien, maigre barbu, vêtu d'un pagne sans couleur et d'une douzaine de côtes saillantes.

Il s'appelle Yohi, il regarde la terre, et il ne comprend pas.

Jusqu'à présent, il avait une terre. Cette terre ne lui appartenait pas vraiment, car il la louait à un maître. Mais il avait droit au quart de la récolte de riz et de céréales. C'était juste pour nourrir sa femme et ses six enfants.

Aujourd'hui, lorsque Yohi s'est présenté avec sa famille pour repiquer, il n'a pas retrouvé son champ.

« Où est ma terre ? a-t-il demandé.

— Tu n'as plus de terre, lui a-t-on répondu. Cela s'appelle la réforme agraire. On a redistribué toutes les terres des grands propriétaires aux paysans, pour que la répartition soit plus juste. »

Yohi s'est assis dans la boue avec sa femme et ses six enfants.

« Mais pourquoi ne m'a-t-on pas laissé ma terre ? a-t-il demandé...

— Parce qu'il fallait en donner aux autres. Cette terre était trop grande pour un seul homme.

— Mais je n'avais que le quart de la récolte !

— Ceci était un arrangement qui ne compte plus...

— Pourquoi ne m'a-t-on pas laissé le quart de la terre ? Je ne peux pas être un paysan sans terre. Pourquoi ? Qui m'a fait ça ?

— L'Etat. »

Alors Yohi a voulu savoir qui, précisément, lui avait volé sa terre. Il a longé l'immense plaine marécageuse le long de l'Indus, où toutes les terres avaient changé de formes et de maîtres... où d'autres paysans repiquaient le riz, il a suivi la longue route qui mène à la ville, et il est allé voir l'ingénieur.

« Monsieur, a-t-il dit, on m'a volé ma terre, et c'est toi qui l'as volée. Il faut me la rendre. »

L'homme l'a regardé du haut de son beau costume, et lui a dit :

« Quel était le numéro de ta terre ?

— Ma terre n'avait pas de numéro, a répondu Yohi.

— Alors, dit l'homme, c'est que ce n'était pas ta terre. Et tu n'en as pas. Va-t-en. »

Yohi s'en va. Pas très loin avec sa femme et ses six enfants. Il s'en va dans la rue, à l'ombre d'un mur. Il n'a nulle part ailleurs un endroit où aller, puisqu'il n'a plus de terre.

Yohi ne sait pas qu'en ce mois de décembre 1965 une famine épouvantable s'est abattue sur l'Inde et que les premières tentatives de la réforme agraire ont fait des malheureux comme lui des sans-terre. On ne fait pas d'omelette sans casser des œufs.

Au parlement de Delhi, les politiciens se battent, mais Yohi ne sait pas tout cela. Ce n'est qu'un paysan de plus, venu à la ville crier famine.

Yohi a honte. C'est la première fois qu'il est un homme sans terre. Il a toujours travaillé la terre et ramené le riz à la maison. Il nourrissait sa famille de ses mains et de sa terre.

C'est la première fois qu'ils n'ont rien à manger. Rien. Alors Yohi va vendre ses enfants à ceux qui ont de la terre. De manière qu'ils travaillent et soient nourris.

Le prix de chaque enfant est faible. Quelques roupies. De quoi tenir un peu. Ensuite il faudra abandonner sa femme trop faible, elle ira se coucher dans ce que l'on appelle là-bas les mouroirs. Tenus par des religieuses... Ils permettent aux mourantes de finir dignement et à l'ombre...

Yohi ira encore à la stérilisation, pour toucher quelques roupies de plus. Mais le service de santé ne donne plus de roupies pour cela. Il distribue un transistor.

Alors, n'ayant plus rien trouvé, Yohi va se coucher près d'un mur, il regarde les mouches, et les vaches sacrées. Il fait partie de ces errants immobiles que les touristes photographient. De ces

117

maigres humains en haillons qui tendent sans espoir une main décharnée. Yohi, l'homme sans terre, s'apprête à mourir sur le béton poussiéreux de la ville.

Il est là recroquevillé, comme plié en deux, ses deux bras longs et décharnés lui font un oreiller bizarre, le reste de son corps semble faire partie de la poussière.

C'est alors que passe un homme armé d'une caméra et d'un guide. Un de ces reporters à la perpétuelle recherche du sensationnel. Il travaille pour une agence australienne qui revend ses « scoops » dans le monde entier.

Le reporter s'assoit près de l'homme poussiéreux. Il aurait pu s'asseoir auprès d'un autre, mais il a choisi Yohi pour sa barbe blanche, et son physique de paysan.

Il entame avec lui une étrange interview sous le ronronnement de sa caméra.

« Pourquoi es-tu là ?
— Je suis un homme sans terre.
— Et que fait un homme sans terre ?
— Il attend de mourir.
— Tu es obligé de mourir ?
— Je crois.
— Mais si quelqu'un te donne à manger ?
— Personne ne me donne à manger.
— Si, moi je peux te donner à manger en ce moment... »

Et le reporter tend à Yohi une barre de chocolat... Yohi prend le présent et regarde l'homme :

« Tu me donnes cela mais tu vas partir, et ensuite je mourrai à nouveau...

— Qu'est-ce que c'est qu'un homme sans terre ? »

Yohi regarde l'homme, il semble réfléchir péniblement, puis il répond :

« Je ne sais pas, c'est un homme sans terre.

— Il y a longtemps que tu es un homme sans terre ?

— Longtemps, oui... »

Et Yohi raconte tout ce qu'il a fait quand il fut déclaré homme sans terre.

Puis il a dit :

« Laisse-moi, je dois mourir.

— Quand vas-tu mourir ?

— Dans deux jours, au coucher du soleil... »

Le reporter a demandé à Yohi s'il pouvait lui tenir compagnie. Mais Yohi n'a pas répondu, il s'est recouché, tenant dans sa main la tablette de chocolat, sans la manger.

Alors, le reporter est resté là un moment. Il a vu fondre la tablette de chocolat, et il a vu quelqu'un la voler dans la main de Yohi, sans que celui-ci fasse un geste de protestation.

Autour de Yohi, il y avait d'autres mendiants, d'autres mourants, mais le reporter était fasciné par cet homme sans terre qui avait dit : « Je vais mourir dans deux jours. »

Alors il a regagné son palace climatisé pour la nuit, et il est revenu le lendemain matin. Yohi n'était pas encore mort.

Alors il est allé manger, dans un restaurant climatisé, du riz au curry, et il est revenu auprès de Yohi, qui était toujours vivant.

Et le lendemain, il a fait la même chose, sauf

qu'il s'est assis plus près au début de l'après-midi, et qu'il n'a pas plus bougé, guettant... guettant si c'était vrai. Car on dit que certains Hindous peuvent prévoir le jour de leur mort. Et le reporter voulait filmer cet instant étonnant.

Mais Yohi est mort sans l'avertir.

Le léger souffle qui animait ses côtes s'est éteint si doucement que le reporter a filmé un cadavre.

Yohi avait dit vrai.

L'homme sans terre était mort au jour dit, à l'heure qu'il avait fixée.

C'était vrai.

Mais on a confisqué la pellicule du reporter à la douane.

Et il valait mieux.

16

CELUI QUI ÉTAIT MORT DEMAIN

La scène se passe le 18 août 1945. Comme des milliers de soldats, Sir James Primrose vient de recevoir son ordre de démobilisation.

Voilà cinq ans qu'il a quitté sa petite maison de Richmond, dans la banlieue de Londres, en tant que colonel de la R.A.F., détaché auprès des forces américaines du Pacifique.

C'est à Manille que Sir James Primrose a reçu cet ordre, et, avant de regagner la Grande-Bretagne, il organise un petit cocktail pour fêter l'événement.

Tandis qu'il bavarde avec un petit groupe d'amis de l'U.S. Air Force, une phrase prononcée dans son dos le stoppe net dans sa conversation. Il vient d'entendre ceci très exactement :

« Vous connaissez Sir James Primrose ? Eh bien, il s'est tué hier dans un accident d'avion. »

On a beau être anglais, ce genre de plaisanteries vous remue un homme, surtout quand le narrateur insiste.

« Pauvre colonel, il habitait Richmond, je crois. »

S'excusant d'un geste, Primrose fait volte-face et se trouve en présence de Leggins, un commandant de la R.A.F., de ses amis. En le voyant, celui-ci, de saisissement, laisse tomber son verre qui se brise en mille morceaux.

Son visage vire du rouge au violet et finirait au bleu si le colonel ne s'avisait de lui tapoter l'épaule, afin de bien lui prouver qu'il n'a pas affaire à un ectoplasme.

« Voyons, Leggins, remettez-vous, croyez-moi, cela vaut bien mieux ainsi, et en priorité pour moi. »

Roulant des yeux effarés, le commandant parvient enfin à parler, il s'excuse, dit qu'il est désolé et reprend :

« Non, je veux dire enchanté, enfin, ravi de vous voir... »

Sommé de s'expliquer, Leggins dit que la nuit précédente il a fait un rêve au cours duquel tout était si parfaitement précis et tangible qu'à son réveil il a cru que c'était une projection de la réalité. On rit de l'anecdote, on redonne un verre au commandant dont la confusion fait peine à voir.

« Racontez-moi ça dans le détail, dit Primrose, ça m'intéresse bigrement votre histoire, ce n'est pas donné à tout le monde d'entendre raconter son agonie. »

Et Leggins décrit avec précision l'accident.

C'était au petit jour pendant une tempête de neige épouvantable, sur une plage pleine de rochers noirs, l'avion était obligé de se poser en catastrophe, la mer déchaînée explosait sur les rochers.

« Quel genre d'avion ? demande le colonel.
— Un Dakota ! »
Sir James Primrose émet un grognement.
« Et j'étais à bord ?
— Oui, avec un autre homme en civil, et une femme, plus l'équipage, bien sûr. C'était un accident épouvantable.
— Pas de rescapés ?
— Non, l'avion s'est disloqué et a pris feu. Je me suis réveillé en sursaut. »

Le colonel envoie une bourrade amicale sur l'épaule de Leggins :
« Eh bien, mon vieux, un peu plus vous me faisiez remettre mon voyage. En effet, je pars ce soir à bord d'un Dakota pour Shanghai mais, grâce à l'obligeance du général en chef de l'U.S. Air Force de Manille, je suis seul à bord, avec l'équipage, bien sûr. »

On rit de l'événement, le commandant Leggins s'excuse encore et après un dernier verre le colonel Primrose regagne son hôtel pour terminer ses bagages.

Comme il attend la jeep qui doit le conduire à l'aéroport militaire, le portier reçoit une communication pour lui. C'est Morgan, le secrétaire du général de l'U.S. Air Force de Manille, qui lui demande un service.

« M. Clark, correspondant de guerre du *Daily Mirror*, voudrait rentrer d'urgence à Londres et le général demande si vous acceptez de le prendre à bord du Dakota. Vous voulez bien ? »

Comment refuser cela — évidemment qu'il veut bien ! Mais tout à coup une image lui passe devant les yeux : « Et si ce Clark était accompagné de sa femme, ou d'une secrétaire ? »

« Il est seul ? demande le colonel.
— Oui, il est seul. »

Bien qu'il ne soit pas superstitieux et bien qu'il ne croie pas au surnaturel, Sir James Primrose se surprend à préférer cette situation.

« D'accord, qu'il soit à 20 h 30 à l'aéroport au bureau de l'U.S. Air Force. »

A l'heure dite, le colonel en costume civil fait la connaissance du correspondant du *Daily Mirror*. C'est un jeune homme charmant et Primrose se félicite aussitôt d'avoir hérité d'un compagnon de route aussi sympathique.

Les formalités de départ accomplies, les deux hommes montent dans le Dakota. La porte se referme derrière eux pour se rouvrir presque aussitôt. Un M.P. de la police de l'air américaine fait irruption dans l'avion.

« Veuillez m'excuser, colonel, mais vous allez bien à Shanghai ?
— Affirmatif.
— Le commandant de la base demande si vous ne voulez pas emmener un toubib qui doit y être demain et qui a raté son avion... »

Devant la mine renfrognée de Primrose, le M.P. s'empresse d'ajouter :

« Bien entendu, si ça ne vous dérange pas. »

Comme le colonel hésite à donner son accord,

un visage des plus charmants s'encadre dans la porte.

« Je suis désolée de vous imposer ma présence. »

C'est une femme d'une trentaine d'années, blonde, souriante. Que peut faire Sir Primrose ? Quel argument pourrait-il inventer pour refuser ? D'autant que Clark s'est déjà précipité et fort galamment l'aide à monter dans l'appareil. L'espace d'un instant, le colonel a envie de dire la vérité, de raconter le rêve de Leggins, et puis il a peur d'être ridicule. Ne dit-il pas à qui veut l'entendre qu'il n'est pas superstitieux ! Alors le colonel aide la femme à s'installer et quelques instants plus tard le Dakota décolle avec, à son bord, en plus de l'équipage : trois civils, deux hommes et une femme.

La première partie du parcours se passe admirablement bien. Les passagers se sont assoupis, noyés dans le vrombissement des moteurs, et puis le chef de bord, le capitaine Rosen, arrive près du colonel, et lui tape sur l'épaule. Il tient à la main un papier météo.

« La météo est mauvaise, Sir, nous allons essayer de contourner l'obstacle, évidemment on va être un peu secoués. »

En vieux routier de l'aviation qu'il est, Primrose jette un coup d'œil sur les indications reçues par radio. Ce n'est pas fameux en effet. Ce détour indispensable va faire perdre un temps précieux et rien ne dit qu'il sera suffisant pour éviter la tornade.

« On ne peut pas passer au-dessus ? » demande le colonel.

Le chef pilote fait remarquer qu'ils sont déjà à 5 500 pieds et qu'il n'y a pas d'oxygène à bord.

Le Dakota amorce son détour. Une heure plus tard, il faut bien se rendre à l'évidence : si l'on veut atterrir à Shanghai, il va falloir passer en pleine perturbation. Le chef pilote donne l'ordre de s'attacher serré et l'avion plonge dans les nuages. Pendant quatre heures c'est l'enfer. Sans répit, l'avion passe de trou d'air en trou d'air. Les deux passagers sont malades et seul le colonel résiste à l'épreuve. Pourtant de temps à autre, malgré lui, il jette un coup d'œil par le hublot, s'attendant à voir la neige et les rochers. Car à présent, plus ils vont, plus il pense que le rêve prémonitoire de Leggins est en train de s'accomplir.

Luttant dans la tempête, l'avion a perdu de plus en plus d'altitude. Il vole maintenant juste au-dessous des nuages et l'on peut distinguer les masses sombres des vagues. Et tout à coup il neige et voici la côte dans le petit jour naissant. Le chef pilote s'approche des passagers.

« Nous n'avons plus d'essence, il va falloir atterrir ! Tous à l'arrière. »

A quoi bon, pense le colonel, « il n'y a pas de survivants ». Malgré tout il obéit aux ordres, il ôte sa ceinture, se lève et sursaute.

« Qu'est-ce que tu fais là, toi ? »

Dans le fond de l'appareil, blotti derrière une bâche, à l'endroit où l'on met habituellement du fret, un jeune Indien est là, tremblant, bredouillant des phrases inintelligibles ! Un passager clandestin ! Comme le chef pilote presse ses passagers de se grouper et de se garantir derrière les sièges du fond, Sir James Primrose pousse le jeune Indien à côté de lui. Rosen distribue des couvertures pour faire matelas contre le choc.

Le colonel aide l'adolescent à s'abriter. Un immense espoir vient de naître en lui. Ils ne sont plus trois civils, deux hommes et une femme, ils sont quatre civils à présent. Il y a donc une faille dans le rêve de Leggins. Le Dakota, la tempête de neige, les rochers, la mer, l'équipage, une femme, soit... mais trois hommes.

L'équipage est venu rejoindre les passagers. La porte a été ouverte en grand. Aux commandes seul, Rosen négocie l'atterrissage.

Un premier choc, un autre plus violent, un bruit assourdissant, et puis le silence, un silence de mort.

« Vite dehors ! »

Retrouvant son ton de colonel, Primrose donne des ordres.

« Il faut s'éloigner au plus vite, l'avion risque d'exploser. »

Le chef pilote est évanoui aux commandes, les jambes brisées. On le dégage et on le transporte derrière un rocher, juste avant que l'avion ne s'embrase. Alors là, Sir James Primrose regarde le jeune Indien avec une infinie reconnaissance. On a beau ne pas être superstitieux et ne pas croire au surnaturel, il est des coïncidences qui vous laissent rêveur, surtout si le rêve se réalise, à un détail près, sous forme de cauchemar.

17

UN S.O.S.

Gemona, le soir du 6 mai 1976, 20 h 56 exactement.

Dans cette petite ville de l'Italie du Nord, à quarante kilomètres d'Udine, c'est brusquement l'horreur. Les habitants, surpris devant leur télévision, comprennent immédiatement la signification de ce grondement épouvantable, inimaginable, comme si des milliers de poids lourds traversaient en même temps les rues : c'est un tremblement de terre.

Quelques minutes plus tard, Gemona, jolie cité médiévale, n'est plus qu'un amas de pierres d'où s'échappent des cris. Pour les rescapés c'est la douleur, le deuil, le désespoir. Mais pour les survivants enfouis sous les décombres, c'est le cauchemar qui commence.

Huit jours après le tremblement de terre, la vie s'est organisée au milieu des ruines. Les sinistrés campent dans les champs par groupes de dix, vingt ou trente, sous les tentes de l'armée italienne.

Dans des conditions très difficiles, les secours se sont organisés, mais l'action des sauveteurs est dangereuse. Ils doivent se méfier des maisons encore debout, lézardées et branlantes, d'autant plus que les secousses n'ont pas cessé. Il fait aussi très chaud, ce qui augmente les dangers d'épidémie, et c'est ruisselants de sueur sous leur masque que des milliers d'hommes s'activent parmi les décombres. Mais les secours sont malgré tout efficaces. A l'annonce du tremblement de terre, un grand mouvement de solidarité s'est déclenché. Du monde entier sont parvenus des médicaments et du matériel et plusieurs pays ont même envoyé des sauveteurs. Il y a en particulier des détachements de l'armée canadienne, de l'armée suisse avec des chiens spécialement entraînés et des techniciens français munis d'un appareil ultra-moderne qui permet de détecter les sons à plusieurs mètres de profondeur.

L'équipe française travaille sans relâche. Grâce à elle, plusieurs survivants ont pu être repérés et dégagés. Les recherches continuent avec acharnement car chaque heure qui passe diminue les chances de sauvetage. Pourtant les techniciens français gardent espoir. Ils savent qu'au tremblement de terre d'Agadir on a retrouvé des êtres vivants quinze jours après la catastrophe.

Les uns après les autres, les restes des habitations sont sondés par l'appareil ultra-sensible. Mais depuis le début de la journée, en ce 14 mai, plus la moindre trace de vie.

Il est près de six heures du soir quand un homme d'une cinquantaine d'années vient trouver les Français.

« S'il vous plaît, allez voir la maison de ma mère. Je suis sûr qu'elle est en vie. C'est tout près d'ici. »

L'équipe française suit l'homme à travers les décombres. Il s'arrête devant une masse de gravats, de poutres, de briques et de pierres et désigne un endroit précis.

« C'est ici qu'il faut placer votre appareil. Ici, c'était la salle à manger et à cette heure-là, maman devait regarder la télévision. »

Avec mille précautions, un des hommes se hisse sur les ruines et installe son équipement. Dans ses écouteurs, il n'y a rien que des craquements et des bruits sans signification, produits par son propre déplacement. Et puis soudain, un son très faible et régulier.

Or un son régulier, cela veut dire, le plus souvent, un son fabriqué, intelligent, c'est l'indice de la vie. Le spécialiste augmente la puissance de son appareil, aucun doute : il entend distinctement : « toc-toc... toc-toc... ». Un signal.

En bas, sous plusieurs mètres de décombres, un être humain est en train d'appeler. L'homme ne s'était pas trompé : sa mère est en vie. Dans les écouteurs, le bruit continue, plus saccadé cette fois, un bruit métallique. On est en train de cogner contre quelque chose en fer.

Immédiatement, l'équipe française, qui n'est pas assez nombreuse, demande des renforts, et un détachement de soldats italiens arrive sur les lieux, tandis que l'homme répète avec des larmes de joie :

« Je vous l'avais dit, elle est vivante. Elle est solide, vous savez, elle a de la santé. Elle vit ! »

Des dizaines de sauveteurs se relaient maintenant au-dessus de la maison. C'est un travail long et extrêmement délicat, car il n'est pas question d'employer des machines. Il faut soulever chaque pierre, chaque poutre, à la main, avec mille précautions, car tout élément déplacé peut provoquer un éboulement fatal.

Tendus, sans prononcer un mot, les sauveteurs s'affairent avec des gestes lents et précis. Son casque sur la tête, le technicien français écoute toujours en silence. A ses côtés, le fils l'interroge du regard, et de temps en temps, l'homme fait un signe de tête. On entend toujours du bruit, tantôt des coups, tantôt une sorte de raclement. Tout va bien. La course contre la montre continue. La nuit est tombée mais pas une seconde le sauvetage ne s'est interrompu. On continue sous les projecteurs. Cette ruine illuminée au milieu des autres ruines, où ces hommes silencieux travaillent avec des gestes au ralenti, a quelque chose de fascinant. On peut la voir de tout Gemona, comme un symbole de la solidarité humaine.

Le déblaiement avance, les hommes sont à la moitié du travail, et les spécialistes français ont pu localiser l'endroit exact où se trouve la rescapée. Il est maintenant possible de faire passer un minuscule haut-parleur à travers un trou, pour communiquer avec elle.

« Allô... Madame... Nous arrivons vers vous... Dans une heure vous serez sauvée... Est-ce que vous nous entendez?... Pouvez-vous nous faire un signe?... »

Mais dans les écouteurs, aucune réponse. Sans doute la vieille dame est-elle trop faible pour parler. On n'entend que ces petits coups, ces raclements qui résument ce qu'elle aurait pu dire : « Je suis en vie. Je tiens bon. Dépêchez-vous... »

A son tour, son fils prend le micro, avec émotion.

« Je suis là, maman. Toute la famille est saine et sauve. Nous t'attendons... Je t'embrasse... »

A six heures du matin, les sauveteurs ne sont plus qu'à un mètre de la rescapée, lorsqu'un drame se produit. Instantanément, tous les hommes se sont figés : une secousse, légère, un mini-tremblement de terre comme il s'en est déjà produit plusieurs depuis la catastrophe. Sur les ruines de la maison, quelques pierres roulent, et des gravats dégringolent dans une poussière blanchâtre.

Dans les écouteurs, une fois passé le fracas de la secousse, les appels se font de nouveau entendre, mais cette fois, ils sont précipités, désordonnés, comme haletants. La vieille dame qui endure ce cauchemar depuis neuf jours est en train de céder à la panique. Pourvu qu'elle tienne jusqu'au bout. Il faut aller vite, très vite.

L'aube s'est levée. Les sauveteurs qui se sont relayés s'activent toujours avec les mêmes gestes. Dans l'appareil, les bruits spasmodiques ressemblent à des S.O.S.

Il est huit heures du matin, lorsque l'un des sauveteurs pousse un cri. Il vient de dégager une chaussure de femme : la rescapée est tout près...

Effectivement, cinq minutes plus tard, une jambe apparaît. On travaille avec une énergie redoublée. Les brancardiers, l'équipe de réanimation se précipitent et tous s'arrêtent pétrifiés, horrifiés.

La vieille dame est morte. Et l'état de décomposition du cadavre indique que le décès remonte bien avant le début du sauvetage. Elle a été tuée sur le coup au moment même du tremblement de terre, neuf jours plus tôt.

Alors que s'est-il passé ? Plus personne ne comprend rien... D'autant que le technicien qui a les écouteurs confirme :

« Ça bouge toujours en dessous. Je l'entends... »

L'appareil pourrait-il se tromper ? A la rigueur tomber en panne, mais produire de faux bruits, c'est impossible.

Alors, il n'y a qu'une seule explication : quelqu'un d'autre est sous les décombres.

Le fils de la morte, anéanti, hoche la tête avec incrédulité.

« Je ne comprends pas. Ce soir-là, maman était seule chez elle. »

Le sauvetage a repris et l'on continue de fouiller plus profond. Plus on creuse, plus les bruits s'amplifient. On approche. Mais il faut faire très vite.

Et soudain, le fils de la victime pousse un cri :
« Pipo !... »
Un soldat vient de sortir des décombres. Il tient à la main une cage dans laquelle quelque chose de rond et de jaune se débat en se cognant aux barreaux. C'est Pipo, le canari de la vieille dame.

Dans les écouteurs, le son régulier a brusquement cessé.

C'était lui la victime ensevelie, lui le rescapé. C'était ce petit être qui pendant des heures avait mobilisé des dizaines de sauveteurs en lançant le seul message dont il était capable : celui de la vie. Et la machine ultra-perfectionnée l'avait compris, comme elle avait compris celui des humains. Pour une machine, la vie c'est la vie. Quelle qu'elle soit.

18

LE MUR

Un guichet, vous connaissez? C'est carré en général et on ne sait jamais vraiment à quel endroit il faut parler dans un guichet, comme on ne sait jamais s'il vous écoute et l'on doute souvent qu'il vous comprenne.

C'est curieux et illogique à la fois, mais on ne pense jamais que la tête qui se trouve derrière un guichet existe réellement. Existe, c'est-à-dire qu'elle a des problèmes, une femme ou un mari, des enfants ou une belle-mère, et qu'à elle aussi il arrive parfois de se retrouver devant un guichet.

Non, quand on pense guichet, on ne pense pas humain. Est-ce dû à ceux qui se trouvent derrière? Entretiendraient-ils cette impression?...

Par exemple, vous demandez un papier au guichet n° 11, et invariablement le guichet n° 11 vous répond :

« Adressez-vous au guichet 12 ! »

M. Ledoux est derrière le guichet 11 depuis bientôt trente ans. Et voilà bientôt trente ans qu'il répond invariablement aux têtes qui l'interpellent :

« Guichet 12... »

Oh! ce n'est pas de la mauvaise volonté. M. Ledoux au contraire est un homme de bonne volonté. Et il a du mérite. Doublement du mérite. D'abord, de répondre « guichet 12 » depuis trente ans, alors que depuis trente ans, il y a une pancarte « fermé » sur le guichet 11 (pourquoi, c'est un mystère)... Ensuite, de ne pas s'énerver car il a un problème d'élocution. Il ne bégaie pas vraiment, sauf dans les moments d'intense émotion, mais il parle après avoir réfléchi longuement. Ses proches, sa femme, ses collègues y sont habitués, et à vrai dire pour répondre : « guichet 12 »... ce n'est pas très gênant.

Mais si l'on aborde la conversation autrement, par exemple :

« Pour le formulaire B 22, s'il vous plaît, c'est ici ? »

M. Ledoux vous regarde, intensément, sans agressivité, ni mauvaise humeur, mais intensément... ce qui fait un long silence, de cinq secondes... 1 2 3 4 5... puis il répond :

« Le... (une seconde) formulaire... (une seconde) B 22... (une seconde) n'existe plus. »

Mais jamais M. Ledoux ne s'énerve, même si depuis trente ans son guichet ne sert à rien.

Le guichet 10 sert. Le guichet 12 aussi. Mais le 11 ne sert à rien. C'est très compliqué dans les administrations, et puis il est possible qu'un chef de service, ayant constaté le peu de goût de son employé pour la conversation, l'ait mis aux registres. Là où l'on ne parle pas.

Le travail de M. Ledoux consiste à aligner des colonnes de chiffres, et à calculer des proratas, bref, à faire des opérations administratives.

Voilà qui est M. Ledoux. Un homme consciencieux, honnête, calme et méticuleux, et pas très gai. Il n'a pas la plaisanterie facile, mais dans son cas, qui songerait à le lui reprocher ?

Il a le visage pâle, le sourcil un peu lugubre et le regard insaisissable. C'est tout.

Début septembre, M. Ledoux regagne la ville où il travaille, après un week-end passé en compagnie de sa femme et de ses deux enfants, qui profitent des derniers beaux jours, dans leur caravane, sur un camping du bord de mer.

Est-ce le cafard de l'automne naissant ? Cette heure bizarre entre chien et loup ? Cette route qu'il a déjà faite et refaite ?

Lui qui n'a jamais eu d'accident de sa vie. Lui qui ne s'est jamais trompé d'un seul chiffre dans une seule colonne, il rate un virage. Un beau virage. La voiture traverse le bas-côté, et rentre dans un muret de clôture... un tout petit muret, heureusement, mais surmonté d'un grand grillage qui cède avec une bonne volonté évidente.

M. Ledoux n'a rien. Un peu assommé, mais considérablement surpris ! Il reste un moment dans le vague, arrête son moteur qui n'a rien, puisqu'il est à l'arrière, et examine la situation lentement et alentour. Il ne peut pas sortir de la voiture.

Alors, tentant le tout pour le tout, M. Ledoux

remet le contact, enclenche peureusement la marche arrière, et d'un bond, d'un seul, sans hésitation, se retrouve sain et sauf sur le bas-côté.

La voiture n'a que le pare-chocs avant enfoncé, quelques rayures sur les côtés, mais M. Ledoux à quatre pattes fait le tour de ses pneus : rien. Il remonte dans sa voiture et se remet en route pour prévenir la gendarmerie. On ne laisse pas sa carte de visite sur un grillage, c'est impoli, et aléatoire.

Il fait bien dix kilomètres sans rencontrer personne sur cette petite route déserte qu'il prend toujours pour éviter les encombrements. Puis, il s'arrête de nouveau, alerté par un cliquetis provenant du dessous de la voiture.

Dans la nuit noire, et sans lampe électrique, M. Ledoux se glisse courageusement sous son véhicule, et cherche à tâtons, en grillant une, puis dix, puis toute une boîte d'allumettes.

Il finit par mettre la main sur un morceau de grillage accroché au pot d'échappement et responsable de tout ce bruit. Un tout petit bout de grillage, ridicule pour un si gros bruit. En se redressant, M. Ledoux le jette dans le fossé, se remet à quatre pattes, reglisse sous la voiture pour vérifier qu'il n'y a plus rien, et c'est là qu'une voix s'adresse à ses pieds :

« Sortez de là »

Surpris et apeuré, M. Ledoux met du temps pour réfléchir avant d'obtempérer. Il regarde d'abord qui sont les autres pieds. Ce sont des pieds bottés de gendarmes. Puis il sort avec une lenteur due non pas à sa mauvaise volonté mais à son manque de souplesse. En se redressant, il voit deux gendarmes, également soupçonneux :

« Que faites-vous là ? » demande le premier, sa lampe électrique vrillant l'œil de l'interpellé.

Long silence de cinq secondes, peut-être plus, car l'émotion s'en mêle, puis M. Ledoux entreprend de répondre avec la lenteur habituelle, séparant chaque mot, de son élocution bizarrement saccadée :

« Je... réparais... dessous... »

L'œil du gendarme s'allume d'un soupçon supplémentaire.

« Vos papiers ! »

M. Ledoux cherche son porte-cartes. Il cherche, cherche désespérément car plus il cherche, plus il se doute qu'il l'a perdu quelque part là-bas près du grillage, en se mettant à quatre pattes, ou alors là, en regardant sous la voiture. Le gendarme obligeant balaie les environs de sa lampe électrique, regarde le dessous de la voiture, met en marche, constate que tout va bien, ni panne ni bruit suspect, et sa conviction est faite.

M. Ledoux pense à la même chose que lui d'ailleurs, et il s'affole, il tente l'impossible, il tente d'expliquer qu'il n'est ni un voleur, ni un évadé, ni un sadique, mais l'émotion est telle qu'il en bégaie. Or il ne bégayait pas au début.

De plus, il commence son histoire à l'envers. Il veut d'abord expliquer le trou dans le grillage avant la perte des papiers, et sa recherche justement d'une gendarmerie, avant le bruit du bout de grillage... qui...

Mais c'est épouvantable, ils ne le croient pas, et

plus ils ne le croient pas, plus c'est épouvantable, et plus il bégaie, espace ses mots de secondes interminables, plus son langage devient totalement incompréhensible.

De toute façon, il y a longtemps que les gendarmes se sont dit :

« Celui-là est saoul comme trente-sept Polonais. »

Et on embarque M. Ledoux, on lui fait une prise de sang, et on le jette en prison comme un malpropre, sans l'écouter, entre un voleur et un proxénète qui se moquent de lui.

Vingt-quatre heures passent. Epuisé par ces émotions, M. Ledoux espère dès le lendemain être relâché avec des excuses. Point du tout. D'abord, on oublie complètement, Dieu sait pourquoi, la prise de sang qu'on lui a faite et l'examen rapide du médecin de service. Tout le monde oublie. Ensuite, il a beau grogner, protester, hurler, argumenter, pleurer, récriminer, le langage qu'il emploie le fait passer pour quelqu'un de dérangé, et comme il n'a pas de papiers, eh bien, on le garde jusqu'à ce que quelqu'un le réclame, ou qu'une décision administrative soit prise à son sujet. Voilà. C'est incroyable, mais c'est ainsi.

M. Ledoux est totalement, complètement oublié pendant vingt jours. Vingt jours pendant lesquels le seul contact qu'il aura avec le gardien de la prison où on l'a jeté sera :

« Vous, le dingue, bouclez-la ! »

Juste le temps d'ouvrir le guichet et de le refermer.

Vingt jours jusqu'à ce que la prise de sang soit

retrouvée dans le fond d'un tiroir, tapée en double exemplaire : résultat : alcoolémie nulle.

Il y avait également accroché après un trombone et toujours en double exemplaire un rapport succinct du médecin de service :

« Réflexes normaux, esprit libre et délié, marche droit, et effectue un bon demi-tour, même les yeux fermés.

« Signé illisible, le 2.9.64. »

M. Ledoux est retourné travailler dans son administration bien complexe, où il a raconté son histoire bien complexe, à guichet fermé, comme d'habitude.

Elle méritait d'être contée à un public, voilà qui est fait.

19

UN BÉBÉ NU

Un bébé abandonné sur les marches d'une église, cela fait roman noir du début du siècle, et plus personne n'y croit. Plus personne aujourd'hui n'oserait écrire une histoire commençant par un bébé abandonné sur les marches d'une église.

Il faut oser.

Il est là, le 30 septembre 1975, sur les marches d'une église suisse. Deux bras viennent de le déposer à la faveur de la nuit, en plein parvis. Mais il ne pleure pas. Normalement, tout bébé abandonné pleure et attire, par ses cris, de braves gens pour le découvrir et le soigner. Celui-là ne pleure pas. Il ne bouge pas. On l'a installé dans un carton d'eau minérale, il est enveloppé d'un molleton, on ne voit dépasser que le petit bout rond d'un nez minuscule et pincé, deux yeux clos et fripés.

Ces 40 centimètres d'homme à peine né se taisent. Il fait froid pourtant, et un vent d'automne secoue les arbres avec violence. Les passants sont rares à cette heure tardive. Plus de minuit, à présent. Et le bébé se tait toujours. S'il continue à se taire, il n'a aucune chance d'être découvert. Et pourquoi se tait-il ? Il doit avoir faim, soif, ou froid. Yeux clos, il ne réclame rien à ce monde extérieur et hostile. Cela existe-t-il, un bébé résigné ?

Une voiture vient de s'arrêter, presque en face de l'église, et deux jeunes gens en descendent. Elle, vêtue d'une robe extravagante et lui, portant un smoking. Avant de se séparer, ils font quelques pas sur la chaussée. Vont-ils apercevoir le carton ? Non. Un carton est une chose banale. Beaucoup de gens se servent de cartons comme poubelles, de nos jours. Qui songerait qu'une poubelle contient un bébé ?

La jeune fille n'y songe pas. Elle rit et s'amuse à sauter les marches en racontant une dernière coquetterie à son cavalier. Il y a dix marches à cette église. La jeune fille est sur la cinquième... elle saute à la septième... à la neuvième... et le bout de son escarpin pointu vient cogner, par jeu, le carton d'eau minérale, qui résiste à peine sous le choc, et glisse de quelques centimètres, en silence.

Cela existe-t-il des bébés qui n'ont pas peur ?...

Mais elle a vu du blanc, dans le carton, et enfin, elle regarde, elle s'avance, se penche et fait un « HO ! » d'incrédulité...

A son tour, le jeune homme s'approche, et les voilà tous deux penchés sur le bébé dans son carton avec étonnement. Personne ne pense jamais qu'il découvrira un jour un bébé abandonné. Les bébés abandonnés sont une légende.

C'est peut-être pourquoi les deux jeunes gens regardent celui-là comme une curiosité. Ils s'étonnent de ce qui leur arrive à EUX avant de se pencher sur le cas du bébé. En hésitant, la jeune fille tâte le bout du nez, cherche une petite main qu'elle trouve glacée, et tout d'un coup a peur :

« Il est mort ! Il est tout froid ! »

Courageusement, son compagnon examine l'enfant de plus près. Tout contre son oreille résonne un son si léger, si mince qu'il en donne le frisson. Alors ils prennent le carton, vite. Vite ils le mettent dans la voiture et vite ils foncent au premier poste de police. Mais un policier ne sait que faire d'un bébé trouvé. Il ne peut pas l'interroger pour lui demander d'où il vient. De plus l'état du bébé, selon les premières constatations, est inquiétant.

Il vient de naître, ce n'est pas possible. Cet enfant n'a que quelques heures...

Toujours dans son carton, mais nanti d'une pèlerine d'uniforme, le bébé fonce à présent dans un car de police-secours vers un grand hôpital, où il entre en trombe, sirène hurlante. Mais il ne dit toujours rien.

Pendant ce temps, au commissariat, on relève soigneusement les déclarations des deux jeunes gens, l'heure de la découverte, et une patrouille se répand dans le quartier de l'église. On ne sait jamais, quelqu'un a peut-être été vu porteur d'un carton. On a peut-être vu quelqu'un rôdant autour des marches. Les abandonneurs de bébé surveillent en général pour s'assurer que quelqu'un prend le colis en charge.

Mais il est 1 heure du matin, et l'enquête est sans espoir. A l'hôpital, où le bébé, par chance, est l'unique urgence de la soirée, une armée d'infirmières de service et de médecins de garde se penchent sur son cas.

Le bébé a toujours les yeux clos, et c'est normal : il n'est sorti du ventre de sa mère que six ou sept heures plus tôt seulement. C'est-à-dire vers 19 heures, le 30 septembre 1975. Ce sera sa date d'anniversaire provisoire. C'est un prématuré, de huit mois environ, et il était nu dans son carton, à part le molleton qui le recouvrait. Le cordon ombilical a été coupé d'une manière artisanale, et avant de l'enfermer en couveuse, un chirurgien arrange ce travail de sauvage. Il faut ensuite le laver et le désinfecter.

La mère qui a accouché de cet enfant a dû accoucher seule, et se débrouiller seule. Son fils n'a même pas reçu les premiers soins habituels... Le voilà enfin ramené à l'état de bébé du XXe siècle. Peau blanche, lèvres roses, et petits poings serrés. On le dépose dans la couveuse artificielle, et les examens peuvent commencer. Tandis que l'on radiographie son cœur, ses poumons, sa colonne vertébrale, son cerveau, tandis que l'on teste ses réflexes, le bébé tout nu dans sa couveuse, comme il l'était dans son carton d'eau minérale, se tait toujours. Il s'est laissé manipuler, secouer, laver, peigner, sans un pleur, sans un gémissement, sans même un grognement quelconque. Une piqûre de sérum ne l'a même pas sorti de son mutisme. Il mesure 42 cm. Il est maigre, avec de longs doigts et des cheveux très noirs. Il ne pèse que 2,300 kilos, mais il est impressionnant.

Le diagnostic est inquiétant. L'enfant a souffert, au cours d'un accouchement difficile, sa respiration est légèrement sifflante. Aucun médecin à l'hôpital ne peut dire s'il survivra à sa terrible entrée dans l'existence. Une pneumonie serre les deux petits poumons comme dans un étau, et seule la fièvre colore un peu ses joues pâles.

Les heures passent, et toujours silencieux, le bébé nu, après avoir lutté contre la vie, lutte contre la mort. Le lendemain, 1er octobre, la police élargit son enquête. Il est inutile de vérifier dans les maternités ou les hôpitaux, car manifestement l'enfant n'y est pas né. La police ne peut qu'interroger inlassablement les gens du quartier, les commerçants, le curé de l'église, les médecins. Le molleton ne portait pas de marque de fabrique. L'enfant ressemble peut-être à son père, à sa mère, ou à son oncle, mais qui peut le dire, personne.

Le 2 octobre, le bébé nu lutte toujours contre la mort, et toujours en silence. Les médecins sont de plus en plus inquiets. Il a fallu administrer à ce petit corps une énorme dose d'antibiotiques, et il a refusé toute nourriture. Un sérum au goutte-à-goutte lui tient lieu de sein maternel. La fièvre ne tombe pas. D'énormes gouttes de sueur perlent sur ce front minuscule et ridé par la souffrance. Moïse ne tiendra peut-être pas le troisième jour de sa chienne de vie. On l'a baptisé

Moïse à l'hôpital. A cause du carton... Et l'enquête piétine. Malgré les annonces dans la presse et aux journaux télévisés, malgré un appel pathétique du médecin-chef de l'hôpital et la parution d'une photo de Moïse dans les grands magazines.

Moïse tient le troisième jour, malgré une aggravation de son état général, et une complication cardiaque qui pose des problèmes. Il ne pleure toujours pas le quatrième jour... Mais il respire à peine. C'est un sifflement douloureux plus qu'une respiration. On a dépensé pour lui des trésors de soins et de tendresse, en vain. Sa petite main refuse de s'accrocher au doigt de l'infirmière...

C'est le cinquième jour qu'une enfant pâle et grelottante d'épuisement se présente à la police pour dire ceci :

« J'ai seize ans. J'étais enceinte, et ma mère m'a accouchée elle-même. Quand je me suis réveillée, elle m'a dit que le bébé était mort. Je suis sûre que ce n'est pas vrai. Je me suis sauvée de la maison, aidez-moi, s'il vous plaît. Elle ne voulait pas que j'aie cet enfant. Elle voulait que j'avorte. Je n'ai pas voulu, alors elle m'a obligée à rester dans une chambre pour que les gens ne s'aperçoivent de rien. C'est que je ne connais pas le père... c'est pour ça... »

Elle s'appelait Christine P. Son père était mort, et sa mère folle du qu'en-dira-t-on et de bien autre chose.

Christine est arrivée à l'hôpital, au soir du cinquième jour. Elle aussi avait besoin de soins. Maigre, pâle, avec de grands cheveux noirs. Elle s'était sauvée par la fenêtre de sa chambre avec une fièvre qui la menait au bord du délire, et une infection due aux conditions improvisées de l'accouchement.

Elle a tendu une main longue et encore enfantine à la minuscule petite main longue et inerte dans la couveuse. Et la petite main du fils s'est accrochée à celle de sa mère. C'est curieux.

Moïse a aujourd'hui quatre ans. Sa mère lui a gardé son prénom porte-bonheur. Il pleure comme tout le monde. Mais sans père, et sans grand-mère surtout, il se porte bien, merci.

20

LE SAUT DE L'ANGE

L'homme est petit, râblé, musclé, il se tient droit, les bras le long du corps. Autour de lui, comme une nuée de moustiques bourdonnants, les touristes actionnent leurs appareils de photo.

Un guide les a rameutés dans un grand hôtel d'Acapulco, et ils sont venus en voiture, jusqu'à ce coin de la côte du Mexique, alléchés par un slogan : « l'homme qui peut mourir devant vous ».

Cet homme-là s'appelle Miya, il est indien. Sa peau ressemble à du cuivre rouge, et ses yeux sont noirs comme le jais.

Quel âge peut-il avoir ? Trente ans, quarante, cinquante peut-être, difficile à dire, c'est un homme sans âge aux traits lisses, vêtu d'une sorte de maillot de bain en toile délavée, déchiré sur les cuisses.

Plusieurs cicatrices barrent sa poitrine, comme des coups de poignard. Une poitrine extraordinairement développée, aux côtes saillantes et aux muscles ronds.

Il pose pour les photographes, mais il ne sourit pas. L'expression de son visage est curieusement figée. Ni gaie ni triste. Patiente ou bien résignée. Il ne parle pas. Il laisse les touristes tourner autour de lui, presque à le toucher, il les écoute jacasser sans desserrer les dents.

Le guide parle pour lui. Le guide explique que Miya est un Indien des montagnes de Chiapas et qu'il habite dans une grotte, tout près d'ici, avec sa femme et ses sept enfants.

Son fils aîné, Tocpan, qui a treize ans, apprendra lui aussi à devenir « l'homme qui peut mourir devant vous ». Car le métier de Miya est un métier terrible. Et si demain il n'était plus là pour nourrir sa famille, Tocpan devrait prendre sa suite.

Pour 10 pesos par personne, 10 pesos seulement, Miya fera tout à l'heure le saut de la mort.

Et le guide montre aux touristes un minuscule promontoire sur la falaise. C'est de là que Miya doit sauter. En bas, il y a le Pacifique qui déferle dans une sorte de crique étroite en éclaboussant les rochers, à 36 mètres plus bas.

Peureusement les touristes se penchent. On entend des petits cris, une femme a le vertige et s'accroche au bras de son mari. Une autre retient son enfant par la ceinture.

Le guide explique encore qu'il n'y a pas assez d'eau au fond de la crique, à marée basse, pour permettre de plonger. Aussi faut-il attendre la marée haute. Ce qui donnera une profondeur de

3,60 mètres. De quoi se tuer quand on n'a pas l'habitude d'accomplir tous les jours cet exploit, comme le fait Miya l'Indien, depuis des années, quand il y a des touristes.

Dans vingt minutes, l'eau aura atteint son maximum. Alors, en attendant, « si ces messieurs-dames les touristes veulent bien acheter quelques souvenirs ». Des cartes postales, des coquillages, des colliers. Miya doit maintenant se concentrer, et se concentrer d'autant plus qu'il va plonger de nuit, en tenant une torche dans chaque main. C'est un risque double. Pour ce risque double, ces « messieurs-dames les touristes » peuvent donner quelques pesos de plus...

Volubile et commerçant, le guide continue à mener ses petites affaires rondement. Il sort de ses poches les gadgets habituels, les montre d'une main, empoche l'argent de l'autre. Il a l'air d'une fouine montée sur des ressorts. Seul, sur son rocher, Miya l'Indien se prépare avec des gestes lents, il entreprend de graisser son corps d'une pâte fluorescente et verdâtre. Le soleil couchant fait de lui une sorte de statue, en l'enveloppant de ses derniers rayons.

Tocpan, accroupi aux pieds de son père, lui tend la boîte de graisse comme une offrande. Tocpan a peur et il est fier, c'est la première fois qu'il aide son père. C'est une photo splendide pour touriste averti. Le père et le fils semblent inconscients de l'image qu'ils offrent... mais le sont-ils vraiment ? N'est-ce pas du théâtre que toute cette mise en scène infatigablement commentée par le guide à tête de fouine. L'homme et l'enfant ont pourtant l'air totalement détachés du public. A présent, Miya est agenouillé au-dessus du gouffre, mains jointes, tête basse. Et le gamin l'imite.

Le guide explique de loin que le plongeur se recueille et prie Dieu de lui permettre de vivre, même s'il tente le diable encore une fois. L'heure approche, plus que dix minutes avant le saut de la mort, et, pour pouvoir l'admirer le mieux possible, les touristes doivent s'écarter du rocher qui sert de plongeoir et se grouper à une centaine de mètres sur un autre rocher.

Le troupeau jacassant suit le guide avec célérité. Un marchand de saucisses et de soda surgit alors et, muni d'une lampe électrique, distribue les sandwiches contre 2 pesos.

Là-bas sur leur rocher, Miya l'Indien et son fils Tocpan sont toujours en prières, dans le faisceau de deux projecteurs.

Il fait chaud et lourd. Le soleil a totalement disparu dans l'océan, laissant une sorte de vapeur d'or qui bleuit.

Puis Miya se redresse. 1,60 mètre de muscles fluorescents se découpent dans la nuit, et la foule fait un « Oh » d'excitation.

On se penche pour admirer le gouffre où l'océan s'agite.

Des projecteurs placés tout le long de la falaise éclairent le trajet que l'homme suivra en plongeant.

On murmure, on s'exclame, on discute du danger que représentent les saillies rocheuses le long de la paroi.

Accomplissant un rituel dont il est le seul à

connaître les règles, Miya fait d'étranges courbettes, recule, avance, recule encore, étire ses membres au-dessus du vide comme s'il jouait avec la lumière. Il a recouvert son crâne d'un bonnet de coton noir et ne porte sur lui qu'un minuscule maillot orné de paillettes.

Enfin, il s'immobilise sur son rocher, tenant à bout de bras les deux torches que lui a remises son fils.

Seuls ses pieds rampent insensiblement vers le bord, jusqu'au moment où les orteils, dépassant la pierre, s'y agrippent résolument. Il ne bouge plus.

Immobile comme son père, vêtu d'un short sans couleur, Tocpan a l'air d'être sa réplique en plus petit. Même silhouette, même visage hermétique, même concentration. Un jour, lui aussi apprendra comme son père.

Les secondes passent et l'on n'entend plus que le bruit du ressac 36 mètres plus bas. La foule s'est tue. Une sorte de tension jaillit du corps de l'Indien, l'avertit que le moment est proche.

Le corps se tend, un grand cri sort de la poitrine de l'Indien Miya, un cri sauvage qui doit vider les poumons, les bras se dressent et, d'une détente soudaine, il file vers le trou d'océan lumineux où son corps fait presque immédiatement jaillir des gerbes d'écume blanche. Les deux torches qu'il a lâchées en plongeant sifflent en s'éteignant à la surface de l'eau.

Les touristes ont eu à peine le temps de pousser un « oh » d'admiration que c'est déjà fini. On se penche, on guette à la lueur des projecteurs la tête du plongeur qui va émerger. Qui devrait émerger à la seconde. Et quelqu'un hurle!...

D'abord on ne sait pas qui, ni pourquoi, car en bas on ne voit toujours rien, mais c'est en haut que le hurlement est né, c'est Tocpan! Il a compris, lui, avant tout le monde!

Il est au bord du rocher, il crie, tout son être tendu vers le vide, la foule ne regarde plus que lui, se demandant si le spectacle continue. En bas, l'océan fait encore un cercle à l'endroit où a disparu le corps de son père, il y a à peine cinq, dix secondes peut-être. Et le cercle ne s'est pas refermé qu'il s'ouvre à nouveau, car Tocpan qui hurlait au bord de la falaise a plongé, et son cri meurt dans une autre gerbe d'écume, beaucoup plus petite que la précédente.

Cette nuit-là, du côté d'Acapulco, Miya est ressorti de l'eau en portant le corps de son fils Tocpan dans les bras, son fils âgé de treize ans, mort, le crâne fracassé.

Lui, Miya, avait voulu montrer à son fils comment devenir « l'homme qui peut mourir devant vous ». C'était sa première leçon.

Et pour cette première leçon, ce soir-là, Miya avait oublié de dire que de temps en temps, pour faire peur aux touristes, il restait un petit moment sous l'eau, en leur faisant croire qu'il avait failli se noyer. Juste de quoi ramener quelques pièces de plus, et quand il y avait du monde cela valait la peine...

Il avait oublié que sa vie était un commerce, et il avait offert à la foule un enfant, mort devant elle.

21

QUINZE JOURS DE HOQUET

« Contraction brusque du diaphragme, accompagnée d'un bruit particulier dû au passage de l'air dans la glotte » — Qu'est-ce ? Le hoquet.

Quoi de plus désagréable que le hoquet. Cet espèce de spasme systématique est ce qui peut arriver de pire à l'homme sans défense. Il attend sans oser respirer; il boit à petites gorgées, s'étrangle à en perdre le souffle, et compte les secondes qui passent, avec espoir... « Ça y est, c'est passé... » et au moment où l'homme se redresse... Hoc ! il est là.

Qui n'a pas eu le hoquet ! Ce soubresaut pénible et ridicule qui empêche de se concentrer sur quoi que ce soit pendant cinq, dix, vingt minutes, ou une heure, pas plus. C'est la moyenne du hoquet chez l'homme moyen.

Mais que ce hoquet dure un jour entier, plus une nuit et puis encore un jour et un autre jour... jusqu'au sixième jour et n'importe qui est prêt à n'importe quoi pour le faire passer. N'importe quoi vraiment.

Voilà en effet six jours que Mme Dulittle a le hoquet et dans le petit appartement que les Dulittle occupent à Dallas, aux Etats-Unis, c'est la consternation générale. Mme Dulittle est dans son lit, écroulée sur un tas de coussins, l'œil hagard, la bouche entrouverte, le cheveu hirsute. Régulièrement, toutes les dix ou douze secondes, son corps est secoué par un spasme et le petit « hoc » maudit s'échappe de ses lèvres.

M. Dulittle a tout essayé. Tous les trucs courants, toutes les recettes dites « radicales » y sont passés : la strangulation à la limite de l'asphyxie, les clés dans le cou, le verre d'eau bu avec une allumette posée à cheval sur le rebord du verre, la glace déposée par surprise sur le plexus solaire, le sac de papier gonflé d'air qui explose en l'écrasant brusquement (ce qui en temps normal provoque généralement l'hilarité salvatrice). Tout a été essayé en vain.

Mme Dulittle a même essayé de faire le haut poirier, elle a tenté la position du lotus, l'immersion totale en eau froide, en eau chaude et alternativement. Puis le désespoir est venu. Les Dulittle ont consulté. Ils sont allés voir ensemble trois, quatre médecins qui ont tous utilisé des méthodes différentes, bains, sirops, électrochocs, massages, sans aucun résultat.

Mais en ce sixième jour de hoquet, Mme Dulittle a un espoir. Un ultime espoir : *GOLD-HANDS* doit venir. *Gold-Hands*, en français les mains d'or. C'est un guérisseur. Rien ne résiste à *Gold-Hands*. A son actif il collectionne toutes sortes de guérisons miraculeuses. M. Dulittle a été le voir, lui a parlé du cas de sa femme et comme celle-ci refuse de quitter son lit il a décidé le guérisseur à venir chez lui.

Dans sa grande cape noire, doublée de satin rouge, avec des parements d'hermine, Mme Dulittle lève sur le visiteur un œil interrogatuer, légèrement surpris. Que va lui faire ce grand barbu dont la cape empeste la naphtaline ?

M. Dulittle s'empresse de la consoler :

« C'est M. *Gold-Hands*, tu sais bien, je t'en ai parlé, il va te guérir. »

En guise d'approbation, Mme Dulittle émet un hoquet plus fort que les autres, prolongé d'un soupir à fendre l'âme. Voilà six jours qu'elle espère. Six jours que, passé quinze secondes sans hoquet, elle croit au miracle et que brusquement ça recommence. Alors, bien sûr, elle est prête à tout pour retrouver une vie normale.

Gold-Hands retire sa cape, retrousse ses manches, répand quelques gouttes du contenu d'une fiole sur ses mains, les applique sur le dos de la malheureuse, la prie de s'allonger, et d'un seul coup lui envoie un coup de poing dans l'estomac. Sous la violence du choc, Mme Dulittle ouvre la bouche toute grande, tandis que ses yeux s'agrandissent de douleur. Tranquillement *Gold-Hands* s'essuie les mains à même le drap, redescend ses manches, et dit en toute simplicité :

« Et voilà ! »

De fait, Mme Dulittle guette le retour du hoquet qui ne revient pas. Serait-ce possible ?

M. Dulittle glisse un billet dans la main du guérisseur, qui, très sûr de lui, remet sa cape et sort raccompagné par le mari. Deux minutes passent.

Lorsqu'il revient dans la chambre, il se précipite vers sa femme :

« Alors, ça y est ?

— Hoc ! » répond celle-ci en s'effondrant sur le lit.

Le hoquet est revenu.

Et les jours passent encore. Sept jours. Huit jours. Neuf jours. Le dixième jour un médecin de quartier recommandé par un ami conseille à Mme Dulittle de reprendre une vie normale. C'est la seule solution pour faire cesser le mal, à son avis :

« Plus vous l'attendez, moins il s'en ira. Il faut surprendre l'organisme, et pour le surprendre rien de tel que de commencer par ne pas l'écouter. »

En désespoir de cause, Mme Dulittle accepte la formule. Elle quitte son lit, se rhabille, va faire ses courses, prépare les repas, avec le hoquet. Elle accepte cette vie inconfortable et rythmée, dans l'espoir de surprendre son organisme. Et comme il n'est pas surpris aux onzième, douzième, treizième, quatorzième jours, le quinzième au matin, M. Dulittle décide de provoquer lui-même la surprise. Mais pas n'importe quelle surprise.

Une surprise de choc, radicale, définitive, absolue. Le grand coup !

A peine Mme Dulittle est-elle partie faire ses courses qu'il sort d'un sac les accessoires achetés la veille en grand secret. Perruque hirsute, dents de vampire, crayon rouge pour le tour des yeux, vernis pour coller des touffes de poils un peu partout, fausse barbe, faux ongles. En un tour de main, le plus doux des maris devient un monstre hideux, aux yeux injectés de sang, à qui la bave, produite par un petit morceau de savon placé sous la langue, donne un aspect démentiel. M. Dulittle enfile un vieil imperméable de l'armée, met un chapeau crasseux, glisse dans sa poche un revolver dans lequel il a eu soin de placer des balles à blanc, et il se précipite sur les traces de son épouse. Connaissant par cœur son itinéraire, il la rejoint dans la grande rue, au moment précis où elle finit ses courses. Dissimulé derrière un journal largement ouvert, M. Dulittle attend que sa femme passe devant lui; alors, poussant un hurlement inhumain, il se précipite derrière elle. La malheureuse se retourne pour voir arriver un monstre gesticulant qui brandit un revolver sous son nez.

Prenant ses jambes à son cou, Mme Dulittle se met à fuir devant le forcené qui tire des coups de feu sur elle. Une panique indescriptible s'est emparée de la pauvre femme qui hurle au secours.

Les passants médusés regardent passer cette femme hagarde poursuivie par un monstre hideux, l'écume à la bouche, les doigts sanguinolents d'une capsule d'hémoglobine écrasée dans les mains... et du plus bel effet dans le genre Dracula.

Sur leur passage, c'est un raz de marée. Les spectateurs refluent en désordre vers les entrées de boutiques ou d'immeubles. Certains se jettent à plat ventre, la tête dans les bras, d'autres se précipitent de l'autre côté de la chaussée au risque de se faire renverser par les voitures. Le spectacle hallucinant de ce Frankenstein tirant des coups de feu sur cette malheureuse créature émeut à juste titre un policeman débonnaire en faction devant une banque. N'écoutant que son courage, il se lance sur les traces du monstre. Stimulés par la présence du représentant de l'ordre, des passants se mêlent à l'action. Bientôt, une meute hardie se rapproche du forcené qui achève de vider son chargeur sur l'innocente créature.

Un jeune homme, plus rapide que les autres, réussit à faire au monstre un croc-en-jambe des plus perfides. Le monstre perd pied et s'affale de tout son long sur le trottoir. Il est aussitôt roué de coups. Il essaye bien de parler mais on ne lui en laisse pas le loisir. Les coups pleuvent de toutes parts, et il gît bientôt sur l'asphalte, inanimé, en morceaux, en loques, en débris.

Les dents par-ci, les cheveux par-là, les ongles décollés, la barbe pendante; le policeman se penche et écarte les accessoires inutiles. C'est alors que dans l'assistance quelqu'un le reconnaît et dit d'un air réprobateur :

« Mais c'est M. Dulittle ! »

La première parole du malheureux en reprenant ses esprits à l'hôpital est de demander si sa femme a toujours le hoquet.

Mme Dulittle n'a plus le hoquet, ce qui est la moindre des choses. La frayeur ressentie pendant ces quelques minutes de course a tellement bouleversé son organisme que le spasme a disparu. Et elle se précipite au chevet de son « monstre » de mari pour le remercier d'avoir imaginé un remède aussi efficace.

Quelques semaines plus tard, M. Dulittle est convoqué au tribunal de Dallas. Plainte a été déposée contre lui et il doit répondre de sa conduite devant les juges. Après une longue séance le juge rend son verdict.

« Accusé, levez-vous. Considérant que sous un aspect effrayant vous avez semé la panique dans la ville en tirant des coups de feu, et que bon nombre de gens ont été bousculés et ont reçu des coups de matraque par suite du désordre qui s'ensuivit... la cour vous condamne à deux mois de prison. Mais considérant que vous avez agi dans le but de guérir votre femme d'un hoquet incoercible, et considérant que ledit hoquet a été stoppé... considérant enfin que la punition méritée vous a été largement administrée spontanément à l'issue de votre étrange thérapeutique, vous êtes libre. »

M. Dulittle est tombé dans les bras de son épouse et lui a proposé d'aller fêter cela le soir même au restaurant.

Et dans un grand sourire, elle a dit O.K.

22

LE PAS DE LA MISÉRICORDE

« Si pas de nouvelles mercredi à midi, quelque chose pas normal. »

A Voiron, au pied de la Grande-Chartreuse, quelques hommes lisent et relisent le message que leur a laissé Daniel. Ils ne sont pas inquiets outre mesure, car s'il est pris dans la tempête de neige, un jour de retard n'a rien de dramatique. C'est un garçon sportif de 29 ans, en pleine forme et accompagné de son chien Titus. Si besoin est, l'hélicoptère partira demain matin.

Mais le jeudi matin se lève dans le brouillard, et Daniel entend l'hélicoptère arriver, aussi bas qu'il est possible. Il l'entend passer juste au-dessus de lui, dans la petite clairière où il a écrit S.O.S. avec des branches cassées. Mais il a beau crier et gesticuler, et son chien aboyer à ses côtés, l'hélicoptère s'éloigne et le silence retombe sur la montagne. Daniel, qui n'a plus de vivres, sait ce que cela veut dire. Pour s'en sortir il faudrait abandonner son chien, et cela il ne peut se résoudre à le faire.

Titus fait partie de ces grands seigneurs de la montagne que sont les bergers des Pyrénées : 70 kilos, 70 cm au poitrail, une somptueuse robe blanche, les oreilles ombrées, la queue en panache, c'est le chien idéal pour la neige. Daniel a été le chercher à Carcassonne et l'a initié à sa passion : la montagne.

Titus et son maître ont parcouru sans relâche les sentiers de terre remplis d'odeurs fortes. Pendant plusieurs semaines Daniel l'a guidé en l'encourageant de la voix et du geste. Chaque jour à ses côtés l'animal a enregistré ses désirs, guetté ses réactions, obéi à ses ordres. Chaque heure passée à ses côtés lui a appris à se confier totalement, à respecter sans grogner ses volontés, à rester sur place ou à venir au commandement. Daniel, qui connaît bien les chiens et qui les aime, a su « impressionner » — c'est le terme — Titus au moment où il fallait le faire, ni trop tôt, ni trop tard. Deux mois après avoir fait sa connaissance, l'animal n'a plus qu'un maître, Daniel, pour lequel il est prêt à tout sacrifier, y compris sa vie.

Et c'est avec une confiance aveugle que Titus a suivi Daniel en ce lundi 1er mars, pour une randonnée de deux jours. Aux alentours de 13 heures, après avoir partagé quelques biscuits, l'homme et le chien se remettent en route. La neige qui est tombée en abondance ces jours derniers rend le passage du *Pas de l'Ane* assez dangereux. Pour réduire le poids sur la neige, Titus a reçu l'ordre de son maître de « rester là ». Fidèle à la consigne, il s'immobilise et regarde Daniel qui s'éloigne sur la neige. L'homme est environ à cent mètres de lui, lorsque brusquement une plaque de verglas craque sous ses pas. Perdant l'équilibre, Daniel bascule en arrière et c'est l'avalanche. Dans un tourbillon de neige poudreuse, l'animal voit disparaître son maître et bientôt, lorsque la visibilité redevient normale, il ne reste plus rien.

Avec un mètre de neige qui pèse sur chaque centimètre du corps, impossible de bouger, au contraire, chaque mouvement fait s'enfoncer un peu plus dans cet élément fluide et étouffant. Daniel sait qu'il ne peut rien tout seul. Mais Titus est resté un peu plus haut « aux ordres » et n'attend qu'un signe pour accourir. A condition de pouvoir crier, dans cette poudre qui colle aux narines et risque de pénétrer dans la gorge rien qu'en ouvrant la bouche. Par chance, le bras de Daniel est resté coincé à hauteur du visage.

Au prix d'un effort patient, il réussit à former avec sa main une cavité de quelques centimètres devant son nez et ses lèvres, juste de quoi glisser deux doigts dans sa bouche pour siffler. Mais le faible son qu'émet Daniel semble ridiculement ténu dans cet univers de coton. A cent mètres de là, le chien n'entendra pas.

Mais depuis que son maître a disparu, Titus n'est qu'une oreille, une immense oreille guettant le moindre appel. La nature a pourvu les chiens d'une ouïe exceptionnelle et c'est ce qui va sauver Daniel. Titus a perçu l'appel de son maître, sans doute parce qu'il n'attendait que lui, et il se précipite. L'odeur de l'homme est là sous la neige. Titus creuse. De ses deux pattes, il repousse la neige sous lui. De temps à autre, il colle sa tête dans la poudreuse et renifle. Le doute n'est pas possible pour lui, le maître est là, et il creuse, il déblaie, il écarte, il pousse, il tasse avec son train arrière, et il trouve une main et un bras, alors il saisit le bras et il tire, il tire, jusqu'à ce que Daniel soit dégagé. Ce combat contre la neige a duré cinq longues minutes. La récompense est là : la main de son maître qui lui tape amicalement sur la tête tandis qu'il lui parle doucement. Et Titus remue la queue, il est le plus heureux des chiens.

Il lève encore ses yeux noisette vers celui qu'il vient de sauver, puis il aboie comme pour donner le signal du départ.

Le lundi, vers 17 heures, Daniel et son chien arrivent au chalet de Voreppe. Ils y passent la nuit, et reprennent des forces. Le mardi matin, le temps est magnifique. Au lieu de rentrer, Daniel décide de poursuivre sa promenade. Vers 11 heures, le chien fait une glissade de quatre-vingt-dix mètres dans un couloir. Daniel s'encorde et va le chercher. A peine est-il près de lui qu'il dévisse à son tour, s'accroche à l'animal et c'est à nouveau la glissade, à deux, comme sur un toboggan jusqu'aux premiers sapins de la forêt qui les arrêtent.

Il est impossible de remonter. Il faut passer par la forêt de Charminel. Daniel sait que ce parcours est très difficile. C'est un véritable labyrinthe où de plus habiles que lui se sont égarés et ont tourné pendant des jours avant de rejoindre la seule issue possible : le *Pas de la Miséricorde*.

C'est le piège. Le temps est devenu mauvais, la neige se remet à tomber, le thermomètre descend à − 30. Toute la journée de mardi, Daniel et son chien marchent d'arbre en arbre, de clairière en clairière, s'enfonçant dans la neige, s'arrêtant de temps en temps pour souffler. Ils se partagent les dernières miettes de biscuits. Lorsque la nuit tombe, ils s'arrêtent et, blottis l'un contre l'autre, tentent de prendre un peu de repos. Le mercredi se passe dans les mêmes conditions, il neige toujours et Daniel a l'impression qu'il est déjà passé là. Un doute affreux l'envahit.

« Mon vieux Titus, j'ai l'impression qu'on est mal partis. »

Mais le chien remue la queue et lève vers son maître un regard qui reflète une telle confiance, que l'homme repart. On ne peut pas abandonner ainsi.

Le jeudi arrive et l'hélicoptère passe au-dessus de lui sans le voir. Mais cela prouve qu'on le recherche. Demain le temps sera peut-être rétabli. Et le naufragé de la montagne passe une nouvelle nuit blotti contre son chien.

Le vendredi, vers 13 heures, une éclaircie subite dévoile le massif de la Sure, permettant à Daniel de se repérer. Il est beaucoup plus à droite qu'il ne le croyait. Mais cette vision lui redonne courage, il tape sur le dos de son chien.

« Mon vieux Titus, on va s'en sortir. »

Lorsque la nuit est tombée, Daniel aperçoit

enfin des lumières. Ce doit être *Les Trois Fontaines*. Réunissant ses dernières forces, l'homme entreprend de descendre un à-pic en rappel, avec son chien sur les genoux. Il prépare sa corde, pose un piton et tend la main :

« Allez, Titus, viens, on descend. »

Blotti contre le rocher, le chien a grogné.

Refusant de croire ce qu'il entend.

Daniel insiste.

« Allons, Titus, on y va, on est presque arrivés. »

Cette fois, non seulement le chien grogne, mais il découvre les crocs. Ne voulant pas l'abandonner si près du but, Daniel essaye tout pour persuader Titus de venir sur ses genoux. Mais il n'y a rien à faire. Le chien a renoncé. Les pattes en partie gelées, l'animal abandonne. Une sorte d'instinct de conservation lui ordonne de rester là, et cet instinct est plus fort que son désir d'obéir à son maître. C'est la mort dans l'âme que Daniel doit se résoudre à abandonner son compagnon. Ayant tenté une dernière fois de le faire venir, l'homme se laisse glisser doucement le long de sa corde, un mètre, dix mètres... il s'arrête. Une idée subite lui traverse l'esprit. Mais oui, pourquoi n'y a-t-il pas pensé plus tôt ? Il suffit de rester là un bon moment et de revenir. Le chien, resté seul, consentira peut-être enfin à se laisser prendre.

Pendant de longues minutes qui lui semblent des siècles, Daniel reste là, accroché à sa corde à quelques mètres au-dessous de son chien. Mais il a trop présumé de ses forces et, lorsqu'il veut remonter, il n'arrive pas à tirer sur sa corde. Il a beau s'essouffler, il ne monte pas d'un centimètre. Alors, la mort dans l'âme, abandonnant à la montagne celui qui lui a sauvé la vie, l'homme se laisse glisser vers le salut.

A 20 heures, à bout de forces, Daniel guidé par les lumières arrive devant la porte d'une ferme.

« C'est vous celui qu'on recherche ? » lui demande le paysan.

Alors, avant de s'évanouir, Daniel, qui vient de passer cinq jours dans la montagne, a la force de dire dans un souffle :

« Mon chien est resté là-haut ! Il faut que j'aille le rechercher. »

Puis il s'effondre.

Le lundi 8 mars, Daniel quitte l'hôpital, ou plutôt s'en évade.

Les médecins voulaient le garder encore mais il ne veut pas. Il doit aller chercher son chien. Il a contacté les scouts de Cluse, en Haute-Savoie, et ils ont répondu :

« On y va ! »

Mardi 9 mars au petit jour, le temps est au beau fixe. Un soleil radieux dore les rochers de la Grande-Chartreuse. Trois cordées arrivent au lieu-dit *Les Trois Fontaines.* En tête de l'une d'elles, Daniel s'immobilise. Il regarde les autres et plisse les yeux en direction de la paroi où il a laissé Titus. Voilà trois jours et quatre nuits que le chien est là, sans doute est-il mort de froid et de faim, car il n'a pas mangé depuis six jours. Avec une intense émotion Daniel humecte ses lèvres, met deux doigts dans sa bouche et siffle.

Un silence de mort lui répond. Puis un aboiement retentit, très faible, comme s'il venait de quelque part sous la neige. Les larmes aux yeux, Daniel embrasse ses compagnons. Son chien l'a attendu, il est vivant.

Trois heures plus tard, une cordée arrive en surplomb au-dessus de la faille où gît l'animal. Les scouts installent un treuil et l'un d'eux descend harnacher le chien qui se laisse faire. Daniel attend plus bas, il est encore trop faible pour faire lui-même le travail.

A 14 heures, ce mardi 9 mars, il y a huit ans de cela, un homme pleure en prenant dans ses bras un gros tas de poils qui gémit doucement. Daniel n'est pas un faible. C'est un montagnard, dur avec lui-même parce que la montagne est dure... Courageux parce que la montagne est hostile, fier parce que la montagne se laisse vaincre parfois... Mais Daniel est un homme aussi, qui pleure comme un enfant en bredouillant :

« Je sais que c'est ridicule, mais je n'y peux rien. »

Heureusement, car il est des larmes dont un homme n'a pas à rougir.

23

UN GRAND HONNEUR

1901. En ce début du xxe siècle, la tension entre la Russie et le Japon est déjà vive. Pour tous les observateurs, il ne fait pas de doute qu'un jour ou l'autre il y aura la guerre. Et le général Gorchilov, chef des services secrets du tsar, est inquiet.

La cause de ses soucis est l'attaché militaire japonais : Yamata. Yamata est un homme exceptionnel à tous points de vue. Par son physique, d'abord, qui n'est pas du tout celui de ses compatriotes. Yamata a la trentaine, il est très grand, un mètre quatre-vingts, avec un visage carré et autoritaire. Issu d'une des plus anciennes familles de son pays, il possède aussi un esprit extrêmement brillant et parle sans difficulté les langues occidentales.

Ces remarquables qualités l'ont fait tout de suite adopter par la bonne société russe. Yamata sort beaucoup, il rencontre des personnages importants. Il doit entendre bien des conversations, surprendre bien des confidences.

Pour le général Gorchilov et son service, il ne fait aucun doute que Yamata est un espion. D'autant que, quelques semaines après son arrivée en Russie, ses propres espions au Japon ont signalé que l'Etat-Major japonais était en possession de secrets militaires russes.

Yamata est donc surveillé de très près. Mais pour l'instant, on n'a rien pu découvrir contre lui. Il est trop habile pour laisser des preuves. Alors Gorchilov se décide à employer les grands moyens. Yamata représente un grave danger. Puisqu'il n'est pas question de l'éliminer physiquement, on va l'obliger à quitter la Russie par le seul moyen possible : la crainte d'un scandale.

Gorchilov connaît comme tout le monde la liaison de Yamata avec Maria Vratilova. Le Japonais et la belle actrice forment un des couples les plus étranges et les plus en vue de la capitale.

Aussi peu élégante que soit sa démarche, Gorchilov se décide à aller trouver l'actrice. Il lui dévoile ce qu'il sait sur Yamata et lui demande de le menacer d'un terrible scandale pour le contraindre à rentrer dans son pays. Bien que très éprise, l'actrice est aussi patriote et elle finit par accepter.

Le lendemain donc, elle va voir Yamata, et les larmes aux yeux lui annonce qu'elle attend un enfant de lui. Puis d'une voix soudain menaçante le met en demeure de l'épouser.

Devant cet assaut, Yamata, d'habitude si sûr de lui, perd totalement contenance. Il baisse les yeux, et balbutie...

« C'est que je ne peux pas t'épouser... Je suis déjà marié au Japon... »

L'actrice part en claquant la porte et va raconter au général Gorchilov le résultat de l'entrevue. Celui-ci se frotte les mains. Il a bien manœuvré. Bientôt il n'entendra plus parler de Yamata. Mais un quart d'heure plus tard, il a la plus grosse surprise de sa vie. Son secrétaire vient lui annoncer :

« Mon général, l'attaché militaire japonais est là. Il insiste pour être reçu. »

Quelques minutes plus tard, Yamata, effectivement, se présente devant lui, très droit dans son uniforme. Il entre immédiatement dans le vif du sujet.

« Général, je suis dans une situation délicate. Une dame que j'ai connue menace de faire un scandale à cause de nos relations. Pour ma part, je suis décidé à quitter la Russie. Mais il serait très fâcheux que ce scandale éclatât après mon départ. J'appartiens à une vieille famille. Mon père fait partie du conseil privé de l'Empereur et s'il apprenait cette histoire, il se croirait obligé de mettre fin à ses jours... »

Yamata hésite un peu, puis continue :

« Alors, j'ai pensé qu'étant donné vos fonctions vous pourriez étouffer cette affaire... »

Intérieurement, le général Gorchilov a le souffle coupé. Un espion qui vient demander l'aide du chef des services secrets adverses : décidément, Yamata n'est pas quelqu'un comme les autres. Mais le Japonais n'a pas terminé. Il baisse la voix :

« En échange de ce service, une fois à Tokyo, je

m'engage à vous fournir des nouvelles disons... confidentielles... »

Gorchilov garde tout son calme et promet son aide. Dès que son visiteur est parti, il se hâte de rapporter cet entretien aux autorités. L'avis de tous est que Yamata les prend pour des imbéciles. Il est évident qu'un homme de ce genre n'est pas un traître. Les renseignements qu'il enverra seront des faux, soigneusement préparés par l'espionnage japonais. Mais le principal était qu'il s'en aille, et c'est fait. Son remplaçant n'aura sûrement pas la même classe, et la même efficacité.

Quinze jours plus tard, Yamata fait ses valises, et son remplaçant est effectivement un personnage insignifiant. Les fuites en direction du Japon cessent immédiatement. Les Russes pensent que l'affaire est terminée, alors qu'elle ne fait que commencer.

Six mois plus tard, en décembre 1902, un inconnu remet un paquet à l'ambassade de Russie au Japon. Il contient les plans détaillés de l'attaque japonaise sur Port-Arthur. Le général Gorchilov et l'Etat-Major les étudient avec soin. Yamata a tenu sa promesse, mais aucun des responsables militaires n'attache le moindre crédit à ces documents. Ce sont évidemment des faux. On reconnaît toutefois qu'ils sont fort bien faits et qu'ils ont dû donner beaucoup de mal à celui qui les a fabriqués...

Six mois plus tard encore, au cours de l'été 1903, d'autres documents arrivent de la même manière. Cette fois, il s'agit du plan d'opérations complet des Japonais en Mandchourie. Comme la première fois, il s'agit de documents remarquablement précis, à un tel point que les militaires russes ne peuvent s'empêcher d'être troublés. Le plan de bataille est vraisemblable, il est même excellent et tout à fait inattendu. Un des officiers de l'Etat-Major fait remarquer :

« Si ces documents étaient authentiques, nos troupes seraient totalement battues. Jamais nous n'avions envisagé que les Japonais attaqueraient de cette manière, je suis inquiet... »

Mais l'Etat-Major décide tout de même que ce sont des faux.

Octobre 1903. Cette fois Yamata a expédié les plans d'une contre-attaque japonaise en Sibérie. Une contre-attaque en Sibérie ! Voilà qui prendrait complètement à revers le dispositif russe. Ce coup-ci, même les plus sceptiques sont ébranlés, et deux camps se forment : d'un côté, ceux qui, avec Gorchilov, pensent toujours que ce sont des faux. De l'autre, ceux qui croient que les documents sont authentiques. Car s'il s'agit de plans stratégiques admirablement conçus et même géniaux, si l'armée russe ne modifie pas son dispositif, elle court à la catastrophe...

Et c'est en décembre 1903 qu'éclate le coup de tonnerre. L'ambassade russe au Japon annonce que Yamata a été pris en train de voler des documents secrets au ministère de la Guerre. Il a été aussitôt jugé et passé par les armes. En apprenant la nouvelle, son père, le conseiller de l'Empereur, s'est fait hara-kiri... On ne survit pas au déshonneur d'un fils au pays du Soleil-Levant.

La nouvelle, confirmée par plusieurs sources incontestables, ne peut être mise en doute, et cette fois, même les plus sceptiques, même Gorchilov, s'inclinent. Yamata n'avait pas menti. Il avait tenu sa promesse au chef des services secrets. Sauver l'honneur de sa famille lui avait paru plus important que sa propre trahison... L'Etat-Major ayant constaté une fois de plus la complexité de l'âme japonaise s'empresse en toute hâte de modifier le dispositif militaire en fonction des documents de Yamata.

Il était temps. La guerre russo-japonaise éclate en 1904.

Et c'est un désastre pour les Russes. En Mandchourie, à Port-Arthur, les troupes du tsar manœuvrent conformément aux nouvelles instructions. Mais les Japonais ne sont pas là où ils auraient dû être. Au contraire, ils attaquent aux points faibles de leur adversaire, comme s'ils les connaissaient d'avance.

Et les unités qu'on a retirées pour défendre la Sibérie font cruellement défaut. Les Japonais n'attaquant pas en Sibérie, ils n'attaqueront jamais, et c'est en partie à cause des plans transmis par Yamata que les Russes perdent la guerre. Mais alors, que s'est-il passé ? A-t-il été lui-même manœuvré par les services secrets japonais ? L'Etat-Major ne comprend plus rien...

La réponse arrive peu après. Un officier japonais est fait prisonnier, porteur de documents ultra-secrets, et il est vite établi qu'il est un des responsables de l'espionnage de son pays.

Le général Gorchilov l'interroge lui-même sur

Yamata, et l'homme parle sans réticence, car visiblement, ce qu'il va dire, il souhaite que les Russes le sachent.

« Yamata est un héros. Il a été décoré, ainsi que toute sa famille, de l'Ordre du Soleil-Levant de première classe... »

Gorchilov sursaute :

« Mais alors, il n'a pas vraiment été exécuté ? C'est impossible, nous avons vérifié ! »

Le Japonais a un sourire serein.

« Si. C'était le seul moyen pour que vous pensiez que les plans étaient vrais. L'Empereur lui a demandé s'il acceptait cette mort infamante pour la gloire du Japon, et Yamata a accepté, c'était un grand honneur pour lui. »

L'officier japonais regarde le général Gorchilov, il est toujours aussi calme, et le général a les yeux hors de la tête.

« Ensuite, l'Empereur a demandé au père de Yamata de se faire hara-kiri comme il aurait dû normalement le faire en apprenant que son fils avait trahi. Le père de Yamata a accepté. »

Et il ajoute en secouant la tête avec approbation :

« C'était un grand honneur pour lui aussi... Et c'est un tout petit honneur pour moi d'être le premier à vous l'apprendre, général. »

24

LE GENTLEMAN PAUVRE

John Player est le type même du gentleman britannique. Côté système pileux en tout cas : une moustache rousse parfaitement frisée, des favoris coupés comme il convient et une chevelure faite pour porter le haut-de-forme ou le melon. Il est d'ailleurs bien placé pour cela, puisqu'il est coiffeur. Entre deux clients, il se donne toujours un coup de peigne ou de ciseaux, et ajoute une touche imperceptible de lotion. C'est sa coquetterie.

Pour le reste, c'est autre chose. Les complets de grands couturiers, les chemises et les cravates de soie ne sont pas pour lui, car John Player est pauvre. Son petit salon de coiffure dans un quartier périphérique de Londres n'a que de rares clients, qui lui permettent tout juste de vivre.

Cela n'empêche qu'à l'habillement près, rien ne le distingue des membres de la bonne société. En somme, Sir John Player est d'une pauvreté impeccable, ce qui est le signe même du parfait gentleman.

Mais comment un gentleman pauvre se comporte-t-il dans des circonstances vraiment exceptionnelles ?

Nous sommes en 1920. John Player lit le journal, seul dans son salon de coiffure, dans l'attente d'un hypothétique client. Il parcourt les articles avec méthode, page après page, et arrivé à la page trois laisse échapper un « Bonté divine ! », ce qui est toujours, dans sa bouche, le signe d'un intense intérêt. L'article qui vient de lui tomber sous les yeux est un avis de recherche émanant de Scotland Yard :

« On recherche Angus Mac Kenzie, 34 ans, taille 6 pieds 2 pouces, cheveux très fournis grisonnants (mais il a pu les teindre depuis sa disparition), moustache et barbe épaisses (mais il a pu les faire couper), yeux bleu clair, nez busqué ; signe particulier : possède deux dents en or à la mâchoire supérieure. Il doit se trouver en ce moment dans la région londonienne. Angus Mac Kenzie s'est rendu coupable de meurtre sur la personne d'un bijoutier de Liverpool... »

Suit une description de l'assassinat, qui a été particulièrement horrible. Et l'article conclut :

« Une récompense de 1 000 livres est offerte à toute personne qui aidera à l'arrestation du meurtrier. »

John Player est songeur. Une phrase l'a marqué : « A pu se faire teindre les cheveux... se faire couper la barbe et la moustache... » Comment aurait-il réagi à la place du coiffeur à qui le criminel a sans doute demandé d'exécuter ce travail ? Difficile à dire. Il n'est certainement pas lâche, mais de là à être un héros... Quoique 1000 livres, c'est une somme. Avec 1000 livres, il pourrait en faire des choses, dans le salon de coiffure : acheter des sièges plus confortables, changer la devanture...

Et il lui resterait encore assez d'argent pour s'offrir un véritable complet comme en portent les gens de la bonne société.

John Player est tiré de ses réflexions par le tintement de la clochette de sa porte. Un client vient d'entrer. Il remarque tout de suite son abondante chevelure blonde, ainsi que sa moustache et sa barbe très fournies. Il se précipite au-devant de lui pour le débarrasser de son manteau.

L'homme, qui doit avoir entre trente et quarante ans, a des manières brusques. Il parle d'une voix autoritaire.

« Pouvez-vous me teindre les cheveux ?... »

John Player lui répond de sa voix bien timbrée :

« Certainement, monsieur, c'est même ma spécialité... »

En fait, il n'a pas fait de teinture depuis plusieurs mois. Mais il songe surtout à la note qui va suivre : huit shillings et six pence : le prix de trois coupes ordinaires...

Le client adoucit un peu sa voix naturellement dure :

« Vous comprenez, ma fiancée n'aime pas les blonds... Alors j'ai pensé que je ne serais pas mal en châtain... »

John Player lui passe une blouse blanche.

« Je pense que le châtain foncé vous ira parfaitement, monsieur... »

Le client ajoute, l'air un peu contrarié :

« Ma fiancée n'aime pas non plus la barbe et la moustache... »

Le coiffeur s'empresse d'acquiescer, d'autant qu'il y a là promesse de trois shillings supplémentaires.

« Vous avez le menton bien carré. Vous serez certainement mieux imberbe... »

Et il ajoute, pour mettre un peu de bonne humeur dans l'atmosphère :

« Ah, les femmes, que ne ferions-nous pas pour leur plaire !... »

Le client daigne saluer cette remarque conventionnelle d'un faible sourire. Mais John Player a tout de même eu le temps d'apercevoir ses deux dents en or sur la mâchoire du haut... Juste en dessous du nez fortement busqué...

Il se met au travail et constate alors une chose étonnante. L'homme n'est pas naturellement blond. Il s'est déjà fait teindre, et sans doute très récemment. En fait, certains de ses cheveux sont très bruns, et les autres blancs. Il a donc les cheveux gris... Et John Player ajoute mentalement pour lui-même en jetant un coup d'œil à la glace : « Et les yeux bleu clair... »

John Player se force alors à sourire. C'est ainsi qu'il faut faire dans les circonstances difficiles : sourire. Cela donne un peu de répit et permet d'aviser.

John Player s'efforce donc de réfléchir calmement, tandis qu'il taille dans la barbe et la moustache de son client.

Angus Mac Kenzie, le meurtrier recherché par la police, a choisi, entre tous les coiffeurs de Londres et des environs, sa modeste boutique. Ça, c'est un fait. Il importe à présent d'adopter la conduite qui s'impose.

A première vue, il s'imposerait d'empocher les 1 000 livres d'une manière ou d'une autre. Tout à l'heure, par exemple, il pourrait saisir son rasoir, le placer sur la gorge de l'autre et dire d'une voix ferme : « Haut les mains, Angus Mac Kenzie... »

Mais si Angus Mac Kenzie ne levait pas les mains ? S'il tentait de résister ?... John Player ne se voit pas en train de l'égorger. On n'égorge pas un client, cela ne se fait pas. D'ailleurs, il sait très bien qu'il est incapable d'égorger qui que ce soit, même un criminel...

Un criminel... Les détails de l'article lui reviennent à présent. Notamment la description des blessures de la victime : un meurtre d'une sauvagerie rare, disait le journaliste... D'autant qu'avec ses six pieds deux pouces Angus Mac Kenzie est un véritable colosse. Il serait capable de l'assommer d'un seul coup de poing. Ensuite, pour l'achever, il n'aurait plus qu'à choisir entre tous les rasoirs.

La voix dure du client le fait sursauter :
« Vous pensez à quelque chose ? »
Dans la glace, le regard de l'homme le fixe intensément. John Player regrette son silence. D'habitude, un coiffeur parle à ses clients et cette méditation inhabituelle a dû paraître suspecte... Il

faut qu'il dise n'importe quoi pour détendre l'atmosphère... Les sports... Oui, c'est cela : les sports. C'est un sujet sans problème et qui fait toujours recette...

« Je pensais à ce malheureux match de cricket... L'Angleterre n'a pas eu de chance contre l'Australie... »

Le client émet un grognement qui peut passer pour une approbation. John Player le sent se détendre. Il faut continuer à l'occuper, ne pas lui donner de soupçons... Alors, il se met à commenter le match, il parle tout seul, tandis qu'il rase la barbe et la moustache... Soudain, le client l'interrompt en plein milieu d'une phrase...

« Vous avez entendu parler de ce criminel en fuite ? »

Intérieurement, John Player ressent une émotion violente. Extérieurement, il donne les marques d'un intérêt poli. Le contrôle de soi a toujours été l'une de ses principales qualités : gentleman jusqu'au bout des ongles.

« Non, je ne vois vraiment pas... »

L'homme scrute ses moindres réactions. Sa main droite, sous la blouse blanche, fait un léger mouvement, sans doute en direction de sa poche.

« Le gars qui a tué un bijoutier à Liverpool... Vous savez bien... C'est dans tous les journaux... »

John Player s'affirme navré de son ignorance, mais le client insiste :

« A votre avis, vous pensez qu'il peut s'en tirer ? »

La question a quelque chose d'impératif, de menaçant. Il faut répondre tout de suite et ne pas se tromper. Mais John Player n'est jamais pris au dépourvu dans ce genre de circonstances.

« Si vous voulez mon sentiment, le gaillard est déjà passé sur le continent. En ce moment, il doit être en train de se donner du bon temps à Paris... »

Cette fois, le client se détend tout à fait. John Player sent qu'il est hors de danger. Il termine son travail au plus vite en parlant de choses et d'autres. L'homme se déclare tout à fait satisfait de la coupe et de la teinture, le gratifie d'un bon pourboire et s'en va.

John Player attend qu'il ait tout à fait disparu, puis sort dans la rue à son tour et fait quelque chose de tout à fait inhabituel chez lui : il hèle un taxi. Certes, la course va lui coûter trois ou quatre shillings. Mais c'est un investissement tout à fait raisonnable quand il s'agit de gagner 1 000 livres...

« A Scotland Yard, je vous prie... »

Et devant les policiers, John Player explique, avec un calme parfait, ce qu'il vient de faire.

« Je pense, Messieurs, vous avoir facilité la tâche, quand vous saurez qu'Angus Mac Kenzie a désormais les cheveux verts sur toute la nuque. Oui, pour mes teintures, j'utilise plusieurs couleurs que je mélange en fonction de la nuance à obtenir. Dans le cas présent, je me suis servi du cendré et du doré. Bien entendu, j'ai soigneusement évité de lui montrer le résultat dans la glace. »

C'est un agent qui a arrêté Mac Kenzie, quelques heures plus tard dans les rues de Londres, tout surpris que les gens se retournent sur son passage après l'avoir dépassé.

John Player a empoché les 1 000 livres de récompense. Avec cette somme, il a pu s'offrir enfin une vraie garde-robe de gentleman, moderniser son salon de coiffure et faire repeindre sa façade. En vert, naturellement.

25

DRAME EN TROIS ACTES

ACTE I :

Il est assis sur le banc de pierre, devant sa maison, comme s'il posait pour la postérité. Il a mis son costume de velours, et ses sabots, il a vissé sa casquette sur son crâne, et il regarde.

Il regarde l'individu morne et glacé qui ose se présenter à son domicile.

« Vous êtes bien Sébastien Fouraste, cultivateur, domicilié au clos des Aigles, hameau de Suzon ? »

Sébastien Fouraste examine d'abord les chaussures noires, le pantalon noir, la veste noire, et le nez blême de l'homme qui vient de parler, et marmonne avec dédain :

« Si je suis ce que vous dites, c'est à vous de le prouver ! »

L'homme trépigne. C'est curieux, un homme qui trépigne. Mais c'est drôle, un huissier qui trépigne. L'huissier ne connaît pas Sébastien Fouraste. C'est un huissier tout neuf qui a pris récemment cabinet à Perpignan, et que l'on a mandé pour faire rendre raison à un mauvais payeur.

Ce mauvais payeur n'est pas mauvais. Il ne paie pas, c'est une affaire entendue. Mais il prétend, il a toujours prétendu qu'il avait ses raisons pour ne pas payer. Or Sébastien Fouraste est un homme honnête en général. Et ceux qui le connaissent savent très bien pourquoi il ne paie pas.

Ils lui ont toujours dit : « On te comprend, Sébastien, mais tu auras des ennuis un jour ou l'autre ! »

Eh bien, ils sont là, les ennuis. Sur 1,80 m de long et 40 cm d'épaisseur, tout noir, tout maigre, avec juste le nez qui dépasse. Et il prétend qu'il doit donner lecture du commandement de saisie. C'est un papier écrit à la machine.

Sébastien Fouraste n'aime pas les papiers écrits à la machine, il trouve cela malpoli. Si malpoli qu'il a régulièrement jeté dans la cheminée tous ceux qu'il a reçus depuis cinq ans. Des jaunes, des bleus, des recommandés, des formels, des menaçants, des péremptoires : au feu ! dans la belle cheminée de pierre, où les flammes magiques ont dévoré tous les problèmes.

L'huissier se met à lire, d'une voix douceâtre et peureuse, le contenu de son vilain papier. Il n'a pas l'air fier de lui, comme s'il se doutait que ce qu'il dit est injuste, et que ce qu'il va faire est un crime. Sébastien le regarde toujours. Il a noté le cheveu rare et graisseux, le col parsemé de pellicules, et la pomme d'Adam aiguë, couronnant un nœud de cravate mesquin. Elle monte et descend à chaque mensonge que débite son propriétaire. Car il débite des mensonges.

Il n'est pas vrai qu'il doit tout cet argent à son ex-épouse, comme il dit. Quant au régime de la communauté, Sébastien prétend qu'il s'agit d'une escroquerie ! Quelle communauté ? Cette maison qu'il a construite de ses mains, avec ses reins, sa force, son astuce ? Son pré, une communauté ? Ses vaches, sa grange, sa vigne ?... Mensonges... mensonges, mensonges ! Il a mis vingt ans à construire ça. C'est sa propriété, à lui... ce n'est la communauté de personne ! Vendre pour payer cette péronnelle ? Cette femme qu'il a épousée un jour où il était plus bête que son âne ! Qui lui a mangé la laine sur le dos avant de disparaître et demander le divorce ! Il a divorcé, il a mis son mouchoir par-dessus, mais payer... ah, ça, non !

Il y a cinq ans que ça dure. Et aujourd'hui, cette sauterelle de bureau est venue lui dire des stupidités et mettre les scellés sur sa porte !... On croit rêver !...

« Allez-vous-en ! dit Sébastien Fouraste, ou je vous botte le derrière... »

L'autre prend une voix aigrie pour protester :

« Mais la saisie doit avoir lieu demain, et vous devez laisser faire les envoyés de la loi. »

Sébastien Fouraste se lève, fait quelques pas, attrape une poule au vol, qui en caquette de surprise, lui ligote les pattes d'une ficelle tirée de sa poche, et la tend à l'huissier :

« Tenez, mon vieux, voilà pour payer ma femme, c'est tout ce qu'elle mérite ! Maintenant, dehors ! »

ACTE II : *le lendemain*

On est venu saisir les meubles de Sébastien Fouraste.

Il est assis sur le banc de pierre, avec toujours son costume de velours et sa casquette vissée sur son crâne. Il regarde l'huissier, toujours aussi noir et toujours aussi trépignant de rage. Il n'y a pas de scellés sur la porte. Bien au contraire elle est grande ouverte...

« Entrez, entrez, dit Sébastien... gras comme vous êtes, vous pourriez prendre froid... »

La salle commune est vide... la chambre est vide, le grenier est vide, la cave est vide, le cellier est vide, la cuisine est vide...

« Ne vous asseyez pas dit Sébastien Fouraste, je n'ai pas eu le temps de balayer. Alors, que me vaut le déplaisir de votre visite ?... »

Oh, l'huissier n'est pas content, il est même fou furieux... il en crachote et il s'en étrangle. Il affirme que Sébastien va perdre à ce petit jeu... que les meubles ne sont rien... il y a le bétail... la terre et la maison ! On vendra ! On vendra tout aux enchères !... Et il sera bien obligé de payer à sa femme la part qui lui revient de droit, sur ses biens !...

Alors Sébastien Fouraste renifle de dégoût... et se rassoit sur son banc de pierre... Et l'huissier qui ne pouvait saisir que du vide, quelques poussières et trois araignées, s'en retourne drapé dans ce qui lui reste de dignité.

ACTE III :

Sébastien Fouraste regarde sa maison. On lui a dit que les gendarmes allaient venir, et le maire aussi, et qu'il faudrait bien qu'il cède. On lui a dit qu'il se conduisait comme un gosse... A cinquante ans passés, déménager sa maison en une nuit, et tout mettre dans l'église, pour éviter la saisie... c'est ridicule... D'ailleurs le curé en avait fait une tête, le lendemain, en voyant ce capharnaüm entassé dans le saint lieu, et les vaches dans le presbytère... et les poules dans le confessionnal, et le vin dans la crypte...

Mais Sébastien avait dit : « Curé j'ai trouvé tout ça, donnez-le donc à vos ouailles les plus méritantes. » Cela fait, il était allé dormir dans sa cabane de chasse, au milieu du bois.

Et ce matin il regarde sa maison pour la dernière fois. Sa maison vide. Avec ses volets, ses portes, sa vigne vierge, son banc de pierre. Et l'affiche qu'il vient d'arracher au portail de bois :

« Vente aux enchères publiques et par décision de justice, d'une maison...

« mise à prix... 10 000 francs... »

Sébastien Fouraste n'est pas un citoyen comme les autres. Quelque part dans sa tête, quelque chose l'empêche de courber le dos, d'obéir aux lois, d'accepter l'injustice... Cette femme qu'il a rayée de sa vie, qui n'avait rien, et qui lui a déjà pris le cœur et l'orgueil, ne lui prendra plus rien d'autre.

Sébastien Fouraste, qui fut artificier et démineur volontaire, a calculé ce qu'il fallait d'explosif pour que tout saute, comme il voulait que cela saute...

Il n'est resté que les pierres, et le petit pré...

On a dit qu'il était fou. C'était peut-être vrai.

Mais fou de quoi, à votre avis ?

26

LE PETIT HOMME DE VIENNE

1938 : la guerre menace, la guerre est imminente. Si certains veulent l'oublier et s'étourdir, les plus lucides l'ont compris et se préparent aux bouleversements, et aux épreuves.

Mais jamais Roman Bielski, même avec l'imagination la plus délirante, n'aurait pu supposer ce que la guerre allait lui réserver.

Roman Bielski a vingt ans en 1938, et comme son nom l'indique il est polonais. Mais, pour l'instant, il vit en France, où il est moniteur de pilotage dans un aéro-club de la région de Lyon. Les événements politiques de ces dernières années ne l'ont pas tellement frappé. Il est jeune et il n'a songé, jusqu'ici, qu'à profiter de la vie.

Mais en mars 1938, il se produit brusquement un déclic en lui. Hitler vient d'envahir l'Autriche. Il comprend alors que son pays, la Pologne, est menacé. Dans six mois, dans un an, ce sera son tour. Alors, Roman Bielski décide de rentrer. Il s'envole à l'aéro-club sur son petit avion personnel, direction la Pologne. Son itinéraire passe par l'Europe Centrale : la Suisse, l'Autriche et la Tchécoslovaquie. Au-dessus de l'Autriche, son appareil tombe en panne. Une simple avarie de magnéto, mais il faut obligatoirement se poser pour réparer, et il atterrit sur l'aérodrome de Vienne.

Après avoir confié son avion aux mécaniciens, Roman Bielski se rend à Vienne à la recherche d'un hôtel. Il se sent mal à l'aise dans cette ville où paradent les uniformes nazis, mais se rassure en se disant que ce ne sera pas long : vingt quatre, quarante-huit heures tout au plus...

Roman s'installe dans un établissement du centre de la capitale, et dès le lendemain matin sort pour se rendre à l'aéroport. Il n'a qu'une idée en tête : pourvu que son avion soit réparé car il a hâte de quitter ce pays où le malaise est dense comme un brouillard.

Tout à ses pensées, il ne prête pas attention à ce qui se passe sur le trottoir. Il ne voit pas l'homme qui court comme un fou. . Et le fou, qui regarde derrière lui, ne le voit pas non plus. Ils se heurtent avec une telle violence que Roman Bielski est projeté à terre. Le fuyard, un instant déséquilibré, reprend sa course sans un mot d'excuse.

Roman, qui se relève tout couvert de poussière, est furieux. Il n'a jamais vu pareil mal élevé, et se met à sa poursuite. En quelques enjambées il l'a rattrapé, et l'agrippe par le col.

L'homme le regarde avec terreur. Il est petit, plutôt chétif, couvert de sueur. En haletant, il prononce précipitamment quelques phrases en allemand que Roman Bielski ne comprend pas. Il continue donc à le maintenir fermement, puis lui demande en français :

« Alors, on ne vous a jamais appris à vous excuser ? »

En l'entendant parler français, l'homme change d'attitude, il se calme un peu et puis il dit à voix basse :

« Gestapo... Gestapo... »

Du coup, Roman, lui aussi, change d'attitude. Il lâche l'homme et lui fait signe de le suivre. Quelques minutes plus tard, ils sont dans sa chambre d'hôtel et guettent, tournés vers la porte, les pas des policiers. Mais personne ne vient, car personne ne les a vus entrer.

Alors, entre les deux hommes s'engage un dialogue muet. Roman Bielski prend une feuille de son papier à lettres et dessine un petit avion. Il voit les yeux de son interlocuteur s'illuminer, tandis qu'il secoue la tête avec approbation. Ensuite, il sort sa carte aérienne et désigne Cracovie, son lieu de destination... Cette fois encore, le petit homme manifeste son contentement. Il lui serre la main et lui dit quelque chose en allemand, que Roman ne comprend pas, mais qui exprime à coup sûr sa reconnaissance.

Quelques heures plus tard, le Polonais et l'Autrichien partent pour l'aéroport. L'avion est prêt. Aux autorités de police qui jettent un regard interrogateur vers son compagnon, Roman Bielski lance en français :

« C'est un ami. Il est venu me dire au revoir... »

Sur la piste, il fait tourner longuement les

moteurs, tandis qu'à quelques mètres, l'homme lui fait des signes d'adieu avec de grands gestes du bras. Soudain, Roman ouvre la portière droite, l'homme monte précipitamment et l'avion décolle...

Sourd aux ordres de la tour de contrôle, Roman Bielski prend rapidement de l'altitude, cap vers la Pologne.

Après plusieurs heures de vol, l'avion est en vue de Cracovie. Mais Roman Bielski ne va pas jusqu'à l'aéroport. Il avise un champ entouré d'arbres et se pose, moteur coupé. Dès que l'avion est immobilisé, il donne une carte à son passager et la moitié de l'argent qu'il possède.

L'homme lui serre la main, le regarde longuement, balbutie quelque chose en allemand et s'enfuit à toutes jambes.

Quelques minutes plus tard, Roman Bielski se pose sur l'aérodrome de Cracovie où il est immédiatement entouré par les policiers du service d'immigration.

« On nous a alertés de Vienne. Vous avez aidé un homme à fuir. Nous avons mandat de perquisitionner dans votre avion. »

Roman répond d'une voix indifférente :

« Je vous en prie, messieurs... »

Et tandis que les policiers cherchent vainement, il demande :

« Au fait, qu'est-ce que les Autrichiens lui reprochent, à cet homme ?... »

L'un des policiers répond en haussant les épaules :

« C'est un juif... »

La fouille n'ayant rien donné, et pour cause, Roman Bielski est autorisé à rester en Pologne. Mais ses pronostics pessimistes ne l'avaient pas trompé. En 1939, c'est l'invasion allemande. Il se bat comme pilote de chasse. Après la défaite de son pays, il parvient à rejoindre la France où il s'engage de nouveau dans l'aviation. La France vaincue à son tour, il gagne Londres où il devient vite l'un des meilleurs éléments de la R.A.F.

Oui, le lieutenant Bielski est un as de la chasse anglaise. Pendant les premières semaines de la bataille d'Angleterre, il n'abat pas moins de cinq avions ennemis.

C'est au-dessus des falaises de Douvres qu'il descend son sixième appareil. Il a parfaitement réussi à suivre le sillage de son adversaire. Le Messerschmitt est juste devant lui, dans l'axe de ses mitrailleuses... Il fait feu... Il voit l'appareil se couper en deux...

La suite dure une fraction de seconde... Une partie de la queue de l'avion allemand va à sa rencontre. Elle fait éclater le cockpit. Il ressent un choc violent à la tête. Et puis, plus rien, le noir...

Lorsque Roman Bielski reprend conscience, il est sur un lit d'hôpital, et se sent très faible. En portant les mains à sa tête, il se rend compte qu'elle est emmaillotée de bandages...

Un homme en blouse blanche se tient dans la pièce. Roman l'interroge dans une demi-conscience :

« Il y a longtemps que je suis là ?... »

L'homme lui répond en anglais avec un fort accent germanique :

« Une semaine... Ne vous inquiétez pas... Tout va bien... »

Roman a une impression étrange. Cette voix, il est sûr de l'avoir déjà entendue. Peu à peu, la mémoire lui revient... Vienne... Le juif pourchassé par la Gestapo... Son passager dans l'avion... Mais qui fait-il ici, dans cet hôpital anglais ?

L'homme lui parle d'une voix douce malgré son accent guttural.

« Vous me reconnaissez ?... »

Le blessé fait oui de la tête...

« Ne vous agitez pas. C'est très mauvais dans votre état. Je vais tout vous expliquer... »

Et le petit homme de Vienne raconte à Roman Bielski son incroyable histoire.

« C'est bien moi que vous avez sauvé de la Gestapo. Une fois en Pologne, j'ai pu rejoindre l'Angleterre que je n'ai pas quittée depuis. Mais je ne vous ai pas oublié. Vous savez, quand vous avez dessiné ce petit avion sur votre papier à lettres, j'ai lu votre nom et je l'ai retenu... Je me suis dit que nous nous rencontrerions peut-être à nouveau un jour... Au début de la semaine dernière, j'ai entendu à la radio qu'un as polonais de la chasse s'était écrasé au sol. J'ai pensé que c'était peut-être vous. J'ai téléphoné au ministère de l'Air. On m'a répondu que c'était bien vous. On a ajouté que vous étiez dans un état désespéré, avec une grave fracture du crâne et qu'on avait renoncé à vous opérer... Alors, j'ai tout abandonné pour venir à votre hôpital. »

Roman Bielski considère le petit homme assis sur sa chaise. Il sourit.

« Il ne fallait pas vous déranger, de toute manière, je suis fichu. »

C'est au tour de son compagnon de sourire.

« Si je ne m'étais pas dérangé, vous seriez mort. Je suis chirurgien, spécialiste des traumatismes crâniens. C'est moi qui vous ai opéré. C'est sans doute ma plus belle réussite. Dans six mois, vous pourrez voler. »

Et il conclut en se penchant vers lui :

« Ç'aurait été dommage de perdre un si bon pilote. »

27

LA CONSCIENCE

Il y a du monde dans la salle des assises du Palais de Justice de Paris, en ce début d'avril 1938. Le public est venu, nombreux, assister à l'événement : un « procès très mondain ». La personnalité de l'accusée a tout pour attirer les foules : Juliette Bertrand est jolie, élégante, distinguée. Ses grands yeux sont tristes, ses cheveux bruns, son maquillage discret rehausse sa pâleur naturelle, elle est émouvante et fragile.

Juliette a tué Raymond Bertrand, son mari, de deux coups de revolver. La victime était une personnalité bien parisienne, un gros industriel, habitué des soirées extravagantes du monde et du demi-monde. Des soirées où il allait sans sa femme. Pendant les cinq ans de leur mariage, Juliette n'a connu que la solitude et les mensonges.

Et la salle lui est tout acquise. C'est elle, la véritable victime. Honteusement trompée, bafouée, ridiculisée, elle a été peu à peu poussée à bout par son mari jusqu'au moment où elle n'a pas pu le supporter.

Et effectivement, au fur et à mesure que les débats avancent, Juliette Bertrand prend de plus en plus des allures de victime. Les témoins qui se succèdent mettent en évidence les qualités professionnelles du mari. C'était, certes, un brillant industriel et un grand patron. Mais pas un seul ne le défend moralement. Quant aux témoins cités par la défense, ils sont accablants. Cet être odieux qui trompait ouvertement sa femme, cet être brutal qui la battait ne mérite, au fond, aucune compassion. Toujours discrète, Juliette Bertrand, depuis le banc des accusés, sait merveilleusement jouer de son charme. Aux questions embarrassantes, elle répond par un soupir à fendre l'âme. Mais elle sait aussi se défendre en contre-attaquant. Elle est l'image même de la femme blessée. Et à plusieurs reprises, malgré les rappels à l'ordre du président, le public l'applaudit.

Puis c'est la fin du procès. Le procureur, dans un silence glacial, a demandé dix ans de prison. L'avocat, soutenu par un murmure de sympathie, a plaidé la légitime défense, car Raymond Bertrand battait souvent l'accusée. Le soir du crime, il a été plus violent qu'à l'ordinaire et sa femme a craint pour sa propre vie. Elle a été chercher le revolver qui se trouvait dans la maison et, comme il s'avançait, menaçant, vers elle, elle a tiré.

Après une brève délibération, le jury dit « non » à toutes les questions et Juliette Bertrand est acquittée.

Dans la salle, l'ovation est gigantesque. Juliette

Bertrand reste debout à son banc, comme frappée de stupeur. Elle devrait se précipiter vers son avocat pour le congratuler, l'embrasser. Mais elle ne bouge pas. Elle qui a montré, pendant tout le procès, une attitude si résolue et si dynamique semble tout à coup dépassée par les événements. C'est son avocat qui lui prend les mains, et les serre longuement, s'accordant ainsi l'hommage qu'elle aurait dû lui décerner elle-même.

Juliette Bertrand est libre. Entourée de ses nombreux amis, elle retourne dans le luxueux appartement du boulevard Saint-Germain qu'elle avait quitté pour la prison. Après le départ de tout le monde, elle parcourt les grandes pièces vides où tout est exactement à la même place. Il semble que rien ne se soit passé, et un instant, elle a une pensée familière : Raymond va bientôt rentrer. Comment va-t-il être ? Une appréhension qu'elle connaît bien la saisit. Puis, elle se sent toute bête. Raymond ne rentrera plus jamais puisqu'il est mort, c'est elle qui l'a tué, et c'est elle que l'on a acquittée. Juliette s'assied sur le canapé du salon. Elle devrait être sinon heureuse, du moins soulagée. Elle est libre, elle ne fera pas de prison. Elle est acquittée, c'est-à-dire innocente ! Ce sont les jurés, c'est la justice qui en a décidé ainsi, donc, il ne s'est rien passé, elle n'a rien fait. Rien du tout. Tout peut et doit recommencer comme avant, elle doit continuer à vivre. Mais Juliette sait bien que rien ne sera comme avant. Cette sensation oppressante, elle ne l'avait pas avant, elle ne l'avait pas au procès. Au procès, tout le monde a été frappé par son énergie et sa combativité. Elle avait toujours la repartie juste et l'attitude qui convenait au bon moment. C'est que le procès, pour elle, était une sorte de jeu, avec ses règles, qu'il fallait utiliser au mieux pour en sortir vainqueur. Et elle avait joué le jeu avec ses armes à elle : son charme, sa féminité, son intelligence et son instinct. Mais une fois la partie gagnée, Juliette est désemparée. Elle ne s'attendait pas à cela, c'est trop. Si on l'avait condamnée à quelques années de prison, elle aurait maudit ses juges et accompli sa peine avec résignation. Dans ce cas, la justice était supportable, mais l'acquittement est déconcertant. Juliette se retrouve tout à coup face à elle-même dans cet appartement vide. Elle devrait se sentir légère, elle se sent accablée. La société s'est en quelque sorte débarrassée sur elle du poids de son acte. Si on l'avait condamnée, il n'y aurait pas eu de problème. Elle aurait accepté le barème : ce que vous avez fait vaut tant. C'était tout simple. Elle aurait payé sa dette. Or, on a annulé sa dette, comme si elle n'avait rien fait.

Juliette Bertrand se met à pleurer. Elle sait bien qu'elle n'est pas innocente, puisque Raymond n'est plus là. Alors, elle décroche son téléphone et appelle son avocat. Au bout du fil, elle entend une voix enjouée :

« Non, non, chère madame, ne me remerciez pas. Je n'ai fait que mon devoir. D'ailleurs le mérite de cet acquittement vous revient beaucoup plus qu'à moi. Vous avez été parfaite, extraordinaire. Monsieur l'avocat général n'a pas pu s'empêcher de me le confier à l'issue du procès. »

Mais Juliette Bertrand l'interrompt.

« Maître, selon vous, quelle est la peine maximum que j'aurais pu avoir ? Maintenant vous pouvez me le dire... »

L'avocat est un peu surpris par la question.

« Eh bien, je ne sais pas... Ce qu'avait demandé le procureur : dix ans. Mais la légitime défense a été établie. Vous êtes acquittée. Ne craignez rien... »

Dix ans... Juliette Bertrand réfléchit longtemps, seule dans son grand appartement. Dix ans... Si elle n'avait pas été aussi jolie, aussi jeune, aussi intelligente, si sa fortune ne lui avait pas permis de se payer un avocat à la mode, c'est sans doute la peine qui l'aurait frappée : dix ans. Pour avoir rayé un homme de l'existence. Un homme comme les autres à quelques défauts près...

Que pourront être les dix prochaines année de sa vie ? Pourra-t-elle rire et s'amuser, avec cette pensée qui ne la quittera pas : normalement je devrais être en prison ?

Car depuis qu'elle est acquittée, une image revient sans cesse devant ses yeux. Elle se revoit, dans l'appartement, le soir du drame. Raymond était rentré très tard. Il était plus de trois heures du matin. Elle l'avait attendu longtemps et avait fini par se coucher et s'endormir. Il semblait particulièrement excité. Il avait bu, sans doute, et s'était mis à la battre. Elle s'était enfuie sans savoir pourquoi vers le bureau... Sans savoir pourquoi, c'est ce qu'elle avait dit à tout le monde, et tout le monde l'avait crue. Mais elle, inconsciemment, elle savait. Dans le tiroir du bureau, il y avait un revolver. Avec les coups qu'elle avait reçus, dont les marques étaient bien visibles, elle avait le moyen de prétendre à la légitime défense. C'est d'ailleurs ce qu'avait bien deviné le procureur. Il avait essayé de le lui faire dire, et de la mettre en difficulté. Mais elle avait remis ce dangereux malin à sa place, en jouant merveilleusement les innocentes et les indignées. Il n'avait pas insisté, il n'était pas sûr de lui.

Mais là, devant sa glace, Juliette s'interroge. Elle n'a rien prémédité et tout s'est passé à toute allure, en quelques secondes. Mais peut-elle dire, maintenant, qu'elle n'a pas profité de la situation ? Juliette a beau s'interroger seule pendant des heures, au fond d'elle-même, il reste un doute. Et si, aux assises, le doute doit profiter à l'accusé, au fond de sa conscience, l'inverse se produit. Ce doute l'empoisonne, la mine, et la condamne.

Les jours passent. Juliette s'est enfermée chez elle. Elle a renoncé à voir ses amis et même sa famille. Elle ne dort plus, et repasse dans sa mémoire, indéfiniment, la même scène. L'instant où, réfugiée derrière le bureau, elle a appuyé sur la gâchette.

Raymond la menaçait-il vraiment à cet instant ? Peut-être, et peut-être pas. Elle avait peur, sa peur n'était-elle pas exagérée ? Son mari écumait de rage, il hurlait, il menaçait, mais était-elle vraiment en danger de mort ? Aurait-il été capable de la tuer ? A aucun moment Juliette ne peut répondre « oui » avec certitude.

Reste le geste meurtrier. De cela, elle est certaine : en appuyant sur la gâchette, elle a ressenti une sorte de joie sauvage. C'est après seulement qu'elle a regretté ce geste. Mais pas pendant. Alors qu'elle donnerait tout pour effacer ce souvenir. Mais il n'y a rien à faire, et l'évidence est là. Qu'importe si son mari était un être odieux, abject, s'il l'avait poussée à bout, si elle pouvait à bon droit se sentir menacée, si elle avait toutes les excuses. Rien n'effacerait cette constatation : elle l'avait tué. Elle avait tué un homme avec une sorte de joie criminelle.

C'est un mois environ après la fin du procès que l'avocat de Juliette Bertrand a reçu la lettre suivante :

« Maître, vous m'avez dit que j'aurais pu être condamnée, au maximum, à dix ans de prison. Je vous remercie de m'avoir fait acquitter, mais cet acquittement est trop lourd à porter pour moi. Acquitté veut dire innocent et innocent signifie qu'on n'a rien fait. Or, j'ai fait quelque chose. J'ai tué un homme. J'ai analysé depuis toutes les circonstances de mon geste et je ne parviens pas à m'absoudre. Je sais que pour retrouver la paix, il n'y a qu'un seul moyen : me condamner moi-même à la place du tribunal. Je vais me retirer dix ans dans un village de Provence dont je tairai le nom. J'y vivrai en recluse, volets fermés, sans sortir. Après tout, j'ai trente ans. J'en aurai quarante quand je reviendrai. Il ne sera pas trop tard pour commencer une nouvelle vie, une fois ma dette payée. »

C'était en 1938. La guerre est venue et on n'a plus entendu parler de Juliette Bertrand. Peut-être a-t-elle réussi à recommencer sa vie. Et peut-être les dix ans de réclusion volontaire qu'elle s'est infligés ont-ils réussi ce que n'avait pu faire la justice : acquitter sa conscience.

28

ENTRE CIEL ET TERRE

Il y a beaucoup de monde sur la grande avenue de San Juan de Porto Rico, dans les Caraïbes. Depuis plusieurs heures, des femmes, des enfants occupent les trottoirs, envahissent la chaussée, bloquent la circulation. Et dans cette artère si animée, si bruyante d'habitude, règne un silence impressionnant, un silence de mort.

La foule a les yeux levés vers la silhouette d'un homme au dixième étage d'un grand hôtel. Tout à l'heure, elle l'a vu passer parmi elle, décontracté et souriant : Karl Wallenda, le grand funambule. Personne ne lui aurait donné ses 73 ans. Il était longiligne, élégant et encore séduisant avec ses yeux bleu clair et ses cheveux argentés. Il a répondu d'un signe de la main aux acclamations et s'est engouffré dans l'hôtel. Maintenant, il est tout là-haut, assis sur la balustrade d'un balcon. Devant lui, un long câble d'acier est tendu jusqu'au dixième étage d'un autre hôtel, quatre-vingt-dix mètres plus loin.

Karl Wallenda se découpe dans le ciel bleu, et d'en bas on ne distingue que son pantalon noir et sa chemise blanche. Il fait particulièrement beau en ce 22 mars 1978. Pourtant, depuis le matin, le vent du nord s'est levé et l'avenue est précisément orientée nord-sud. Les Portoricains le connaissent bien ce vent. Il a la particularité de souffler par rafales au moment où l'on s'y attend le moins.

Cela fait dix minutes que le funambule est là-haut. Il se concentre. Par moments, une bourrasque secoue le câble qui se met à trembler avec un sifflement mélodieux.

On espère encore que l'homme va renoncer à sa tentative car apparemment il est impossible de faire une traversée de quatre-vingt-dix mètres avec ce vent. A la première rafale, ce sera la chute, irrémédiable, d'une hauteur de dix étages. Le funambule doit le savoir.

Karl Wallenda est debout sur le balcon, et il se décide enfin : il tend lentement la jambe droite, et la pose sur le câble. A quoi pense-t-il ? Pourquoi, à 73 ans, après une carrière extraordinaire, éprouve-t-il le besoin de défier la mort ? Il l'a déjà fait tant de fois. Ce risque qu'il prend aujourd'hui, que peut-il lui apporter de plus ?

Karl Wallenda a fait un pas. Il est debout sur le fil, et le vent ne souffle pas. Tenant fermement le balancier entre ses mains, les jambes bien droites, il avance.

Karl Wallenda marche sur une corde raide, depuis cinquante-sept ans. A 16 ans, il a donné son premier spectacle. Et tout là-haut, sans doute, des souvenirs doivent refluer à sa mémoire.

Dès ses débuts, il a fait preuve d'une audace étonnante, en voulant faire mieux, et plus dangereux que les autres. En 1920, il accomplit sa première traversée sur fil à bicyclette. Quelques années plus tard, il imagine de prendre son frère sur ses épaules. C'est lui aussi qui mit au point ce numéro sans précédent : s'arrêter au milieu du fil, se pencher en avant et se mettre sur la tête, bras et jambes écartés. Depuis, c'est un numéro classique.

Mais à l'époque, les bravos de la foule montaient vers lui, car son audace était exceptionnelle. Et depuis cinquante-sept ans, les bravos font partie de sa vie. Comment pourrait-il les oublier ? Comment pourrait-il s'en passer ? Ils l'ont porté, ils l'ont bercé. Adolescent, ce sont eux qui lui permettaient de s'endormir. Au contraire, chaque fois que le public s'était montré froid, la nuit, il se tournait dans son lit, sans trouver le sommeil. Etre applaudi, c'est pour cela qu'il a risqué sa vie depuis cinquante-sept ans. C'est pour cela qu'il est aujourd'hui, à 73 ans, dans le ciel de Porto Rico à la merci d'un vent imprévisible, et meurtrier.

Karl Wallenda a parcouru maintenant une vingtaine de mètres. L'air est toujours aussi calme et c'est un véritable miracle. La foule en bas se met à espérer. Il va s'en sortir. Il a une chance, pourvu qu'il fasse vite, mais qu'elle semble loin, la minuscule plate-forme. Le câble termine sa course entre ciel et terre.

En 1956, Karl Wallenda avait 51 ans. Il effectuait alors une tournée triomphale aux Etats-Unis. Comme toujours, il voulait aller plus loin dans la folie du risque. Et il imagine ce numéro que personne n'a osé reprendre depuis : la pyramide à sept personnes. Quatre hommes, avec des balanciers, supportant sur leur épaule gauche une longue tige métallique. Sur cette tige, deux autres hommes, les jambes tendues, tenaient une seconde tige de métal. Et tout en haut, au troisième niveau, sur une chaise posée en équilibre, une femme était debout et souriait.

Les hommes, c'étaient ses fils, ses neveux, ses frères. La femme, c'était Mme Wallenda, sa partenaire, épousée vingt-cinq ans plus tôt. La pyramide humaine était un triomphe.

Mais un soir, sous un chapiteau de New York, alors qu'ils étaient à peu près à mi-parcours, ce fut l'incident imprévu : une panne d'électricité. Brusquement tout le cirque se retrouva dans le noir. D'abord, le public se mit à crier, puis se tut. Karl Wallenda qui marchait en tête dit aux autres : « Ne bougez pas, surtout ne bougez pas. »

Et dans le silence et le noir total, ils sont restés ainsi près d'un quart d'heure, jambes tendues, sous le poids qui devenait lentement intolérable, les mains crispées sur leur balancier. Et puis la lumière revint. Lentement ils se remirent en marche, jusqu'au bout du fil, et alors les bravos éclatèrent. Une ovation folle, assourdissante. Le public, brusquement libéré de la tension nerveuse et de l'angoisse insupportable qu'il avait endurées, se rua pour les entourer et les porter en triomphe...

Karl Wallenda est maintenant exactement au milieu du câble au-dessus de l'avenue de San Juan de Porto Rico. L'émotion de la foule est à son comble, car chacun sent qu'il est au point le plus difficile. Plus question de revenir en arrière, il faut aller jusqu'au bout et si le vent se lève, c'est la fin.

C'est peut-être à tout cela que pense Karl Wallenda trente mètres plus haut, s'il pense. Quoi qu'il en soit, le vieux funambule connaît toutes les réactions de la foule. Il sait que l'émotion va croissant jusqu'au moment où il atteint le milieu du fil et diminue ensuite. Au debut, lors des premiers pas, le public n'a pas encore atteint la plénitude de son angoisse. Dans les derniers mètres, il commence déjà à se détendre et à pousser d'avance un soupir de soulagement.

Mais au milieu du fil, c'est l'instant suprême. Les regards des spectateurs n'ont plus de point de repère, ni derrière, ni devant. Le funambule est seul, on ne voit plus que sa silhouette découpée sur la toile du chapiteau ou du ciel. C'est le moment magique, l'instant de solitude pure, l'esprit immobilisé...

Karl Wallenda ralentit. Il s'arrête presque, comme s'il voulait faire durer ce moment, celui de son triomphe et de sa gloire. Il sait qu'en bas les lèvres sont sèches et les poitrines oppressées. Que mille regards le fixent comme hypnotisés. Lui, il est au point le plus aérien de son parcours, entre ciel et terre, entre vie et mort.

Karl Wallenda se remet à progresser. Il se rapproche de l'hôtel où, des balcons, les gens lui font signe. Le vent du nord n'a toujours pas soufflé. C'est le calme plat depuis le début de sa tentative.

La pyramide humaine, le numéro le plus risqué de toute l'histoire du funambulisme, a pris fin dans le drame. Karl Wallenda n'est pas parvenu à oublier. Il doit y penser en cet instant où il risque sa vie une nouvelle fois.

C'était en 1962 à Detroit. Depuis quelques séances déjà, son neveu Dieter, qui faisait partie des quatre hommes de base, donnait des signes de nervosité. Ce soir-là, il s'est mis à agiter son balancier d'une manière saccadée en criant : « Je tiens plus, je tiens plus. » Et il est tombé, entraînant tout le monde dans sa chute. Dieter et un autre de ses neveux furent tués sur le coup. Son fils Mario paralysé à vie. La pyramide avait cessé de vivre.

Karl Wallenda est à présent à vingt mètres du but. La foule commence à respirer, quand soudain elle suspend son souffle. Une violente rafale de vent s'est engouffrée dans l'avenue. En bas, muets, les spectateurs s'accrochent instinctivement à leurs chapeaux, tandis qu'en haut se produit un curieux tintement musical. Le câble vibre comme une corde de violon. Karl Wallenda s'est courbé. A l'aide de son balancier, il tente de compenser le souffle d'air qui le déséquilibre. Ses cheveux gris flottent derrière lui, le col de sa chemise claque au vent comme un drapeau.

En bas, la foule hurle : « Assieds-toi ! Assieds-toi ! » Mais Karl Wallenda ne lâche pas son balancier, et de plus en plus courbé en avant, il essaie toujours de retrouver son équilibre.

Mais c'est le drame. La rafale de vent cesse aussi brutalement qu'elle s'est levée, et Karl Wallenda, surpris, n'a pas le temps de redresser son balancier. Déséquilibré, il tombe.

On le voit quitter le fil, d'abord lentement, puis de plus en plus vite, comme une pierre.

Tenant toujours le balancier dans ses mains, il s'écrase sur le toit d'un taxi et rebondit sur la chaussée.

Karl Wallenda est mort. Presque au ralenti. Sa chute était son dernier spectacle.

La foule se bouscule, et les mêmes questions reviennent : pourquoi a-t-il fait cela ? Que voulait-il prouver ?

Après tout, peut-être rien. Peut-être n'était-ce pas le besoin irrésistible des bravos, de l'émotion du public qui poussa Karl Wallenda à monter une dernière fois sur le fil, ce 22 mars 1978. Peut-être sentait-il confusément que cette fois l'épreuve était trop dure pour lui et peut-être l'a-t-il fait précisément pour cela.

A 73 ans, Karl Wallenda voulait peut-être réussir son dernier exploit : mourir en funambule.

29

LA MIRACULÉE

Qui fait attention à Madeleine Bertin quand elle passe, de son pas traînant, dans les rues de la ville ? Elle marche tête baissée comme si elle voulait fuir les regards, alors que personne ne songe à la regarder...

Madeleine Bertin a trente ans. Mais elle pourrait tout aussi bien en avoir vingt ou cinquante. Elle est de celles qu'on dit sans âge, peut-être parce qu'elle est laide... Ce n'est pas qu'il y ait dans son physique un élément particulièrement disgracieux. Elle est laide, voià tout, d'une laideur terne et anonyme.

Au fond, elle va bien dans le décor de sa petite ville de province. Une ville sans animation, qui végète en cet été 1924. Une ville où il ne se passe rien, comme dans sa vie à elle il ne se passe rien.

Pour que l'on parle de Madeleine Bertin, il faudrait vraiment un miracle.

Elle vit seule, et ne travaille pas. Elle a perdu ses parents il y a quelques années et leur héritage lui suffit pour vivre. Elle n'a même pas l'obligation de rencontrer des gens pour gagner sa vie, ou faire un métier. Il semble que, dès le début, le destin l'ait condamnée à la solitude.

Mais tout cela ne serait rien s'il n'y avait la maladie. Elle n'a jamais guéri d'une ancienne tuberculose et en traîne des séquelles qui, avec les années, n'ont fait que s'aggraver. L'atteinte s'est fixée aux jambes. Elles sont couvertes de plaies que rien ne peut guérir, et elles la font souffrir atrocement. Marcher est pour la malheureuse un supplice et, certains jours, elle ne peut même pas quitter sa chambre.

Alors, Madeleine Bertin s'est réfugiée dans la seule chose qui lui restait : la religion, la dévotion. Avec sa trentaine triste, cela fait déjà plusieurs années qu'elle est dame de catéchisme. Quand ses jambes veulent bien la porter, elle est toute l'année à l'église de sa paroisse à s'occuper des œuvres.

Le curé la soutient comme il peut. Il l'incite à la patience et à l'attente d'un monde meilleur. La demoiselle sait que, malheureusement, il n'y a pas d'autre solution. Elle n'a rien à espérer de ce monde-ci.

Un jour, pourtant, le curé lui dit, après la messe :

« Madeleine, vous devriez aller à Lourdes. On a déjà vu tant de résultats inespérés... »

Madeleine Bertin réfléchit longtemps. Elle est effrayée par ce long et pénible voyage et aussi par tous ces gens qu'elle va devoir côtoyer, elle qui a toujours été seule...

L'idée fait peut à peu son chemin et elle se décide.

Le curé vient l'aider à monter dans le train. Et trois jours plus tard, il voit l'une de ses paroissiennes arriver dans l'église en proie à une vive émotion :

« Monsieur le curé... Mlle Bertin ! Un miracle ! Je l'ai appris en téléphonant tout à l'heure à une amie de Lourdes... Elle marche ! »

Oui, un miracle. Dans la petite ville, la nouvelle, rapidement connue, cause une véritable sensation. Alors qu'il ne s'y passe jamais rien, il vient enfin de se produire un événement. Et quel événement : un miracle ! A l'époque, en 1924, les gens n'ont aucune notion du genre de maladie psychosomatique dont souffrait vraisemblablement Madeleine Bertin. Pour eux, elle est devenue en quelques instants un personnage plus considérable que le maire ou le préfet, plus respectable que l'évêque : elle est une miraculée.

Aussi, quand, une semaine plus tard, Madeleine Bertin rentre de Lourdes, presque toute la ville est à la gare pour l'accueillir. Au premier rang, à côté de l'harmonie municipale, il y a justement le maire et l'évêque. Le train ralentit, s'immobilise et la miraculée apparaît.

C'est aussitôt une ovation formidable qui couvre les premiers accents de la fanfare. La demoiselle saute sans difficulté du marchepied. Une petite fille se précipite pour lui offrir des fleurs. Elle les prend sans avoir l'air de comprendre... Elle regarde cette foule, ce quai noir de monde.

Et on voit apparaître pour la première fois sur son visage ingrat un sourire.

Madeleine Bertin reste là, les bras ballants, transfigurée, rayonnante.

Maintenant, le maire fait son discours. Comme dans un rêve, elle en saisit quelques bribes :

« C'est un honneur pour notre cité. La gloire en rejaillit sur chacun de nous. »

Non, ce n'est pas possible ! Ce n'est pas d'elle que Monsieur le Maire est en train de parler devant tous ces gens. Mais si, c'est bien d'elle. Comme un refrain, son nom revient sans cesse :

« Madeleine Bertin... Mlle Bertin... Madeleine Bertin... »

Maintenant, l'évêque vient vers elle, lui prend les mains et les presse longuement. Il lui donne l'accolade, et lui parle avec émotion, avec effusion, avec respect...

Madeleine Bertin traverse la foule au milieu des vivats. Elle ne sait plus à qui sourire. On se bouscule pour l'approcher. On l'appelle de tous côtés. On a l'air de solliciter comme une immense faveur un simple regard de sa part.

Oui, c'est un miracle, et qui va bien au-delà de la seule guérison de ses jambes. Elle, l'obscure, l'insignifiante, elle est devenue la gloire de toute une ville. A présent, tout le monde la connaît, tout le monde l'admire, tout le monde l'aime.

Maintenant, il faut poser pour les photographes.

« Un sourire, mademoiselle Bertin... Regardez par ici, mademoiselle... »

Il faut répondre aux questions des journalistes.

Il y en a même qui sont venus de Paris... Paris où elle n'a jamais osé aller. Pour elle, c'était un peu un endroit mythique, inaccessible... Et voilà qu'on vient de Paris pour elle...

Le lendemain, c'est plus extraordinaire encore. Madeleine Bertin, qui jusqu'ici ne lisait que des ouvrages pieux, a acheté tous les journaux de la région et ceux de la capitale... Ce sont partout des gros titres : « LA MIRACULÉE DE LOURDES »... « UNE GUÉRISON EXTRAORDINAIRE... » Et surtout, sa photo s'étale en première page. Son visage, son visage dont elle avait honte, qui n'intéressait personne, est là qui sourit.

Elle imagine tous les lecteurs qui la regardent en cet instant...

« Tu as vu ?... C'est Madeleine Bertin, la miraculée... »

Elle vient de passer d'un seul coup de la médiocrité à la célébrité, de l'anonymat à la gloire.

Les jours passent et la vie quotidienne reprend. Mais, dans l'église de sa paroisse, il y a maintenant des dizaines et des dizaines de personnes qui sont là pour la voir. Elle s'y rend d'un pas alerte.

Comme la vie est belle, comme les gens sont gentils !

Chaque soir, Mlle Bertin fait des rêves merveilleux...

Trois mois ont passé.

A présent, les journaux ne parlent plus d'elle. L'actualité est capricieuse, elle exige sans cesse de nouvelles vedettes. Dans sa ville, les gens se sont habitués à elle. On ne se retourne plus sur son passage, on ne se précipite plus pour lui serrer la main. Et Mlle Bertin s'est remise à marcher tête baissée.

C'est alors qu'un second événement vient secouer la petite ville.

Un peu avant Noël 1924, une nouvelle éclate : un odieux personnage vient de répandre des lettres anonymes particulièrement épouvantables, injuriant Madeleine Bertin en des termes grossiers. Non seulement elle-même en a reçu, mais aussi le maire, l'évêque et les principales personnalités de la ville.

De nouveau, les journalistes reviennent chez la demoiselle. Maintenant, elle est habituée à répondre aux questions. Aussi est-ce avec la plus grande fermeté qu'elle dénonce tous ces gens qui ne croient pas aux miracles et qui n'hésitent pas pour cela à salir l'honneur d'une honnête femme.

La police ouvre, bien sûr, une enquête, mais elle ne donne aucun résultat. Les lettres continuent encore un mois, toujours aussi violentes et grossières, et puis cessent aussi brusquement qu'elles étaient apparues. Mais cela faisait déjà longtemps que la presse avait fini par se lasser de ce fait divers monotone. Elle ne l'évoquait plus que de temps en temps par des entrefilets.

Quelques mois passent encore. La petite ville a repris ses habitudes et Mlle Bertin est redevenue ce qu'elle était : un visage anonyme, une femme sans âge. La beauté peut donner un âge... et le reprendre, mais la laideur, on l'a en naissant, on meurt avec, et personne n'y fait jamais attention.

Pourtant, on va reparler de Mlle Bertin, et, cette fois, dans des circonstances dramatiques.

Le 14 avril 1925, des passants la retrouvent étendue sur le trottoir, non loin de l'église. Elle perd son sang abondamment. Avant d'être emmenée à l'hôpital, elle a le temps de dire :

« Un homme m'a attaquée. Je n'a pas pu voir son visage. Il m'a frappée à coups de couteau. »

Et de nouveau, Madeleine Bertin fait la « une » des journaux :

« UN ODIEUX ATTENTAT
CONTRE LA MIRACULÉE !
QUE FAIT LA POLICE ? »

Eh bien, la police est perplexe. Car les conclusions du médecin qui a examiné la victime sont pour le moins troublantes.

« Les blessures sont très légères. Ce sont plutôt des égratignures. Elle aurait pu se les faire elle-même avec un canif. »

Alors on perquisitionne chez Mlle Bertin, et on découvre du papier semblable à celui des lettres anonymes et, au dos des buvards, on peut lire sans difficulté des fragments de leur contenu. Interrogée par les policiers, Madeleine Bertin s'effondre :

« Je ne voulais pas qu'on m'oublie. Je voulais qu'on continue à s'intéresser à moi comme avant... »

Et elle essaie maladroitement d'expliquer la motivation de son acte. Après sa guérison, elle s'est trouvée brusquement, elle, l'effacée, l'obscure, l'objet d'une célébrité inimaginable. Mais quand, peu à peu, elle est rentrée dans l'ombre, elle a senti que cette gloire, elle en avait besoin. Elle y avait goûté, elle s'en était, malgré elle, enivrée. Il fallait que l'on continue à parler d'elle à n'importe quel prix. Il fallait que l'on continue à voir dans les journaux le nom de Madeleine Bertin, la photo de Madeleine Bertin, que les gens dans la rue la reconnaissent et viennent à elle.

Depuis toujours, elle s'était préparée à une vie d'anonymat et de sacrifice. Mais après ce qui venait de se produire, ce n'était plus possible. Elle vivait enfin, elle ne voulait pas remourir.

La justice fut indulgente avec Madeleine Bertin, en ne la condamnant qu'à une amende de principe. C'était en 1925, et depuis, on n'a plus jamais entendu parler d'elle.

30

LA ROUTE DE L'ÉVASION

Il est sinistre le bruit des verrous que l'on tire du côté extérieur de la porte. C'est un bruit unique que peuvent seuls apprécier à sa juste valeur ceux qui ont connu la détention. Un bruit presque palpable qui s'insinue par tous les pores de la peau. Celui qui l'a entendu un jour ne l'oubliera jamais.

En écoutant les pas traînants du gardien s'éloigner dans le couloir, Janos Zabolk jette un regard circulaire sur ce qui désormais est son seul univers : un lit avec une paillasse, une table fixée dans le mur avec une cuvette, un savon, une serviette, un pot d'eau. Sous la table, un seau hygiénique. Le prisonnier vient à peine de refaire l'inventaire de ses richesses que la lampe électrique fixée au-dessus de la porte s'éteint. On ne lui laisse même pas la liberté de voir clair. Le premier réflexe de Janos Zabolk est de s'asseoir sur la paillasse. Comment en est-il arrivé là ? Bien malin qui saurait non pas le dire, mais le croire tant tout cela est stupide.

Natif d'un pays satellite de l'U.R.S.S., Zabolk qui a fait ses études à Paris et à Londres s'engage dans le parti communiste qu'il sert pendant plus de trente ans. Réalisant par la suite que la ligne de conduite du parti ne satisfait plus ses aspirations, il le quitte. Comme il est docteur en médecine, il profite d'un congrès international pour visiter, pendant un an, l'Europe de l'Ouest. A son retour il est accusé d'espionnage au profit des pays capitalistes, et il est condamné à dix-sept ans de prison. Voilà, c'est tout. L'arrestation, le simulacre de procès, tout cela se mélange dans la tête du prisonnier. Le résultat est là, tangible, palpable comme la paille à travers la toile du matelas. La porte s'est refermée sur la liberté. Janos Zabolk est désormais le prisonnier de la cellule 104, deuxième division.

Janos, assis sur sa paillasse dans le noir, ne réfléchit pas vraiment. Une addition l'obsède : une simple addition : 56 plus 17 égale 73. Il a 56 ans, et à supposer qu'il fasse les dix-sept ans de sa peine, lorsqu'il sortira d'ici, il aura 73 ans. Dans quel état sera-t-il ? S'il tient jusque-là. Parmi les histoires de prisonniers célèbres ayant tenu vingt ans ou plus en prison, ceux qui lui reviennent en mémoire eurent tous la même obsession : ne pas sombrer dans la démence en faisant travailler leur cerveau. Certains se sont raconté leur vie en remontant le fil des années, d'autres se sont remémoré chapitre par chapitre les livres qu'ils avaient lus. Pour s'occuper l'esprit, un prisonnier politique célèbre lançait trois épingles au plafond, après quoi il les cherchait dans l'obscurité de sa cellule. Il fit cela pendant des années. Lancer des aiguilles, les chercher, recommencer... et chaque aiguille retrouvée était une victoire différente des autres. Libéré et ayant repris son rang, il garda les épingles à son cou dans un petit étui en or. Janos aussi est dans l'obscurité la plus profonde. Trois fois par jour la lumière revient pendant la demi-heure consacrée aux repas. De la lumière pour ingurgiter le même menu : une sorte de soupe avec quelques morceaux de viande et une demi-boule de pain. Puis l'obscurité retombe. La cruche d'eau est remplie tous les matins en même temps que le seau hygiénique est changé, et le service est assuré par des gardiens dont le mutisme n'a d'égal que l'animosité. Janos Zabolk décide d'explorer son domaine. En écartant les doigts des mains au maximum, de l'extrémité du pouce à celle du petit doigt, il sait que cela fait 22 cm. Partant de cette mesure de base, Zabolk prend les dimensions de sa cellule. 3 mètres de long, 2 de large, et 3 de hauteur. Muni de ces chiffres, le prisonnier va bientôt se livrer à une série de calculs qui vont lui faire connaître tout ce qu'il peut apprendre sur son nouveau logement. Surface du sol, de chaque mur, cubage d'air, dimensions de la porte, du judas. Distance du lit à la porte, de la table au mur et surtout longueur de la promenade. Car il y a une promenade, elle va de la porte au mur du fond, soit 3 mètres. Les pieds des prisonniers qui sont passés avant lui y ont tracé un sillon d'usure sensible au toucher. Janos l'appelle : « la route de l'évasion ». Partant dos à la porte, allant jusqu'au mur en face : 3 mètres, un quart de tour à gauche, aller jusqu'au mur : 1 mètre, demi-tour et tout droit jusqu'au mur de droite : 2 mètres, revenir au centre : 1 mètre, enfin regagner la porte : 3 mètres. Total : 10 mètres. Toucher 100 fois la porte et il aura parcouru 1 kilomètre. Pour comptabiliser sûrement ses parcours, Zabolk a l'idée d'utiliser des boulettes de mie de pain. Il en fait trois séries de dix. Petites, moyennes et grosses. Dix petites valant une moyenne, et dix moyennes en valant une grosse. Grâce à cette comptabilité infaillible, il arrive à faire 8 kilomètres par jour et puis très vite, pour agrémenter le voyage, il parcourt les villes où il a vécu, en commençant par Paris où il a séjourné à plusieurs reprises. Il arpente les Champs-Elysées en évaluant les distances. Partant du Rond-Point sur le trottoir de droite, celui du soleil, 20 mètres et le voilà devant les photos du journal *Le Figaro* et les pages de l'édition du jour. Certaines personnes viennent ainsi lire gratuitement le journal. D'un coup d'œil aux photos de la semaine. Une catastrophe ferroviaire, quelques photos de vedettes, des hommes politiques, et la promenade reprend.

   Un grand café avec une terrasse, comment s'appelle-t-il ? C'est un nom en EL ou AL, Madrigal. Un quatrain est inscrit sur le mur, il s'en souvient encore : « Champs-Elysées, Arc Triomphal — que nous envie tout l'univers — il te manquait le madrigal — je viens le chanter en ces vers. » Après avoir bu une bière, la promenade continue.

Les boutiques, les cinémas, les rues perpendiculaires, les enseignes lumineuses. Tous ces souvenirs gravés dans sa mémoire resurgissent et l'occupent pendant des heures. Parfois il s'arrête fatigué, il s'assoit alors sur un banc et regarde la circulation défiler au rythme des feux rouges. Il met ainsi presque une journée pour remonter les Champs-Elysées dans sa cellule.

Le lendemain il est à Rome devant le Colisée. Ainsi pendant des semaines Janos Zabolk extrait de ses souvenirs les millions de pas qui l'ont conduit devant tel ou tel monument. De temps en temps, pour se reposer les jambes, il s'assied à la terrasse d'un café avec des amis, ils bavardent de tout, du temps, des saisons, de son enfance. Ils échangent des idées sur la politique, la poésie, le marxisme, les Chinois. Quand il est fatigué de discuter, il paye en lires, en shillings ou en francs et la promenade reprend, jusqu'à l'apparition de la lumière qui ramène le prisonnier dans le temps présent, un cube de béton désert.

Et les mois passent. Janos tient une comptabilité des jours qui s'écoulent en faisant des traits sur le mur. C'est ainsi que le jour où on lui annonce qu'il change de cellule, il emporte avec lui la certitude qu'il est en prison depuis 226 jours.

Dans sa nouvelle cellule, en tous points semblable à la première, l'électricité reste allumée toute la journée. C'est une amélioration importante. Janos a immédiatement l'idée de revoir le système de comptabilisation de ses escapades. En réfléchissant à la question, la seule invention qu'il soit capable de réaliser, vu les circonstances, est un boulier. Avec les pailles les plus solides du balai qu'on lui prête une fois par semaine pour balayer la cellule, il fait les tiges sur lesquelles coulissent les boules de mie de pain. Le tout est enchâssé dans un cadre de mie de pain pétrie et séchée. Grâce à ses six pailles supportant chacune dix boules, Janos peut compter jusqu'au million. Cette innovation va lui permettre de faire l'inventaire de ses connaissances. Combien de noms d'oiseaux connaît-il ? De mots français ou anglais ? Entre deux promenades, l'une au bord de la Seine, l'autre Via Venetto, Janos Zabolk recense les noms des vins qu'il a dégustés en France, et réussit à retrouver ainsi les noms de 92 crus.

Depuis son transfert dans la nouvelle cellule, Janos a constaté que les nouveaux gardiens l'empêchaient de regarder dans le couloir. Cette attitude le décide à faire un trou dans la porte. Pour cela il lui faut un instrument pointu. En se mettant à plat ventre et en regardant sous la porte, il décèle la présence d'une vis dont la tête dépasse plus que les autres, et décide de se l'approprier. Pendant des semaines, plusieurs fois par jour, entre les rondes, Janos allongé par terre « travaille » la vis. Il a fait une cordelette avec des fils arrachés à sa serviette. Il la pousse avec une paille dans l'entaille de la vis et tire par petites secousses. Millimètre par millimètre, la vis sort du bois. Lorsqu'elle dépasse d'un demi-centimètre, il doit la reviser un peu pour ne pas attirer l'attention des gardiens.

Enfin, sept semaines après avoir entamé ses travaux, la vis tant convoitée arrive entre ses mains. Le reste est un jeu d'enfant. Affûtée sur le ciment, la vis devient un outil parfait pour percer le trou à la jonction des trois planches. Un bouchon de mie de pain en masque l'orifice et deux mois après en avoir décidé, Janos Zabolk a la joie de regarder à l'extérieur de la cellule. Ce qu'il voit ne lui apprend pas grand-chose, sinon l'immense satisfaction d'avoir réussi : il a vue sur l'extérieur. C'est une victoire qu'il célèbre en allant boire le soir même une bouteille de champagne dans un cabaret de Montmartre.

Pendant sept ans, Janos Zabolk occupe ainsi son esprit. Pendant plus de 2 500 jours et autant de nuits, il puise dans ses souvenirs la force d'espérer et la raison de vivre. Sa détention cependant s'améliore. Il obtient le droit de lire, puis celui d'écrire. Il est même chargé plus tard de la bibliothèque, et puis, un jour, de l'extérieur lui parviennent les bruits secs des mitrailleuses auxquelles répond le bruit du canon. Nous sommes en octobre 1956 et Budapest secoue ses chaînes. Pendant plusieurs jours Janos Zabolk est consigné dans sa cellule, puis un vacarme énorme envahit la prison. Quelques coups de feu claquent suivis d'une rumeur grandissante. L'œil rivé au trou qu'il a creusé, l'homme qui n'a jamais cessé de croire à la liberté voit des civils arriver dans le couloir. Il entend le bruit des verrous que l'on tire de l'extérieur. Un bruit inhabituel, un bruit qui tinte, joyeux et clair comme des cloches de campagne.

Et Janos Zabolk, qui depuis 2564 jours visitait sa mémoire et s'inventait des occupations pour se prouver qu'on n'enchaîne pas l'esprit, pleure pour la première fois.

D'abord réfugié dans une ambassade, il gagne ensuite la France où il finira ses jours, libre.

Mais Janos Zabolk, prisonnier, avait prouvé, une fois de plus, que pour celui qui la cherche elle existe la route de l'évasion.

31

LA FILLE

Le vieux Ricardo traîne sa charrette jusque devant l'hôtel de ville et la range sur le parking, au milieu des voitures.

Il est bien étonné. Voilà plusieurs années qu'il n'a pas mis les pieds à Bologne. Dix ans bientôt, et c'était avant la guerre.

Il a même eu du mal à retrouver le chemin de la mairie. Et à présent, il doit se disputer avec un sergent de ville qui n'admet pas que l'on gare les charrettes à l'emplacement des voitures.

Avec volubilité, Ricardo explique qu'il va demander une autorisation de travailler sur le terrain de la foire et montre sa carte de forain.

Ricardo est propriétaire d'un théâtre de marionnettes dont les vedettes principales sont dans la charrette, avec le décor. Le scénario est dans la tête de Ricardo. C'est toujours le même. Une femme et deux hommes, l'un riche, l'autre pauvre.

Ricardo a tellement répété les dialogues que

l'histoire est devenue mouvante et que les mots se modifient selon son humeur. Mais le thème reste le même. La femme abandonne le pauvre pour partir avec le riche, et elle est maudite.

L'explication entre le sergent de ville et Ricardo a bien pris un quart d'heure, et il a dû déplacer sa charrette, car les pauvres comme lui n'ont pas souvent raison.

Et, décidément, aujourd'hui est une journée de problèmes pour Ricardo. Il semble que tous les services administratifs de l'hôtel de ville de Bologne se soient mis d'accord pour lui faire des misères.

Voilà maintenant que sa carte d'identité est périmée, il lui faut retourner au guichet 22, et au guichet 22 on lui demande un extrait de naissance, alors il retourne au guichet 27, puis au guichet 12 réservé aux forains.

Heureusement pour lui, Ricardo, natif de Bologne, arrive au bout de son problème en quelque deux heures de file d'attente. Ce qui, tout bien considéré, est raisonnable.

Le voilà nanti d'une carte toute neuve sur laquelle est écrit: Ricardo Zelli, né le 8 octobre 1882 à Bologne, forain, sans domicile fixe. Et veuf. Veuf?

Jusqu'à présent, Ricardo était marié sur sa carte d'identité. Que sa femme ait disparu avec un autre individu ne changeait rien pour l'Administration. Veuf? Ricardo reprend la file d'attente pour se faire expliquer ce mystère. Et on le lui explique. En refaisant sa carte et en vérifiant les mentions sur le registre, on a découvert que le décès de sa femme était survenu le 5 avril 1949, c'est-à-dire il y a deux ans, à Perpignan, en France. C'est tout.

Ricardo, qui n'a pas revu sa femme depuis quarante ans, est donc veuf. Et il pleure. Assis sur le dallage de la grande salle de la mairie, il pleure. Il ne pleure pas sa femme. Il pleure sa fille. Cette femme était partie il y a quarante ans avec l'enfant qui n'avait que quelques mois. Et Ricardo ne sait pas ce qu'est devenue sa fille depuis tout ce temps.

Au hasard de ses pérégrinations dans chaque ville ou village, il a demandé à droite, à gauche si quelqu'un connaissait une Carletta Zelli. Il la croyait quelque part en Italie et se disait qu'un jour il la reverrait. Il y croyait, jour après jour.

Mais à présent, il pleure. Comment retrouver la trace de l'enfant si la mère a gagné la France ? Même en admettant qu'elle ait parlé à sa fille de l'existence de son romanichel de père, comment la rejoindre, sans adresse, sans savoir même quelle tête elle a ?

L'employé municipal regarde pleurer le vieux Ricardo, il a pitié et lui dit :

« Vous savez, sur le registre de l'état civil il y a une adresse pour votre défunte femme. Elle n'est peut-être plus valable, mais on ne sait jamais. » Et Ricardo s'en va, serrant précieusement dans sa main un petit bout de papier avec une adresse en France.

Pour tout autre que le vieux montreur de marionnettes, l'entreprise ne serait pas si compliquée. Une lettre ou un voyage à faire résoudrait le problème. Mais une lettre : Ricardo est analphabète. Un voyage : Ricardo n'a pas de passeport. On n'en délivre pas aux gens comme lui en Italie à cette époque. Il n'a même pas le droit de franchir une frontière. Tout juste celui de regarder les nuages de l'autre côté.

Ricardo se rend quand même à la poste et paye 100 lires les services de l'écrivain public.

Il paye 100 lires parce que la lettre est longue à écrire, et que pour écrire une lettre comme celle-là il est pratiquement obligé de raconter sa vie à l'employé. Lequel employé, passionné par les malheurs de son client, n'en oublie pas pour autant de doubler le tarif, tout en compatissant.

Dans cette lettre, Ricardo explique qu'il est le père de sa fille, qu'il pleure, et qu'il la cherche depuis quarante ans. Il l'espère en bonne santé et supplie la Vierge de la voir au moins une fois avant de mourir. Tout ceci en un mélange compliqué de sentiments du vieux Ricardo et du style ampoulé de l'écrivain public. Mais Ricardo met sa lettre dans une boîte et, quoi qu'il arrive, décide de ne plus bouger de Bologne, car il a donné l'adresse de la mairie pour être plus tranquille, lui le « sans domicile fixe ».

Les jours passent. Beaucoup de jours. Beaucoup de semaines. Sept semaines exactement.

Ricardo n'espérait plus avoir de lettre. Et pourtant elle est là. Avec de drôles de timbres qui viennent de loin.

« D'Afrique du Sud ! » lui dit-on.

Et l'employé de la mairie a le grand honneur de

lire cette lettre à Ricardo, recueilli comme pour la messe.

Elle est de SA fille. C'est ELLE qui écrit. C'est ELLE qui dit que lorsque sa mère est morte elle lui a effectivement parlé de son père en lui disant de le rechercher, et qu'elle a essayé mais que personne n'avait pu lui donner une adresse en Italie.

La FILLE de Ricardo annonce que, de passage en Europe pour un voyage, elle propose de le rencontrer à la gare de Vintimille, puisqu'il n'a pas de passeport et ne peut voyager au-delà de la frontière. Elle dit encore qu'elle enverra un télégramme pour dire quel jour et à quelle heure elle sera là, si Ricardo est d'accord pour la rencontrer.

Ricardo paye 200 lires un télégramme pour l'Afrique du Sud et 50 lires de plus à l'écrivain public pour le rédiger convenablement, y compris l'adresse fort compliquée.

Ce télégramme payé si cher est un pauvre télégramme qui dit :

« Par la Madone, écris-moi, *Hôtel de la Gare* à Vintimille. Ton père. »

Et Ricardo reprend sa charrette, la met dans le train, monte dans un wagon, s'installe le lendemain à l'*Hôtel de la Gare* et attend fébrilement la réponse. Il dépense presque toutes ses lires à acheter un costume et un chapeau neufs, car il ne veut pas avoir l'air minable.

L'histoire qu'il raconte depuis des années avec ses marionnettes dans tous les villages d'Italie du sud au nord, c'est son histoire. Sa femme est partie un jour avec un homme riche, un maçon, elle a emmené le bébé, et il n'a jamais plus revu personne. Parfois l'histoire fait rire, si Ricardo le veut. Parfois elle fait pleurer, s'il en a besoin.

Quand le télégramme arrive enfin, trois semaines plus tard, le vieux Ricardo Zelli s'affole complètement, car le texte dit :

« Arriverai jeudi Vintimille par le premier train. »

Ricardo ne sait pas ce que c'est que le premier train. Le premier train de quoi ? A la gare, on lui répond que « des premiers trains » il en existe des dizaines. Alors il s'installe à la gare dès mercredi soir, pour être plus sûr.

Le télégramme dit ensuite :

« Je porte un manteau gris et un sac jaune. » Sa fille a pensé à tout. Ricardo campe dans le hall de la gare et prévient tous les gens qu'il peut. A chaque employé, il raconte son histoire. Au chef de gare, aux ouvriers de la voie, aux douaniers. Et à chaque train il se précipite sur tous les wagons, d'où qu'ils viennent. Il aborde toutes les femmes, même sans manteau gris et sans sac jaune, tellement il a peur de rater sa fille. Au fur et à mesure que les voyageurs défilent, la pauvre vie de Ricardo Zelli, le montreur de marionnettes, fait le tour de la gare de Vintimille, et les badauds s'assemblent. Ricardo montre la lettre et raconte, cette fois sans les marionnettes, comment il épousa un jour une jolie blanchisseuse de Bologne et lui fit un enfant. Une petite fille si belle et si jolie qu'on l'eût crue sortie d'un conte de fées. Il raconte ensuite la venue du vilain maçon nommé Rizzo, celui qui avait de l'argent et a séduit lâchement la jeune épousée. Il rajoute même un duel, pour faire bonne mesure, comme au théâtre, alors qu'il ne s'est même pas battu, qu'il a laissé partir sa jolie femme et son joli bébé parce qu'il n'avait pas d'argent, n'était pas très malin et savait bien que rien ne pourrait changer le cours des choses.

Entre chaque récit, dix fois renouvelé, dix fois amélioré, Ricardo se précipite avec ses auditeurs passionnés à l'assaut de chaque train qui entre en gare de Vintimille.

Il a d'abord passionné la salle d'attente, puis a drainé tous ceux qui s'ennuyaient sur les quais. La chose s'est dite à l'extérieur, du monde est venu voir Ricardo comme une bête curieuse et participer à sa joie. Un journaliste est arrivé avec un photographe, prévenu par le chef de gare. Et, au fur et à mesure que les heures passent, dans cette nuit de mercredi à jeudi du mois de septembre 1951, le public grossit, grossit. Il grossit comme pour une apparition divine.

Ils sont mille au moins quand le train venant de France, le premier, celui qui arrive à 7 h 23, quai n° 1, apparaît à l'horizon.

Ricardo Zelli et sa foule d'admirateurs le prennent d'assaut comme ils ont pris les autres, et chaque voyageur qui comprend l'italien est informé de l'événement. Les voyageurs s'écoulent, et enfin la voilà, c'est elle. Une femme est restée en arrière, sur le quai, vêtue d'un manteau gris et balançant un sac jaune. Grande, brune, la quarantaine, elle semble chercher quelqu'un.

Un grand cri est sorti de centaines de poitrines à la fois :

« ECCO LA FIGLIA! » Voilà la fille... « ECCO LA FIGLIA! »

Sophia Loren aurait débarqué en gare de Vintimille que l'enthousiasme n'eût pas été plus grand.

La jeune femme a eu l'air étonné, puis gêné, puis mécontent. Le vieux Ricardo n'a même pas osé (comme il l'avait imaginé) se jeter à son cou. La jeune femme a tendu la main, Ricardo l'a serrée avec respect. Car le manteau était élégant. L'entrevue s'est passée dans le bureau du chef de gare, et la conversation fut un peu difficile, car les spectateurs attendaient derrière la porte le résultat de la rencontre. Il devait y avoir un résultat, c'était évident, normal, indispensable, il fallait bien qu'une histoire pareille se terminât bien ou mal, mais se terminât avec éclat. Tout était réuni pour cela. Un scénario fantastique, un décor évocateur, un public enthousiaste, un premier rôle méritant, dans une scène unique : « le père qui n'a pas vu sa fille depuis quarante ans! ».

Exactement quarante minutes plus tard, Mme Carletta Necker, née Zelli, épouse d'un industriel d'Afrique du Sud, reprenait le train pour Genève, où personne ne l'attendait particulièrement. C'était le premier train en partance de Vintimille.

Ils étaient mille, déçus, sur le quai, et un qui pleurait sans larmes, à l'intérieur de lui-même, comme un pantin de bois. Car l'histoire n'avait pas eu de fin.

32

JOURNAL DU SOIR ESPOIR

Richard Swink est un curieux personnage. Car il est curieux, à dix-neuf ans, d'être aussi peu naïf, aussi peu influençable, aussi incrédule.

C'est que Richard Swink vend des journaux à Shaunee, dans l'Oklahoma, et ce depuis l'âge de quinze ans. Or nous sommes en 1955, c'est dire que depuis 1950 Richard connaît tout sur le monde. Il a vu des faits divers minables montés en épingle, prendre les couleurs du sensationnel et s'émietter misérablement à la dernière page des journaux du dimanche. Il connaît tous les détails de la guerre froide, tous les détails des mariages et des divorces à Hollywood, tous les détails des élections politiques.

Et à force de crier les grands et les petits exploits du monde civilisé, c'est bien simple, Richard Swink ne croit plus à grand-chose.

D'ailleurs il lui semble qu'il ne croit à rien depuis sa naissance. Ni à son père, ni à sa mère, l'un chômeur alcoolique, l'autre disparue depuis longtemps au bras d'un moins que rien. Il n'a pas cru aux études, guère au travail, et n'envisage pas de changer de métier. Si l'on peut appeler métier l'état de crieur de journaux.

Chaque soir, sur les trottoirs de la ville de Shaunee, Richard Swink traîne ses baskets et son nez en l'air, un paquet de journaux sur l'épaule en criant :
« Dernières nouvelles du soir... »
On le connaît, du marchand de hot dogs au cireur de chaussures, il a des amis partout. Sa maison c'est la rue, sa famille c'est la rue. Sa vie c'est la rue.
Aujourd'hui, Richard Swink est assis au bord du trottoir, et fait rarissime, voire unique dans sa vie de crieur de journaux : il lit le journal. Il lit une chose extraordinaire, et que personne n'avait crue possible, une chose fantastique !
Titre de l'article sur cinq colonnes : « La réincarnation existe... une femme morte il y a plus d'un siècle raconte sa vie en Irlande. »
Richard est d'origine irlandaise. Sa tignasse d'un roux flamboyant en témoigne. Mais ce n'est pas la vie en Irlande dans les années 1860 qui passionne Richard. C'est la réincarnation.
Lui qui se moque de tout, et ne croit en rien, vient de découvrir une chose essentielle : on vit, on meurt, on peut renaître. Richard n'avait jamais pensé à sa propre mort. Contrairement à beaucoup d'adolescents, le sujet ne le concernait pas. Avait-il seulement réalisé d'ailleurs qu'il était en vie ?

Non que Richard soit stupide ou attardé, mais comme il l'explique lui-même à son copain, le marchand de hot dogs :

« Quand on vit, on s'aperçoit pas qu'on vit, tu trouves pas ça drôle ? »

A partir de ce jour, Richard Swink ne se contente plus de vendre ses journaux, il les lit, passionnément, comme d'ailleurs tous les Américains de 1955, car la fantastique histoire de Bridey Murphy commence. Bridey Murphy est une dame irlandaise qui a vécu en Irlande il y a environ un siècle et demi, dans les années 1800. Et c'est aussi une autre dame, Ruth Simons, qui vit aux Etats-Unis dans les années 50 de notre siècle.

Ruth Simons a découvert un beau jour qu'elle était tout simplement réincarnée. D'étranges souvenirs lui sont montés à la tête, et la science s'interroge, les journalistes s'interrogent, l'Amérique s'interroge. Car la dame n'a pas l'air folle du tout. Et si la réincarnation ne fait pas partie de nos croyances occidentales, d'autres peuples y croient dur comme fer. Aussi dur que certains croient au paradis ou à l'enfer et à l'immortalité.

Ruth Simons, une dame raisonnable, d'une quarantaine d'années, au visage serein et aux revenus moyens, vit à Pueblo, dans l'Etat du Colorado. Elle a un mari, une maison, des enfants, un réfrigérateur, et un grain de beauté sur la joue droite. A part cela, rien d'extraordinaire dans sa vie. Or, un jour, au cours d'un dîner avec des amis, Ruth Simons paraît soudain avoir un malaise, ses yeux s'agrandissent, elle se lève, s'excuse, va boire un verre d'eau, revient et s'écrie avec effroi :

« J'ai déjà vécu une autre vie !... Je me souviens... c'est moi, c'est bien moi, je m'appelle Bridey Murphy. La maison est en Irlande, ma robe est noire. Mon père est en prison. Nous avons perdu la bataille de Dublin, les Anglais ont des fusils, ils vont nous massacrer, je me sauve... »

Effroi général et consternation autour de Ruth Simons, redevenue tout à coup Bridey Murphy, Irlandaise, racontant l'insurrection du 23 juillet 1803, sous la conduite de Robert Emmet.

Les amis de Ruth, stupéfaits de l'entendre parler avec autant de précision d'un sujet jusque-là inconnu d'elle, lui conseillent d'aller voir un spécialiste, et de fil en aiguille, « l'affaire Bridey Murphy » dépasse le cadre de l'état pour envahir l'Amérique. Le récit complet de sa vie antérieure paraît en un livre étonnant tiré à un million d'exemplaires en quelques mois... Et les journaux racontent par petits bouts, comme un feuilleton, la vie et la réincarnation de Ruth Simons.

Le jeune Richard, petit crieur de journaux, découvre un monde inconnu, rempli de mystère, et suit l'affaire avec passion. Il y croit. Il y croit comme beaucoup d'Américains, car la dame Ruth Simons ne tombe dans aucun des pièges tendus par des médecins, savants, journalistes, et autres incrédules. Il faut reconnaître qu'elle ne ment pas. Il faut admettre qu'elle ne s'est jamais trompée dans ses souvenirs et n'a jamais mélangé ses révélations. Elle donne sur son passé des détails extrêmement précis. Elle se souvient de sa mort, elle la raconte, c'est passionnant.

Peu à peu, Richard Swink, le jeune crieur de journaux, apprend ainsi que d'autres Américains ont vécu des vies antérieures. Il ne se passe guère de semaines sans qu'une grosse manchette n'annonce un nouveau cas, et Richard crie dans les rues de sa ville des nouvelles sensationnelles.

« En Louisiane, un Américain raconte sa vie d'Indien en 1800... et de soldat espagnol en 1542!... trois vies en une! »

« A Toronto... une femme a vécu au XIIe siècle en Italie... »

« A Los Angeles... un journaliste a été sommelier en Allemagne au XVIIe siècle. »

Richard Swink lit à son copain, le marchand de hot dogs, des articles délirants sur le sujet.

Il arrive même qu'à Buffalo une femme se souvienne avoir vécu une existence passionnante de cheval. Elle était étalon mâle et ne peut malheureusement pas identifier son époque.

La polémique déclenchée autour de chacune de ces réincarnations ne trouble pas Richard Swink, le jeune crieur de journaux. Et arrive le jour où il lit à son copain, entre deux hot dogs, la révélation d'un « spécialiste »...

« L'étude de ces cas, aussi différents les uns des autres, a montré que les réincarnés étaient tous morts de mort violente dans leur vie antérieure. Il semble donc acquis dès à présent que, pour se souvenir d'une vie passée, il faut l'avoir quittée dans ces conditions. »

L'Irlandaise Bridey Murphy en est le plus bel

exemple. Poursuivie, ainsi que sa famille, par la répression anglaise, elle est morte dans les prisons de Dublin, après d'atroces souffrances. L'Indien, lui, est mort lynché par les Blancs, le conquistador espagnol torturé par les Indiens, l'Italienne de Toronto a été décapitée par l'Inquisition, le sommelier allemand de Los Angeles crucifié par un seigneur mécontent... même l'étalon est mort dans un combat singulier...

Et Richard Swink conclut à l'intention de son copain : « Voilà, j'ai compris, je ne me souviens pas de mes autres vies à cause de cela. J'ai dû mourir bêtement. Alors, si je veux me souvenir de celle-là, je dois mourir de mort violente. »

Sentencieusement, le marchand de hot dogs lui fait remarquer qu'il n'a aucun intérêt à se souvenir plus tard de sa vie présente, vu qu'elle n'a rien de passionnant... Mais tout aussi sentencieusement Richard Swink affirme :

« C'est entendu. Mais tu n'as rien compris au problème. Si je quitte cette vie, je m'en souviendrai dans une autre vie qui sera peut-être meilleure. Et si elle ne l'est pas, je n'aurai qu'à recommencer... c'est prodigieux... »

Ainsi mourut Richard Swink, qui se suicida dans la rue de plusieurs coups de couteau.

Et un autre crieur de journaux hurla le lendemain dans la ville :

« Un jeune homme se fait hara-kiri, pour découvrir les frontières de la mort. »

Beaucoup plus tard, d'innombrables crieurs de journaux révélèrent à l'Amérique que la célèbre Ruth Simons, alias Bridey Murphy, avait été hypnotisée par un homme pour raconter sa vie d'Irlandaise en 1803.

Cet homme, un industriel de Pueblo, nommé Morey Bernstein, avait appris la révolte de l'Irlande à la bibliothèque municipale. C'est lui qui avait signé le livre tiré à un million d'exemplaires. Il avait ridiculisé un bon nombre de médecins, psychiatres, psychanalystes et savants hors catégorie...

Et il avait assassiné, à distance, le jeune Richard Swink, dix-neuf ans, crieur de journaux de son état. Le crime parfait, c'est peut-être ça.

33

UNE ERREUR SURHUMAINE

L'HOMME pose un problème. Depuis dix-sept ans qu'il est enterré là dans sa cellule, il n'avait jamais posé de problème, mais aujourd'hui il en pose un.

Le gardien le regarde.

« Muller, tu es convoqué chez le directeur. »

Muller leva la tête, d'un air las. Il a toujours eu cet air las. C'est un homme jeune pourtant. Condamné à l'âge de vingt-trois ans, il en a à présent quarante. Et les gardiens l'ont classé dans la catégorie des détenus tranquilles. Jamais une bagarre, jamais une protestation.

Mais, de l'avis de tous, Muller est devenu simplet depuis son jugement. Il faut être simplet pour regarder le gardien et répondre :

« Non, je ne suis pas convoqué. »

Mais le gardien a l'habitude, il connaît Muller depuis près de quinze ans. A son avis, le prisonnier n'est pas normal.

« Allez, Muller, tu viens avec moi ? »

Il a dit ça d'un ton gentil, en se rappelant qu'il ne faut jamais être autoritaire avec Muller. Ne jamais lui affirmer quelque chose.

En effet, Muller se lève. Il défroisse son pantalon d'un air absent, regarde ses mains, comme s'il doutait de leur propreté, et dit :

« Je viens. »

Normalement, le gardien devrait lui mettre les menottes pour l'emmener dans le bureau du directeur. Mais Muller est inoffensif. Le directeur est là depuis des années et il connaît dans le détail le curriculum vitae de chacun de ses prisonniers. Depuis hier, il connaît même celui de Muller par cœur. Il l'a lu et relu cent fois : Muller, Frédéric, condamné le 11 mai 1948 à la détention perpétuelle pour avoir assassiné son oncle, sa tante et leur fils. Trois personnes qui constituaient son unique famille.

A l'époque des faits, Frédéric Muller était étudiant en économie. Il a été reconnu pleinement responsable de ses actes. Et si la peine de mort n'avait pas été supprimée en Allemagne, il aurait été pendu à vingt-trois ans.

Mais il y a dix-sept ans de cela, et le directeur a devant lui un homme de quarante ans, au visage las et au regard vague.

Rien dans son dossier n'indique qu'il soit fou. Les visites médicales n'ont rien révélé d'anormal et le psychiatre de la prison qui l'a rencontré trois fois au moment de son jugement n'a fait qu'une seule remarque : le sujet est un être faible qui paraît accablé par le remords. Il n'essaie jamais de se justifier alors que c'est le cas chez la plupart des assassins.

Le directeur a dit : « Bonjour, Muller. » Et Muller a répondu : « Bonjour, monsieur. »

Et maintenant, le directeur ne sait plus quoi dire. Il aurait préféré qu'un avocat se charge de cette première entrevue. Mais Muller avait été défendu par un avocat nommé d'office et introuvable dix-sept ans après. Alors, il faut bien lui dire les choses en face et d'homme à homme. Libre à lui de prendre un avocat ensuite.

Le directeur se gratte la gorge, car c'est difficile à dire : surtout à Muller. A ce visage morne, à ces yeux tristes :

« Muller... vous avez été condamné à perpétuité, il y a dix-sept ans et un mois. J'ai le devoir de vous signifier que vous serez libre dans quelques jours... »

Muller regarde le directeur avec étonnement, mais sa réponse n'est pas celle que l'on attendait :

« Pourquoi vous me dites « vous » ? »

A force d'être tutoyé pendant des années, il est surpris de ce vouvoiement inhabituel. C'est, pour l'instant, la seule chose qui semble avoir traversé son esprit. Le mot LIBRE ne l'a pas frappé.

« Muller, tu ne m'as pas compris, j'ai dit que tu allais être LIBRE... tu comprends... ? »

Rassuré par le tutoiement, Muller dit :

« Je comprends. »

Et un grand silence s'installe dans le bureau du directeur. Le gardien en a les yeux hors de la tête ! Il ne comprend pas, lui. N'importe quel détenu sauterait de joie devant une pareille nouvelle. I!

demanderait pourquoi, quand, comment... Or, Muller est là, les mains croisées sur ses genoux, pensif. Au bout d'un long moment, il répète :

« Je comprends, je comprends. »

Cette fois, le directeur se lève et vient poser une main amicale sur son épaule. Ce qu'il reste à annoncer est en vérité le plus difficile. Et il est inquiet de la réaction du détenu :

« Tu ne me demandes pas pourquoi on va te libérer, Muller ? »

Muller hoche la tête négativement, puis ajoute :

« Je ne sais pas pourquoi, monsieur. Ce n'est pas moi qui décide, c'est vous. »

Allons. Il faut en finir. Manifestement cet homme a un peu perdu la raison. Et Dieu sait ce qu'il deviendra une fois relâché. Pour cacher son embarras, le directeur retourne à son bureau et lit un texte sur un grand papier de l'Administration :

« Monsieur le Directeur,

« Vu l'extrait de procès-verbal ci-joint, concernant l'affaire Muller, dossier pénitentiaire n° 3-027-147, vous êtes prié d'accomplir les formalités de levée d'écrou en faveur du détenu susvisé. L'ordre de libération définitive vous sera confirmé dans une dizaine de jours au plus tard. D'ores et déjà, vous êtes chargé d'annoncer au détenu Muller qu'il est présumé innocent des faits qui lui furent reprochés en 1948 et qu'il est en droit de se porter partie civile au nouveau procès qui établira la culpabilité du véritable assassin.

« Dans ce cas particulier, vous voudrez bien :

« 1°) faire le nécessaire pour que le détenu soit transféré du quartier des condamnés à perpétuité dans une cellule provisoire;

« 2°) informer l'intéressé de ses droits, et autoriser toute visite qu'il souhaitera;

« 3°) communiquer à l'Administration le nom de l'avocat qu'il aura choisi pour la procédure de réhabilitation. »

Muller ne dit rien. Mais il a ressenti le choc. Quelque chose dans son regard a vacillé. Il a failli se lever, puis s'est maintenu sur sa chaise...

Le directeur poursuit :

« Je résume le procès-verbal, Muller : un homme a été arrêté sur dénonciation et un certain nombre de pièces à conviction ont été retrouvées chez lui. Notamment des bijoux et de l'argent. Il a fait des aveux et déclaré que tu étais innocent. Compte tenu de tes déclarations au moment du crime et du fait que tu as plaidé non coupable, la nouvelle instruction a été accélérée et le procès de cet homme est fixé. Tu as le droit de réclamer des dommages et intérêts. Ils peuvent être très importants pour dix-sept années de détention. »

Ce que ne dit pas le directeur, c'est que l'Administration lui recommande la discrétion sur cette erreur judiciaire épouvantable et notamment d'éviter que la presse ne se jette sur l'affaire. Il est également demandé au directeur de faire immédiatement un rapport sur les réactions de Muller et ses intentions.

L'Administration a peur. Terriblement peur. Une erreur comme celle-là peut ébranler des murs plus épais que ceux du ministère de la Justice. On s'attend à une campagne de presse, à une déclaration de Muller afin de toucher l'opinion publique. Peut-être va-t-il écrire ses mémoires, vendre son histoire au cinéma et réclamer une fortune.

Dix-sept ans ! enfermé à vingt-trois ans et relâché à quarante, et l'Administration n'ose même pas s'en excuser !

Imagine-t-on des magistrats, des jurés, des policiers, un juge d'instruction venant voir Muller pour lui dire :

« Excusez-nous, on s'est trompé. L'erreur est humaine... »

Tout le monde a peur dans ces cas-là. Même le directeur. Et devant l'attitude de Muller, il n'en mène pas large. L'homme pourrait bien lui sauter à la gorge.

Mais voilà ce que fait Muller. Il se lève. Il tremble un peu et ses yeux sont troubles. D'une voix peureuse et au prix, semble-t-il, d'un violent effort sur lui-même, il parle :

« J'ai compris. Ils disent que je suis innocent. Mais maintenant, ça n'a aucune importance qu'ils le disent. Je ne veux pas qu'ils le disent. Je ne veux pas partir d'ici. Ils m'ont mis en prison, ils doivent me garder. Ce n'est pas de ma faute s'ils se sont trompés. Moi, j'ai essayé de leur dire qu'ils se trompaient et eux, ils m'ont dit que c'était moi qui me trompais. Et je ne pouvais rien faire. Je me souviens que j'ai crié. Je n'ai plus mal. Les autres disent que je suis fou, et moi aussi je crois que je suis fou. Je suis tellement fou que je ne sais plus si je suis innocent. Mais qu'est-ce que ça fait ? Rien. Ça change rien. Ça m'est égal. Je veux rester ici, c'est tout.

— Mais, Muller, c'est impossible. Tu es libre... tu vas sortir... si tu te sens malade, on te soignera, mais il faut que tu sortes !

— Si je sors, je vais crier encore, et j'aurai mal encore. Je ne veux pas sortir... Je ne veux pas sortir... je ne veux pas... s'il vous plaît... je ne veux pas sortir... »

Voilà pourquoi l'affaire ne fit pas beaucoup de bruit en Allemagne, à part quelques communications dans des revues spécialisées. Car Frédéric Muller, l'innocent, n'a quitté sa cellule que pour entrer dans la chambre d'un hôpital psychiatrique. Il y vit encore sa folie aux frais de l'Administration. C'est tout ce qu'il lui reste de dix-sept ans de prison pour rien. Mais il ne crie pas et il n'a pas mal. A condition que personne, jamais, ne lui parle de liberté.

34

LE ZEPPELIN

WILLIAM BURTON monte sur le pont de son chalutier, le *King Albert*, amarré dans le port de Douvres, le 31 janvier 1916. William Burton est satisfait de son sort. Il a la trentaine, c'est un beau garçon, musclé, même athlétique, et il n'est pas à plaindre. A l'heure qu'il est, tous ses amis du même âge se font plus ou moins tuer dans les tranchées françaises. Et lui n'est pas mobilisé. Car même en temps de guerre, on n'enrôle pas tous les hommes valides. Ceux qui exercent un métier indispensable à la vie du pays échappent à l'armée. Et c'est le cas des patrons-pêcheurs, entre autres.

William Burton donne l'ordre d'appareiller. Il va pêcher quelques jours en mer du Nord. Et tandis que son chalutier prend le large, William pense en lui-même : « Pourvu qu'on ne rencontre pas les Allemands. » Car William est un homme qui n'aime pas du tout les ennuis. Or il se prépare un gros ennui, juste au-dessus de lui, à

6 000 mètres d'altitude. Tout là-haut, dans le ciel, un ballon dirigeable allemand, le zeppelin L. 19, survole la mer du Nord. A son bord, l'équipage réglementaire, sous le commandement du capitaine de vaisseau Ugo Loewe. Un beau gaillard, Ugo Loewe. La trentaine, lui aussi, dynamique, courageux, comme tous ses hommes. Car il faut l'être pour combattre sur un zeppelin.

Les zeppelins... sont aujourd'hui des objets de musée. Ils appartiennent à la préhistoire de l'aviation. Ils en sont un peu les dinosaures. Comme eux, ils ont disparu, victimes de leur énormité.

Mais ce que l'on a oublié surtout, ce sont les conditions de vie à bord de ces appareils. Les zeppelins qui combattent pendant la guerre de 14-18 sont terriblement vulnérables. Pour se protéger, ils n'ont qu'une seule ressource : l'altitude, monter le plus haut possible, là où les avions ne peuvent pas aller, là où l'artillerie ne porte pas : à 6 000 mètres. C'est une garantie de sécurité, mais c'est aussi pour les hommes un véritable supplice. Même emmitouflés comme pour une expédition au pôle Nord, là-haut, et même en plein été, il gèle.

Il faut beaucoup de courage et une santé peu commune pour faire partie de l'équipage d'un zeppelin.

Ce 31 janvier 1916, le capitaine de vaisseau Ugo Loewe et ses hommes emmitouflés progressent lentement au-dessus de la mer du Nord. Le capitaine est inquiet : il fait atrocement froid, peut-être moins 30. Le manque d'oxygène les fait terriblement souffrir, lui et ses hommes. Il sont congestionnés, les yeux exorbités, et ont du mal à respirer, à travers les cristaux de glace collés à leurs lèvres. Mais quand il fait si froid (Ugo Loewe le sait) les hommes ne sont pas seuls à souffrir, les machines aussi, et c'est beaucoup plus grave... Il est 6 heures du matin quand le premier moteur du zeppelin L. 19 s'arrête net. Il n'a pu résister au gel. Une demi-heure plus tard, le second moteur s'immobilise, et peu après c'est le drame. Le système de stabilisation est bloqué à son tour. L'énorme machine n'est plus qu'une masse désemparée, incontrôlable, qui descend doucement vers la mer du Nord.

Enfin, comme un immense nénuphar blanc, le zeppelin L. 19 se pose sur l'eau. Par chance, en ce matin du 31 janvier 1916, la mer est d'un calme exceptionnel, lisse comme un miroir.

Le capitaine Ugo Loewe et les quatorze hommes d'équipage grimpent comme ils peuvent sur l'énorme carcasse qui flotte mollement. Et ils attendent, confiants. La mer du Nord est particulièrement fréquentée. Un bateau allemand va sûrement les recueillir. Et s'il est anglais ou français, tant pis. Ils seront prisonniers mais sauvés.

Il est 9 h 10 du matin, quand William Burton, le patron du chalutier anglais *King Albert*, a brusquement un sursaut. La mer est calme, le ciel est dégagé. Et pourtant, il y a, droit devant, une espèce de grand nuage blanc, juste au ras des flots.

Le patron du *King Albert* met le cap sur cet étrange nuage, et en se rapprochant aperçoit des petits points noirs qui bougent sur la forme blanche. Au début, il ne veut pas y croire. Et puis, il doit se rendre à l'évidence. C'est bien un zeppelin allemand avec son équipage.

Dix minutes plus tard, le *King Albert* est à quelques dizaines de mètres de l'épave. Le capitaine de vaisseau allemand Ugo Loewe s'adresse dans un anglais impeccable au patron du chalutier :

« Pouvez-vous nous envoyer un canot de sauvetage ? »

William Burton regarde ces naufragés. Ce sont des Allemands. Et il ne voulait pas les rencontrer, les Allemands. Alors, il a la pire des réactions en pareil cas : il a peur.

« Je ne peux pas. Vous êtes trop nombreux. Je n'ai pas de place... »

Le capitaine Ugo Loewe, agrippé à l'immense ballon blanc, met toute la conviction possible dans sa voix :

« Mais si, vous avez la place. Nous ne sommes que quinze. Nous resterons sur le pont. »

William Burton secoue la tête.

« Non, non, vous êtes trop nombreux pour nous. Une fois à bord, vous allez nous faire prisonniers. Et puis, vous êtes allemands, après tout. »

Ugo Loewe s'est mis debout, tout en haut du dirigeable. Il pose la main droite sur la poitrine.

« Je vous donne ma parole d'honneur que nous voulons nous constituer prisonniers... Ma parole d'officier... Nous n'avons pas d'armes... »

Mais William Burton ne l'écoute pas. Ne l'écoute plus. Il ne veut pas d'ennuis, William

Burton. Un zeppelin en pleine mer, ça le dépasse. Il faut le comprendre : il était là pour pêcher. Après tout, ce sont les autorités qui lui ont demandé de continuer à faire son métier. Alors, qu'a-t-il à voir avec tout ça ? Ce n'est pas son affaire. Lui, il n'est pas soldat. Il va rentrer à Douvres prévenir l'autorité militaire. C'est ça son devoir, et rien d'autre. Il lance un ordre bref :

« Demi-tour. »

Les machines du chalutier se remettent en marche. Dans sa manœuvre, il passe encore plus près du zeppelin. Les Allemands sont là, à quelques mètres. Quelques-uns à genoux en train de prier, d'autres agitant de malheureux billets de banque, les quelques marks qu'ils possèdent. Et, dominant les cris de ses hommes, la voix du capitaine Ugo Loewe qui s'élève dans un anglais toujours aussi impeccable :

« Au nom de la solidarité, capitaine... Nous sommes vos prisonniers... Au nom de l'humanité... vous n'avez pas le droit... »

Quelques minutes plus tard, le patron-pêcheur William Burton est de nouveau tranquille. On n'entend plus de cris. La forme blanche a disparu. Il va pouvoir recommencer à pêcher. Ensuite, il n'aura plus qu'à faire son rapport.

On a connu la fin des hommes du zeppelin L. 19 par des messages qu'ils ont lancés à la mer dans des bouteilles. Heure par heure, ils ont raconté leur agonie. Quelque temps après le départ du chalutier anglais, une tempête s'est levée. Le dernier message était signé Ugo Loewe et disait sobrement :

« 31 janvier 1916, 4 heures de l'après-midi. Zeppelin flotte encore. Espère sauvetage. Sinon que la volonté du Tout-Puissant soit faite. Baisers à ma femme et à mes enfants. »

William Burton, lui, rentre au port de Douvres, il fait son rapport aux autorités. Le commandant du port l'écoute d'abord dans un silence glacial, puis lui dit simplement :

« Monsieur, je vous souhaite de ne jamais être un jour vous-même en difficulté. Et si cela vous arrivait, et si par hasard vous étiez recueilli par un navire allemand, je n'aimerais pas être à votre place. »

William Burton, en effet, n'a pas continué longtemps à pêcher. Moins de trois mois après sa rencontre avec le zeppelin, le *King Albert* fut coulé en mer du Nord par un navire de guerre allemand. C'était le 25 avril 1916. William Burton et tout son équipage furent recueillis et faits prisonniers.

Personne n'aurait aimé être à la place de Burton ce jour-là. Pourtant, il n'en est mort que de honte. Bien traité, en tant que prisonnier, il regagna son pays dès la fin de la guerre.

Avec son remords à perpétuité.

35

LE SAC A DOS BLEU CIEL

Au printemps 1942, au cœur de la guerre. Jamais l'Allemagne et ses alliés n'ont été aussi près de la victoire. Les Allemands sont aux portes de Moscou. En Afrique, Rommel enfonce les troupes anglaises. A l'autre bout du monde les Japonais occupent peu à peu tout le Pacifique...
Dans son bureau de l'Amirauté, à Londres, le colonel de la R.A.F. Victor Tait est préoccupé. Il est un des rares à savoir que depuis quelques semaines un débarquement a été décidé par les Alliés, sur les côtes françaises, à Dieppe. Il ne s'agit pas d'un vrai débarquement, mais d'une opération de diversion; un raid mené par 5 000 Canadiens. Son but est essentiellement psychologique. Mais le colonel Tait sait que l'opération a une autre raison. Une raison ultra-secrète. On a repéré depuis quelque temps, près de Dieppe, un radar allemand d'un type entièrement nouveau. Pour la R.A.F., il est absolument vital de connaître exactement ses possibilités. Il faudra donc

envoyer là-bas, en même temps que les Canadiens, un homme capable d'accomplir cette tâche délicate. Il faut que ce soit d'abord un technicien, et aussi un sportif, un combattant. Bref, un spécimen rare.

Victor Tait a la responsabilité du choix de l'homme, et parmi ceux qui répondent à ce portrait (peu nombreux) le colonel s'est déjà décidé : ce sera Jack Nissenthall, 20 ans, simple sergent. Il s'est toujours passionné pour l'électronique, ce qui est une spécialisation très rare à l'époque, et il y a quelques mois, il a subi un entraînement spécial de commando, dans un camp en Ecosse.

Mais le colonel Tait n'aime pas le côté particulier de cette mission.

Le sergent Nissenthall attend depuis quelques minutes dans la pièce voisine. Le colonel le fait entrer. En dépit de son uniforme il a gardé l'allure typique du collégien anglais. Grand, maigre, les yeux bleu ciel, des taches de rousseur et les cheveux blonds ébouriffés.

Le colonel évite les préliminaires :

« Sergent, vous vous êtes bien porté volontaire pour toutes missions concernant les radars ? »

Jack Nissenthall répond d'une voix assurée :

« Oui, Sir. »

Malgré ses hautes fonctions, et son habitude du commandement, le colonel a l'air horriblement gêné.

« Voyez-vous, vous n'êtes pas obligé d'accepter la mission que j'ai à vous proposer. Aucun homme n'y serait obligé. Elle requiert non seulement vos connaissances techniques, mais... une forme de courage très spéciale. Il s'agit de reconnaître un radar allemand en territoire français. Vous seriez accompagné d'une douzaine d'hommes chargés de vous protéger. »

Jack Nissenthall se tait. Il attend la suite. Le colonel Tait a les yeux rivés sur le sous-main de son bureau. Il n'ose pas regarder son interlocuteur en face. Son ton devient parfaitement lugubre.

« Sergent, vous connaissez tous les secrets de nos radars. Alors, vous ne devez pas tomber entre les mains de l'ennemi. Si par malheur vous risquiez d'être fait prisonnier par les Allemands... vous me comprenez, sergent ? »

Jack Nissenthall a pâli, il a compris, mais il continue de se taire. Il veut que le colonel aille jusqu'au bout, qu'il ait le courage de lui dire ce qu'il attend de lui.

« Dans ce cas, sergent, vos hommes auraient l'ordre de vous abattre. »

Il y a un silence. Les deux hommes se regardent. Et le sergent Nissenthall répond simplement :

« C'est d'accord, Sir, j'accepte. »

Le soir même, Jack Nissenthall part pour l'île de Wight, où 5 000 Canadiens s'entraînent déjà pour le débarquement. Il est accueilli dès son arrivée par un autre colonel, et cet accueil le met mal à l'aise. Car le colonel ne s'adresse pas à lui comme à un simple sergent, mais comme à un malade condamné, avec des égards et des précautions suspectes. Puis il le conduit vers un petit groupe d'hommes qui attendent.

« Venez, je vais vous présenter à votre équipe. Je les ai bien choisis. Tous des tireurs d'élite ! »

S'apercevant du côté équivoque de son affirmation, le colonel rectifie lamentablement :

« Enfin, je veux dire que ce sont surtout de braves garçons... »

Jack Nissenthall regarde les braves garçons en question. Ils ressemblent à tous les autres. Un grand rouquin, qui a encore plus de taches de rousseur que lui, un costaud qui dit être bûcheron. Un Québécois qui parle avec l'accent français. Un instituteur, à l'air peu intellectuel, et les autres...

Trois mois d'entraînement, partager le même campement, les regarder tirer à la cible, et lancer le couteau. Et bien qu'il essaye de chasser cette pensée, il lui arrive de se demander de temps en temps : « Lequel d'entre eux va me tuer ? Le rouquin, le Québécois ? »...

Les autres aussi y pensent parfois. Jack Nissenthall le surprend dans leur regard. Quelque chose de bref... une inquiétude qui ne dure pas. Le soir, chacun se retrouve à la popote et comme tous les soldats du monde, ceux-là rient et plaisantent. Ils sont treize et oublient que l'un d'eux est le gibier et les douze autres les chasseurs. Jusqu'au jour où la chasse commence.

Le 18 août 1942 à minuit, c'est le départ, direction Dieppe. Accoudé au bastingage, Jack Nissenthall s'efforce de faire le vide. De ne plus penser aux autres, de ne penser qu'au radar. Mais c'est difficile, à cause de ce sac à dos. Il est très spécial le sac à dos de Jack Nissenthall, il n'est pas kaki comme celui de ses camarades, il est bleu ciel.

En le lui remettant, le colonel avait l'air gêné. Jack Nissenthall n'a d'abord pas compris. Il a protesté :

« Mais c'est de la folie ! Avec ça, je suis une véritable cible ! »

Et puis il a compris, et il a pris le sac sans dire un mot. Le colonel non plus n'a rien dit. Il n'y avait rien à dire.

A 3 heures du matin, les côtes françaises sont en vue. Les hommes prennent leur place dans les péniches de débarquement et personne ne parle. Assis au fond de l'embarcation, entouré de ses camarades, Jack Nissenthall entend une série de petits cliquetis : ils viennent de mettre baïonnette au canon. Et bientôt, c'est l'enfer. Toutes les batteries côtières allemandes se déchaînent. Sur la plage de Dieppe, le débarquement se fait sous un déluge de feu. Jack Nissenthall et ses douze compagnons franchissent ensemble tous les obstacles. Ils traversent en courant les rues de Dieppe. Aux fenêtres de leurs maisons, les civils français les regardent passer, avec la belle inconscience des badauds. Ils foncent droit devant eux, au milieu des balles et du crépitement des mitrailleuses, droit vers le radar.

Soudain, Jack Nissenthall trébuche, tombe, et se relève avec un sourire désabusé. Car les douze autres se sont immédiatement arrêtés dans leur élan. Ils l'attendent, immobiles dans la fusillade. Ils le regardent, lui et son sac à dos bleu ciel, prêts à tirer, prêts à tuer.

Jack n'avait pas encore réalisé à quel point la situation était absurde. Etre protégé comme un Dieu et menacé comme un diable...

Il faut maintenant traverser un pont encombré de cadavres. Les douze hommes attendent que Jack Nissenthall se décide et, lorsqu'il prend son élan, foncent en le protégeant de leur corps, en même temps que lui.

Ils font encore quelques centaines de mètres en profitant de l'épaisse fumée du bombardement, puis se jettent dans un fossé et lèvent la tête... Devant eux, un énorme assemblage métallique tourne lentement sur son axe. Le radar est là, et instantanément, Jack Nissenthall redevient le spécialiste, le technicien. Il oublie les fusils de ses camarades. Il examine le radar avec toute l'intensité dont il est capable. Immédiatement, il trouve un plan. A l'arrière de la station, se trouve un pylône soutenant une douzaine de câbles. Ce sont les câbles téléphoniques qui transmettent les informations du radar aux différents postes de commandement. S'il peut les sectionner, le radar sera contraint de communiquer avec les postes par radio. Les stations d'écoute anglaises pourront alors capter ses messages et connaître exactement ses caractéristiques techniques.

Jack Nissenthall prend dans son sac bleu ciel une paire de tenailles, et lance aux autres :

« Je vais couper les câbles. J'y vais seul. Couvrez-moi. Enfin... faites ce que vous devez faire. »

Les douze fusils se dressent et suivent Jack Nissenthall dans sa course folle. Et puis les douze fusils s'élèvent. Jack, qui a pénétré dans la station-radar, grimpe au pylône comme à un mât de cocagne.

De l'endroit où ils sont placés, les camarades de Jack ne peuvent pas le protéger. Ils ne peuvent que le viser. S'il est blessé, s'il vacille, douze balles partiront en même temps vers le sac à dos bleu ciel.

Quatre, cinq minutes s'écoulent. Un à un, les câbles tombent, et les fusils s'abaissent : Jack Nissenthall revient. Il a réussi.

Alors, de nouveau, c'est la course éperdue en sens inverse, toujours protégé par ses camarades qui lui font un rempart. Jack galope vers la plage... Près de lui, un homme s'écroule, puis un autre. Encore un autre. Le rouquin, le Québécois tombent à leur tour.

Ils sont de nouveau sur la plage où les attendent les péniches. Jack Nissenthall saute le premier. Ils ne sont que cinq à le suivre. C'était lui le plus exposé. Pourtant, il est sain et sauf alors que sept de ses compagnons sont blessés ou morts.

Mais son plan a parfaitement réussi. Privé de liaisons téléphoniques, le radar allemand a effectivement utilisé sa radio durant quelques jours et les stations d'écoute anglaises ont appris ainsi tous ses secrets.

Jack Nissenthall a gardé précieusement son sac à dos bleu ciel. Son plus grand exploit n'était peut-être pas d'avoir affronté les balles allemandes pendant quelques heures. Son plus grand exploit était sans doute d'avoir, pendant trois mois, tous les jours, réussi à serrer la main et à sourire, à donner son amitié à ceux qui devaient le tuer, qui ne l'ont pas tué, et finalement sont morts pour lui, et un radar.

36

CRIME PASSIONNEL

Les fauves prennent place dans la cage violemment éclairée, au milieu de la piste.
 Dans le chapiteau, le silence se fait. Le dompteur est vêtu, selon le cas, du classique costume rouge à brandebourgs ou d'un simple slip en peau de bête. Il fait claquer son fouet, salue la foule... Le public retient son souffle, il sait qu'il est extrêmement rare qu'une bête attaque son dompteur, mais il ne peut s'empêcher d'y penser. De même, sans doute, que le dompteur dans sa cage et peut-être — qui sait ? — les fauves eux-mêmes.

 Bernard Thecle a la trentaine, en ce début des années 1950. Il est dompteur dans un grand cirque français. Il l'est parce que son père l'était lui-même, parce que, depuis son enfance, il a vécu en compagnie des fauves.
 Et, dès le début, Bernard Thecle fait preuve de son instinct des animaux. Il comprend toutes leurs réactions, il sent toutes leurs intentions.

C'est pourquoi il commence avec le numéro considéré comme le plus difficile dans la profession : les tigres...

Pour son spectacle, Bernard Thecle veut les plus belles bêtes. En 1948, il travaille avec six tigres royaux. C'est alors qu'il apprend qu'un autre animal est en vente à Amsterdam à la suite de circonstances dramatiques. C'est un tigre de trois ans aux dimensions exceptionnelles : il pèse 320 kilos. Au cours d'une représentation, il a tué son dompteur. Bernard Thecle se rend à Amsterdam et achète la bête qu'il rebaptise « Rex ».

C'est un fauve comme il n'en a jamais vu. Incontestablement, il est dangereux. Non seulement par sa taille et sa masse, mais il l'a tout de suite lu dans son regard. Ses yeux ont une manière de fixer l'homme qui ne trompe pas. Il le considère comme un ennemi, comme une proie. Bernard Thecle commence le dressage de Rex. D'habitude il opère en douceur avec les animaux, mais avec celui-ci, il faut employer la force. Il faut que l'animal se sente dominé. C'est là que vont jouer la connaissance du dompteur et son intuition des fauves. Bernard Thecle sait que le tigre attaque toujours à la nuque. Avant de bondir, il fixe quelques secondes le dos de l'homme, s'immobilise, son regard devient vague, et c'est à ce moment qu'il faut agir, sinon, c'est le drame.

Alors, plusieurs fois au cours du dressage, Bernard Thecle tourne volontairement le dos au fauve. Quand il le sent s'immobiliser, et que sa respiration devient précipitée, il se retourne et lui assène un coup de manche de fouet sur le museau. Quand, pendant les exercices, il voit un regard devenir vague, il attend quelques secondes et frappe juste au moment où il allait bondir.

Au bout de plusieurs mois, Rex est dompté. Il sait maintenant s'asseoir sur son tabouret, sauter à travers un cercle enflammé. Pourtant, Bernard Thecle sent bien qu'il n'est pas tout à fait comme les autres. Rex a toujours son regard de chasseur. Il obéit parce qu'il se sent le plus faible. Mais c'est un pur rapport de forces. Le dompteur sait qu'avec lui il ne peut se permettre aucune seconde de relâchement, d'inattention. Il doit, à chaque instant, par le geste, par le regard, lui imposer sa volonté.

Le numéro de Bernard Thecle avec ses sept tigres royaux est un grand succès. Rex, surtout, impressionne la foule. Elle se rend compte, elle aussi, que l'animal est réellement dangereux.

1950. Bernard Thecle fait l'acquisition d'un nouveau fauve. Il a toujours pensé que, pour que son numéro soit parfait, il fallait qu'ils soient huit dans la cage. Cette fois, c'est une tigresse. Il la baptise « Sultane ».

Sultane est tout le contraire de Rex. Sultane est plutôt petite et même frêle. Mais elle est d'une agilité incroyable. Elle réussit des performances qu'aucun autre de ses fauves n'a faites jusque-là. Elle saute plus haut. Ses bonds, sa détente souple, sa manière de se recevoir en douceur sont un enchantement pour le regard.

Et, surtout, Sultane s'est prise immédiatement d'un attachement extraordinaire pour son dompteur. Sur un signe de lui, elle vient se rouler à ses pieds, sur un autre signe, elle vient frotter sa tête contre ses jambes avec des mines de gros chat. Jamais Bernard Thecle n'avait vu cela. Pour le dressage de Sultane, il n'a pas eu besoin d'employer le fouet ni même d'élever la voix. Elle fait tout ce qu'il veut, quand il le veut. Il n'y a aucun doute : sa tigresse est tombée amoureuse de lui.

Avec ses huit tigres royaux, le numéro de Bernard Thecle est devenu un triomphe. Jamais un dompteur n'a obtenu autant de ses bêtes. Les prouesses de Sultane, son agilité, sa beauté, et surtout les marques d'affection qu'elle lui manifeste, font l'admiration de tous les publics. Et puis, il y a Rex, qui, chaque fois, fait passer un frisson dans le public, avec sa masse impressionnante et ses crocs menaçants.

Septembre 1950. Bernard Thecle et ses tigres sont à Stockholm pour une représentation exceptionnelle. Le public est nombreux et surtout, pour la première fois, il y a la télévision.

Quand il pénètre dans la cage, c'est une ovation. Son numéro est le clou du spectacle. Une à une les huit bêtes pénètrent et prennent place sur leur tabouret. Bernard Thecle salue la foule et soudain se retourne d'un coup. Rex, dans son dos, ramassé, les yeux vagues, s'apprêtait à bondir. Il lui donne un coup violent de son manche de fouet sur le museau. Le fauve a un geste de la tête, un mouvement de la patte et reprend sa place en grognant. Bernard Thecle pense : « Rex est nerveux, ce soir »...

Mais, pour l'instant, ce n'est pas de Rex qu'il doit s'occuper. C'est Sultane qui fait le début du spectacle. A l'appel de son nom, la tigresse quitte son siège et vient s'asseoir sagement près de lui en attendant les ordres.

Et le numéro commence, éblouissant. Sultane saute et ressaute, toujours plus haut, toujours plus loin. Jamais on n'a vu autant de grâce, de souplesse, de précision. Elle est légère, elle est aérienne.

Bernard Thecle fait claquer son fouet :
« Aux pieds, Sultane. »

Docilement, la tigresse vient s'allonger devant lui. C'est la seconde partie de son numéro qui débute : l'amour entre la bête et son dompteur. Sous les ordres de Bernard Thecle, Sultane se couche sur le côté gauche, sur le côté droit, vient se frotter contre lui, se pelotonne comme un chat. La caméra la fixe en gros plan, le public la regarde fasciné...

Maintenant Bernard Thecle s'agenouille. C'est la première fois qu'il va tenter cet exploit. Il l'a déjà répété avec Sultane et il est sûr de réussir. Sans hésitation, la tigresse s'approche de lui. Lentement, elle pose une patte sur son épaule, griffes rentrées, puis l'autre. Et elle se met à lui lécher le visage de sa grosse langue râpeuse...

Si le public n'avait l'interdiction d'applaudir pour ne pas effrayer les bêtes, ce serait un triomphe. Devant le silence fervent, le numéro continue. Pour la fin, Bernard Thecle a choisi de faire sauter Rex à travers le cerceau. Il est moins agile, moins gracieux que Sultane, mais cette bête sauvage, énorme, impressionne toujours les foules.

Bernard Thecle s'immobilise devant Rex et fait

claquer son fouet. Le tigre lui répond en grognant et en lançant sa patte en avant. Dans le public, le silence a brusquement changé de nature. Il est devenu tendu et anxieux.

Face à l'animal, Bernard Thecle garde tout son calme. Entre Rex et lui, c'est l'habituel rapport de forces. Et c'est lui le plus fort, l'animal le sait parfaitement. L'homme prend son cerceau, le lève au-dessus de sa tête et brandit son fouet. Rex devrait sauter. Il ne saute pas...

Bernard Thecle voit le regard du fauve devenir vague, ses muscles se ramasser. Il sent son souffle se précipiter. Il va bondir. Instantanément, il le frappe au museau. Rex s'apaise quelques instants mais il émet un grognement continu. Tout en faisant claquer son fouet, Bernard Thecle réfléchit. Il ne comprend pas. Jamais un tigre n'attaque son dompteur quand il lui fait face et le regarde. Il l'attaque dans le dos et à la nuque, chacun sait cela.

Soudain Bernard Thecle sent son cœur s'arrêter. Rex est de nouveau tassé sur lui-même, le regard fixe et le souffle court. Il frappe de nouveau. Le fauve a un frisson mais garde sa position d'attaque.

Pendant cinq, dix secondes, peut-être, ils sont face à face. Bernard Thecle sait maintenant que le fauve va bondir. Il ne le maîtrise plus. Surtout ne pas reculer. Cela ne servirait à rien. S'il a encore une chance infime, c'est en lui faisant face. Sans bouger, le cerceau toujours brandi, il réfléchit à toute allure, et soudain il comprend. Son numéro avec Sultane, tout à l'heure, était une erreur impardonnable, mortelle. Rex est amoureux de Sultane. Rex est jaloux de lui. Ce n'est pas son dompteur qu'il s'apprête à tuer, c'est son rival. Et pour la première fois, entre le fauve et lui, ce n'est plus lui le plus fort.

Il y a un rugissement terrible suivi de l'immense cri du public qui s'est levé. Rex s'est jeté sur son dompteur en pleine poitrine. Déchiré, écrasé par les 320 kilos, Bernard Thecle sent la gueule monstrueuse qui cherche sa gorge.

Et soudain le public pousse un second cri. Une flèche jaune et noire vient de traverser la cage : c'est Sultane qui a bondi à son tour et qui agrippe Rex par la nuque.

Surpris, le tigre lâche sa proie. Le personnel du cirque en profite immédiatement pour tirer Bernard Thecle hors de la cage. Et il reste étendu sur la piste, couvert de sang, pour assister, impuissant, au combat qui se déroule.

Rendu fou furieux, Rex s'acharne contre Sultane qui se défend comme elle peut. Mais elle n'est pas de taille contre ce fauve d'une force exceptionnelle. A l'aide de bâtons et de fourches, on essaie de les séparer. Mais c'est impossible.

Quand Rex, subitement calmé, va se réfugier dans son coin, Sultane gît sur le côté. De sa gorge, le sang coule dans la sciure. Malgré ses blessures, Bernard Thecle s'approche d'elle, et la tigresse lui adresse un long regard, un regard serein, comme celui du chien fidèle qui a fait son devoir... Curieux regard venant de cette bête que l'on dit sauvage...

Sultane est morte peu après. Bernard Thecle n'a repris son numéro qu'un an plus tard. Non seulement à cause de ses blessures, mais parce que le drame qu'il venait de vivre l'avait bouleversé. Il avait oublié que les bêtes, elles aussi, ont leurs passions. Qu'elles sont capables de tuer par jalousie et de se faire tuer par amour.

37

LE DÉSERTEUR

Etat du Michigan — 23 décembre 1943.

Il tombe, ce jour-là sur Detroit, une neige de guerre, plus glaciale et plus pénétrante que jamais.

Eddie Slovik et sa femme Antoinette rentrent dans leur petit deux-pièces d'un quartier ouvrier. Eddie a 23 ans et l'air un peu timide. Il tient dans ses bras un arbre de Noël qu'il va décorer tout à l'heure devant la cheminée. C'est un petit homme à lunettes de myope cerclées de fer. Il est triste et tendre, un peu gris, un peu voûté. C'est peut-être pour cela qu'il n'est pas dans l'armée comme les autres. Il a pourtant l'âge d'être soldat et l'Amérique est en guerre depuis déjà deux ans... Mais Eddie Slovik n'est pas dans l'armée, car l'armée n'a pas voulu de lui. Eddie n'a pas eu une jeunesse très édifiante. Lorsque son père, un émigré polonais, s'est retrouvé au chômage, après la grande crise de 1929, Eddie s'est mis à vagabonder, et à voler. Pas grand-chose : des fruits à l'étalage, et des tablettes de chewing-gum aux supermarchés, mais il a été pris et condamné. Plusieurs fois. Il a fait de la maison de correction et même de la prison. Car, qui vole un œuf, une orange, peut voler une banque, c'est bien connu. Si bien que lorsque la guerre a éclaté, Eddie s'est retrouvé classe 4 F, c'est-à-dire « indésirable ».

Presque en même temps, il a rencontré la femme de sa vie, Antoinette. C'était en 1942. Ils se sont mariés la même année. C'est pour Antoinette qu'Eddie a changé de vie. Pour elle qu'il a décidé de travailler, trouvé un emploi dans une usine d'automobiles, la grande activité de Detroit.

Aujourd'hui, égoïstement, lâchement peut-être, Eddie Slovik est heureux de ne pas faire la guerre. De temps en temps, il contemple son livret militaire pour le seul plaisir de lire la mention inscrite en grosses lettres : réformé... Puis il referme le tiroir de la commode sur ce certificat de vie, et de tranquillité.

Eddie et Antoinette sont devant leur porte, et sur le paillasson, il y a la tache blanche d'une lettre. Eddie pose son sapin de Noël pour la ramasser. L'enveloppe officielle porte l'emblème des Etats-Unis. « Vous êtes prié de vous présenter le 3 janvier 1944 au centre de recrutement pour y subir les examens en vue de votre incorporation... »

Eddie ne comprend pas. Il répète, tout bête, à sa femme :

« Mais pourtant, je suis réformé, je suis réformé. »

Eddie ne peut pas comprendre, il ne sait pas

que les choses ont changé depuis 1941, et que l'Amérique envisage un débarquement en France. Pour cela, elle a besoin de tous ses hommes, même des moins reluisants, même des réformés, même des Eddie Slovik.

Le 3 janvier 1944, Eddie embrasse sa femme, et part pour le centre de recrutement. On l'y déclare bon pour le service, et il est immédiatement envoyé dans un camp d'entraînement au Texas.

Dire qu'Eddie Slovik ne se plaît pas dans l'armée est un euphémisme. Il l'a en horreur. Il déteste immédiatement les uniformes, les armes, la discipline. Cette ambiance de courage galonné et d'enthousiasme de bon aloi le déprime.

Dès le premier jour, il n'a qu'une idée, qu'une obsession : écrire à sa femme des lettres interminables. D'abord deux, puis trois, puis cinq par jour. Des lettres toutes simples qui expriment son refus de la vie militaire, sa peur de se battre, son envie de rentrer à la maison. Les mêmes mots, les mêmes peurs, cent fois réécrits.

26 janvier 1944. « Chérie, je suis perdu sans toi. Je crois bien que je vais avoir des tas d'ennuis. La vie à l'armée ne me va pas du tout. La nourriture est infecte. Le boulot est absurde. Je préférerais être n'importe où en train de creuser des égouts. Je me sens tellement, tellement seul. »

Avec ses camarades, Eddie s'entend très bien. Cependant il les agace un peu en leur montrant à tout bout de champ la photo de sa femme :

« Regardez... C'est Antoinette... Elle est jolie, hein ?... »

Mais il est si gentil, et toujours volontaire pour

les corvées. Jamais une plainte. Toujours un mot compréhensif pour ceux qui, comme lui, ont un moment de cafard. Il réserve ses craintes et ses révoltes pour Antoinette.

Ses chefs aussi l'aiment bien. Un seul reproche à lui faire, mais un gros : c'est un mauvais soldat. C'est même un très, très mauvais soldat. Pourtant, Eddie les a prévenus. Il leur a dit :

« Je ne veux pas me battre. Je suis un lâche. Ce n'est pas de ma faute. C'est comme ça : je suis un lâche. Si vous m'envoyez à la guerre, je suis sûr que je m'enfuirai au premier coup de fusil... j'ai peur de la guerre. »

Aux exercices de tir, Eddie Slovik est le plus mal noté de tout le régiment. Il écrit à Antoinette le 6 mars 1944 :

« Chérie, je reviens du champ de tir et j'ai été lamentable. Quand ça a été mon tour, j'ai eu peur. Chaque fois que je tirais, je fermais les yeux et je sursautais. Naturellement, à chaque coup, je ratais la cible. Tu aurais dû voir mon total... Mais tant mieux. Je ne veux pas devenir un bon soldat. Je veux qu'on me renvoie. Je veux revenir chez nous. Et si je ne reviens pas, je deviendrai fou... »

Mais Eddie Slovik ne parvient pas à se faire renvoyer de l'armée. Et le 20 août 1944, après une trop brève permission à Detroit et une traversée pénible de l'Atlantique, il arrive en France. La guerre est commencée pour le soldat Slovik.

Eddie a débarqué à Omaha Beach, sur une plage d'angoisse, la peur au ventre. De là, il doit se rendre à Elbeuf avec son lieutenant et une douzaine de camarades.

Dans le camion qui l'emmène, il regarde le paysage les yeux agrandis de terreur. C'est l'un des secteurs où l'on s'est battu avec le plus de sauvagerie les semaines précédentes et le spectacle est hallucinant : des carcasses de véhicules, des vaches, des chevaux les pattes en l'air au milieu des champs et, çà et là, des hommes éventrés, mutilés, carbonisés. Eddie tente de se boucher les yeux, de se boucher le nez, mais c'est trop tard. Il n'a plus qu'une pensée panique : fuir, fuir, à tout prix.

A l'entrée d'Elbeuf, le camion est pris sous un violent bombardement. Quand la fumée se dissipe, le lieutenant compte ses hommes : il en manque un. Il manque le soldat Slovik.

Eddie Slovik a fui. Il a fui parce qu'il a eu peur, parce qu'il est un lâche... Tout le monde le savait... Il les avait prévenus qu'il s'enfuirait au premier coup de fusil. Mais le mot lâche n'existe pas, ne doit pas exister dans l'armée. Le mot déserteur le remplace. Pour que la peur de l'homme devienne crime de guerre.

Eddie ne marche pas longtemps dans la campagne française. Il rencontre une unité de Canadiens. Il leur explique qu'il a perdu son régiment. Et les Canadiens l'adoptent. Leur mission consiste à organiser les arrières. Eddie est ravi. Là, au moins, il ne se battra pas. Alors il se propose comme cuisinier. Il fait le tour des fermes normandes pour recueillir des provisions. Et il a l'air tellement gentil avec son bon sourire un peu naïf qu'on lui donne tout ce qu'il demande : du lait, des œufs, des pommes de terre. Le soir, il fait des gâteaux et des omelettes. Vue des cuisines, la guerre est supportable.

Les jours passent. Eddie Slovik a depuis longtemps retiré toutes les balles de sa cartouchière pour les remplacer par les lettres de sa femme soigneusement roulées. De temps en temps, il en sort une et la lit. Quand on croise des prisonniers allemands, il va leur donner ses cigarettes.

Eddie fait la guerre, sa guerre à lui. Une guerre sans fusil, avec des lettres d'amour dans sa cartouchière, et des cigarettes pour « l'ennemi ». Seulement, voilà. Eddie Slovik n'est ni aumônier ni infirmier. Eddie Slovik est un soldat et un soldat a le devoir de se battre. Le 8 octobre 1944, au bout de six semaines, et presque à regret, les Canadiens le remettent à son unité retrouvée à Rocherath en Belgique.

Brusquement, Eddie retrouve le camp, les soldats, les uniformes, les fusils. Et là, il sait qu'il ne pourra pas recommencer. Alors à peine arrivé devant le capitaine chargé de l'interroger, Eddie Slovik prend ses jambes à son cou. Il s'enfuit, comme ça, en plein milieu du camp, comme une bête affolée.

Il ne va pas loin, bien sûr, et se retrouve en prison. Mais c'est cela qu'il voulait. Il l'a fait exprès. La prison, c'est inconfortable, c'est sinistre, mais les balles n'y entrent pas. En prison, on ne risque pas de tuer ou de se faire tuer.

En prison, il n'y a plus la guerre.

Dans sa cellule, Eddie compte les jours. Il a au moins une certitude : jamais aux Etats-Unis on n'a exécuté de déserteur. Jamais depuis la guerre de Sécession en 1864, il y a quatre-vingts ans. Tout ce qu'il risque, même s'il est condamné à mort, c'est d'être libéré six mois ou un an après la fin de la guerre.

Eddie Slovik passe devant la cour martiale le 11 novembre 1944. Et son avocat a beau faire, il est indéfendable. Il a déserté deux fois et sa seconde désertion, en plein camp, était une véritable provocation. Le verdict est celui qu'on attendait : la mort.

De retour en prison, Eddie rédige sa demande de grâce au général Eisenhower. C'est une lettre à la fois maladroite et sincère. Il exprime son horreur de la guerre, il avoue sa lâcheté, et il termine en demandant pardon.

Eddie est tranquille. Son avocat le lui a bien dit : c'est une formalité, une simple formalité. Quarante-huit déserteurs ont été condamnés à mort depuis le début de la guerre et ils ont tous été graciés.

La lettre du soldat Eddie Slovik parvient au Grand Quartier Général d'Eisenhower le 23 janvier 1945. Le capitaine d'Etat-Major qui la lui remet attend patiemment qu'il veuille bien signer la grâce.

Mais Eisenhower est pensif. La situation est préoccupante. Depuis la contre-attaque allemande dans les Ardennes, le moral de l'armée américaine est au plus bas. Voilà des mois que l'on dit aux boys que la guerre est finie. Or ils continuent de se faire tuer par milliers. Alors il faut faire quelque chose. Il faut un exemple.

Et voilà justement qu'on lui apporte la

demande de grâce d'un déserteur. Eisenhower se décide. Tant pis pour lui. Devant l'officier d'Etat-Major médusé, il déclare :

« Le soldat Slovik sera passé par les armes au plus tôt. »

Le 31 janvier 1945 à l'aube, Eddie Slovik est prévenu de la terrible nouvelle. Il est amené en camion militaire dans la cour d'une ferme isolée de Sainte-Marie-aux-Mines, dans le Haut-Rhin. Il y a là des officiers, un aumônier et les douze hommes du peloton d'exécution. Eddie est calme et digne. On s'attend à ce qu'il flanche. Mais non. Il marche courageusement. Avant qu'on lui bande les yeux, il remet à l'aumônier une lettre pour sa femme et lui dit simplement :

« Mon père, vous direz à tous mes camarades qu'Eddie Slovik n'était pas un lâche. En tout cas, pas aujourd'hui. »

Pourquoi pas aujourd'hui ? Peut-être parce qu'il s'agissait de sa propre mort. Sa mort à lui, sa mort en tant que lâche et peureux, une sanction qui lui semblait plus facile à accepter que la mort des autres et la sienne, dans ce cataclysme désordonné que représente toute guerre.

Eddie Slovik a pris douze balles en pleine poitrine, sans broncher. A sa femme il avait écrit : « J'aurai si peur que je serai mort avant. »

38

COMME UN CHIEN MALADE

Dans la Grèce, écrasée de soleil,
 Dans une maison blanche, écrasée de soleil,
 Un chien hurle à la mort.
 A dix kilomètres au-delà, c'est la ville : Lamia, appelée Zeitoun — c'est-à-dire Olive — par les Turcs, du temps de leur occupation.
 Les oliviers sont partout. Trois maisons dans un creux de terre, entre les oliviers, à quelques mètres de la route. Les hurlements du chien, syncopés, s'étirent entre la poussière et le ciel. Poussière blanche et ciel bleu.
 C'est un animal qui souffre. Le hurlement parfois se transforme en plainte sourde. Et la plainte devient gémissement. Et le gémissement devient silence. Alors il n'y a plus que le bourdonnement des mouches et le léger trottinement des chèvres. Et la vie s'écoule au rythme du soleil, jusqu'au prochain hurlement.
 Dans la première maison se trouve un couple de vieux bergers. Si vieux que leurs rides raconte-

raient l'histoire de la plus vieille civilisation d'Europe.

Dans la seconde maison vivent une veuve et son fils. Elle est sans âge, vêtue de noir. Il a quinze ans, il attend de partir à la ville, loin d'ici. Loin des chèvres, des mouches, et de la poussière brûlante, loin de ce hurlement sinistre.

Dans la troisième maison, le chien qui hurle à la mort se tait, et hurle encore, se tait, et recommence. Personne n'a jamais vu ce chien-là, mais tout le monde connaît son hurlement.

Cette troisième maison est celle des frères Karioti. Les oliviers sont à eux, comme le hurlement du chien. Il y a Phidias et Alexandre, cinquante et quarante-cinq ans. Silencieux, durs au travail, tôt levés, tôt couchés. Ni l'un ni l'autre ne s'est marié. Aucune femme n'aurait voulu vivre avec la famille Karioti.

Les vieux parents sont morts il y a deux ans, à quelques jours d'intervalle. Morts de vieillesse et de silence. Et depuis, le chien hurle à la mort. Hurle si fort que chacun l'entend. C'est insupportable. Mais seul, dans la deuxième maison, le jeune Stéphani trouve cela insupportable.

« Il faudrait libérer ce chien, dit-il à sa mère. Pourquoi le laissent-ils hurler ainsi ? »

Mais sa mère lui répond :

« Ne t'occupe pas du chien des Karioti. S'il est enfermé, c'est qu'il est dangereux...

— Mais s'il est dangereux, il faut le tuer...

— C'est leur affaire, Stéphani. S'ils doivent tuer leur chien, ils le tueront. S'ils doivent le laisser hurler, ils le laisseront. C'est leur chien. Et tu ne vas pas t'en occuper, ils n'aimeraient pas ça. »

Dans la première maison, celle des vieux bergers, on ne dit rien. Ce hurlement semble vieux comme le monde, il ne dérange pas.

Les saisons passent. Les myrtes fleurissent au pied des oliviers, les fruits tombent comme des grelots sur la terre desséchée. Les frères Karioti fabriquent leur huile, emmènent les tonneaux à la ville, et reviennent. Lorsqu'ils ne sont pas là, le chien se tait longtemps, et Stéphani n'y pense plus. Il pense à la ville proche, au jour où il travaillera dans le bruit des commerces et des tavernes. Il pense qu'il ira voir la mer, au-delà des montagnes.

Puis le hurlement renaît, et une étrange sensation d'angoisse l'empêche de rêver à l'avenir. C'est comme si tout à coup il n'y avait plus d'avenir. Comme si le hameau était une prison aux murs invisibles, d'où même les jeunes chiens comme lui ne sortiraient jamais.

Alors une nuit d'été, Stéphani ne supporte pas le hurlement. Il a résonné en même temps que les premières étoiles, dans la nuit claire et somptueuse d'une lune neuve. Doucement, Stéphani se lève, pieds nus.

Le long des murs blancs, sa silhouette se faufile jusqu'à la troisième maison, la plus haute. Sans bruit, il en fait le tour. C'est la première fois qu'il s'en approche de si près. Les frères Karioti ne sont pas accueillants, pas bavards. Et ils le sont encore moins depuis que les vieux parents sont morts.

Stéphani grimpe sur le petit mur d'enceinte, et jette un coup d'œil dans le jardin. Il sent le melon, la tomate et la citronnelle. Dégringolant le long de la colline, une vigne frémit dans le vent léger. Les Karioti sont riches. Riches comme on peut l'être ici, quand on fait de l'huile et du vin.

Stéphani traverse le jardin, en évitant les pierres pour ne pas faire de bruit. Il devine la lueur d'une lampe dans la cuisine. Les volets sont clos et close la porte, close la maison sur le hurlement du chien, qui semble venir de la terre. Mais Stéphani ne voit pas de chien. Il ne voit pas de niche au-dehors, pas de chaîne.

Se guidant aux gémissements, l'oreille au ras du sol, Stéphani s'arrête soudain au coin du mur. Il distingue l'emplacement d'un soupirail, celui de la cave, sans doute. Mais le soupirail a été bouché depuis longtemps. Des pierres sèches en interdisent l'accès.

Le hurlement vient de là. C'est sans doute là qu'ils ont enfermé le chien. Stéphani entend son souffle. Une sorte de halètement douloureux. Un bruit de chaîne aussi. Quel monstre ont-ils enfermé dans cette cave ? Si le chien était malade de la rage, ils le tueraient. En Grèce on n'aime pas les chiens, c'est une vieille survivance d'une épidémie qui fit tant de morts que, même en 1978, les chiens y sont encore rares. Ne sachant quoi faire, Stéphani siffle doucement entre les pierres pour voir. Et les gémissements s'arrêtent brutalement. Le chien a entendu. Un silence curieux s'installe de part et d'autre du mur. Puis Stéphani entend le bruit d'une chaîne tirant sur le sol, et un grattement. L'animal a dû comprendre que quelqu'un était là. Il gratte derrière le mur. Stéphani entend le bruit de ses griffes contre la pierre. L'idée lui vient alors d'ôter l'une des pierres pour mieux voir. Puisque l'animal est attaché, il ne risque rien. Et s'il se remet à hurler, personne ne s'en inquiétera, comme d'habitude.

Stéphani travaille à desceller une pierre encastrée dans la terre sèche.

Le chien ne dit plus rien, c'est curieux. C'est curieux, un chien qui n'aboie pas. Tout à coup Stéphani se rend compte que ce chien n'a jamais aboyé. Hurlé, gémi, crié presque, d'interminables plaintes, mais jamais aboyé. Là, pourtant, il devrait le faire. Et si c'était un véritable monstre ? Pas un chien, mais une bête inconnue ?

Stéphani est pris de peur, mais la curiosité l'emporte. Doucement, il dégage la pierre. Il a obtenu un petit trou noir de dix centimètres et y approche un œil. Rien. Il ne voit rien. C'est le noir complet, mais une odeur épouvantable le prend à la gorge, une odeur de fauve.

Et tout à coup, un œil blanc, démesuré, s'est collé lui aussi à l'ouverture et Stéphani recule en retenant un cri de peur. L'œil ne bouge pas. Il est fixe. Il regarde Stéphani sans le voir. Puis l'œil disparaît, et une bouche vient à la place, une vraie bouche. Une bouche humaine, avec des dents humaines, et des lèvres humaines, qui se retroussent comme celles d'un chien pour hurler !

Stéphani détale de toutes ses jambes de quinze ans, et saute le mur du jardin, poursuivi par le hurlement de mort. Terrorisé, il se réfugie dans sa chambre et se bouche les oreilles, mais le hurlement n'en finit pas. Il emplit la colline, s'envole autour des oliviers, grimpe aux murs des maisons.

Et Stéphani, grelottant de peur, se dit : « Ce n'est pas un chien, c'est un être humain... un être humain... un monstre vivant... »

Le lendemain, sous le soleil d'été, on n'entend plus que des gémissements étouffés. Les frères Karioti ont dû reboucher le trou. Et sur le chemin de la ville, Stéphani marche d'un bon pas. Dix kilomètres à pied. Transpirant, essoufflé, il arrive à Lamia. Il va droit au poste de police où il raconte sa peur, l'œil et la bouche et les hurlements...

Le 8 novembre 1978, dans la presse internationale, une horrible photo paraît sous un article d'une trentaine de lignes. On y voit le monstre nu, vêtu seulement d'une tignasse de cheveux touffus.

« Une femme a été détenue pendant 29 ans dans un cachot, par sa famille. Hélène Karioti a été hospitalisée après sa libération. Elle est atteinte d'anémie, de malnutrition et souffre de graves troubles mentaux.

« Sa famille a été arrêtée par la police de Lamia, en Grèce. Les frères ont avoué que leur sœur était détenue depuis 1949, sur l'ordre de leurs parents, dans le sous-sol du domicile familial. Hélène était jadis tombée amoureuse d'un jeune homme de son village, et avait eu une aventure avec lui.

« C'est par crainte du déshonneur que nos parents ont décidé de l'enfermer, a déclaré le plus vieux des frères. Quand ils sont morts, nous ne pouvions que continuer.

« La police a précisé que la victime était en haillons, presque nue, que ses ongles mesuraient près d'une dizaine de centimètres de long. Elle dormait par terre, et n'avait pas vu la lumière du jour depuis 29 ans... »

Hélène Karioti avait dix-huit ans, elle était jolie et amoureuse, c'était en 1949. De 1949 à 1978, elle a hurlé à la mort comme un chien, dans son cachot. Aujourd'hui, elle n'est plus rien, ni Hélène, ni chien. Sans nom, sans cerveau, elle tourne en rond dans une chambre d'asile, tranquillisée par les piqûres, et dormant les rêves des fous.

Elle n'a que cinquante ans, sous le soleil de son beau pays.

39

MERCI DE N'ÊTRE SURPRIS
DE RIEN

En 1943, parce qu'il en avait assez de manger des topinambours et des rutabagas, un homme se laisse entraîner dans une lamentable affaire de marché noir. Arrêté par la police, il se retrouve devant les tribunaux et écope d'une peine de six mois ferme.

Pour Noël, il sera donc en prison, et cet homme, qui a deux enfants de quatre et six ans, ne peut supporter l'idée qu'ils seront seuls, sans lui, cette nuit-là, et il décide que le 24 décembre au soir, il s'évadera pour passer Noël en famille. C'est aussi simple que cela.

Claude Turpin fait ce qu'il veut de ses mains. Lorsqu'il avait cinq ans, ses parents disaient déjà : « Du papier, un crayon, des ciseaux, et on ne l'entend plus de la journée. »

Lorsqu'il est arrivé en prison, l'aumônier a tout de suite décelé chez cet homme vif et déluré un élément intéressant. Il lui a demandé de lui servir de sacristain, et Claude a accepté. N'a-t-il pas été enfant de chœur pendant deux ans à Notre-Dame de Boulogne-sur-Seine ? Tous les matins, à 5 h 30, il quitte donc la cellule et, précédé d'un gardien, gagne la chapelle à l'intérieur des bâtiments du pénitencier. Là, il prépare la messe, allume les cierges, et fait office d'enfant de chœur en répondant aux prières de l'officiant. Il s'entend très bien avec l'aumônier. Le père Labiouze est un ancien missionnaire au franc-parler des hommes qui ont connu d'autres horizons que les limites de leur jardin.

Pendant plusieurs mois, Turpin passe son temps libre à fabriquer d'étranges objets avec du papier, de la colle et une paire de ciseaux à bouts ronds (les seuls autorisés). Il a passé des heures à coller, modeler, pétrir. Petit à petit, les objets ont pris forme. D'une masse gluante, des animaux ont surgi. Un âne, un bœuf, un mouton, une chèvre, et après les animaux, des personnages sortent des journaux réduits en pâte. Turpin fabrique une crèche de Noël. Bientôt un monde étonnant prend forme et couleur. Jamais la crèche de la chapelle de la prison n'aura été si belle.

Mais parmi les éléments que Turpin entrepose une fois finis, à la sacristie, on devine des formes bizarres qui font l'objet de la curiosité du père Labiouze :

« Ça va être quoi, ça ? »

A ce genre de questions, invariablement, le sacristain répond :

« Attendez Noël et vous verrez. »

Et Noël arrive. La crèche est splendide. Il n'y manque rien, pas même le chameau des Rois Mages. L'âne et le bœuf sont penchés sur la paille dans laquelle, à minuit, sera déposé l'Enfant Jésus, délicatement emmailloté.

Mais juste avant la messe, le père Labiouze trouve son sacristain un peu nerveux. Il a renversé la burette de vin sur le surplis de dentelle, obligeant le prêtre à en prendre un autre. Pour la circonstance on a habillé le fils d'un gardien en enfant de chœur. La messe de Minuit sera très réussie, selon le cérémonial prévu dans le détail : à la fin de la messe, Turpin, en compagnie de l'enfant de chœur, ira chercher l'Enfant Jésus, tandis que les prisonniers entonneront en chœur avec l'aumônier « Il est né le divin enfant ». Tout est prêt, le père Labiouze a endossé ses habits de cérémonie, l'enfant de chœur, tout de rouge vêtu, tient un cierge. Avant d'ouvrir la porte de la sacristie, Turpin s'approche du prêtre et se penche à son oreille.

« Mon père, puis-je vous demander une faveur ? »

Le père Labiouze fronce les sourcils. Généralement, ce genre de demandes dans une prison est le signe avant-coureur de sérieux embêtements...

« Si je le peux, oui, bien sûr...
— En ce qui concerne les événements de la soirée, merci de n'être surpris de rien, quoi qu'il arrive. Gardez-moi confiance. De toute façon, je serai ici demain pour la messe de 6 heures, comme d'habitude. »

L'aumônier va poser une question mais l'enfant de chœur est là, qui les regarde.

Le sacristain va ouvrir la porte de la chapelle, l'harmonium attaque un chant de Noël et la plus belle nuit du monde chrétien commence, pour le père Labiouze, par un superbe point d'interrogation.

Tout se passe bien jusqu'à la communion. C'est en ouvrant le tabernacle que l'aumônier constate, avec surprise, que les hosties destinées aux fidèles ont été mises dans un simple calice alors que son ciboire de vermeil a disparu. « Merci de n'être surpris de rien... », respectueux de la promesse qu'il a faite, le prêtre ne bronche pas et la messe s'achève par l'« Ite missa est ». C'est le moment d'aller chercher l'Enfant Jésus. Le père Labiouze quitte l'autel et va s'asseoir, tandis que l'harmonium attaque : « Il est né le divin enfant. »

Précédé de l'enfant de chœur, Turpin sort de la chapelle. Mais au bout de quelques minutes, alors qu'il ne reste plus qu'un seul couplet à chanter, l'aumônier comprend que son sacristain ne ramènera pas l'Enfant Jésus. Feignant la plus grande sérénité, le père se lève et se rend à la sacristie. Un rapide coup d'œil lui révèle que Turpin et l'enfant de chœur ont disparu, et par la même occasion, son surplis de dentelle, sa grande cape noire et son chapeau à larges bords. « Merci de n'être surpris de rien... »

L'aumônier prend l'Enfant Jésus, va le mettre dans la crèche, et sur une ultime reprise du cantique, la messe de Minuit s'achève.

Quelques instants plus tard, alors que le prêtre

se déshabille dans la sacristie, un tintement de clochette l'avertit du retour de l'enfant de chœur. Sans un mot, baissant la tête, l'enfant pose la petite cloche qu'il tient à la main et se déshabille. « Merci de n'être surpris de rien... » Soit! Mais tout de même...

« Il est sorti ? » demande le prêtre.

Avec un sourire malicieux, l'enfant fait « oui » de la tête.

Le père Labiouze ouvre la bouche pour lui demander ce que Turpin a bien pu lui proposer pour s'assurer sa complicité, mais la voix du sacristain résonne encore à ses oreilles : « Merci de n'être surpris de rien. »

De toute façon, à présent l'aumônier a tout compris.

Il lui arrive parfois de porter le saint sacrement à des malades ou à des mourants du quartier de la prison. Et plusieurs fois déjà, sur un simple appel téléphonique, il a passé les grilles pour se rendre en voisin porter à des moribonds le réconfort de la religion. Les gardiens le savent. En le voyant arriver, précédé de l'enfant de chœur agitant la sonnette, les portes s'ouvrent, sans un mot, sans une explication!

Tout est lumineux : le surplis de dentelle, la cape, le chapeau et le ciboire devant le visage. Comment ne pas réussir une telle évasion, surtout précédé jusqu'à la porte par le fils de l'un des gardiens! Et comme précisément un gardien vient pour raccompagner le sacristain, d'un ton détaché, le père Labiouze dit : « J'ai invité Turpin à réveillonner avec moi, je vous le ramènerai plus tard. Ne vous inquiétez de rien. »

Et le père fait une prière pour que Dieu lui pardonne son mensonge.

Il est environ deux heures du matin. Mme Turpin vient à peine de s'assoupir lorsqu'on frappe à la porte du petit appartement de Montrouge. D'un bond, elle est debout, il est là, il a tenu parole ! La veille, à la visite de la prison, Claude lui a dit qu'il viendrait donner leur Noël aux enfants, mais qu'il ne pourrait pas rester longtemps. Et il a ajouté : « Jure-moi que tu ne poseras pas de questions. » Elle a juré. Or il est là, qui la couvre de baisers.

« Nous avons une bonne heure, pas plus, mais pas moins. »

Après quelques instants de tendresse, Claude s'arrache aux bras de son épouse et s'agenouille devant la cheminée où les deux petits ont déposé leurs souliers. De la musette qu'il a apportée il sort des guirlandes, des étoiles, de la poudre scintillante et, en un instant, transforme la cheminée en un coin de ciel. Il assemble des morceaux de carton bouilli et voilà qu'apparaît une maison de poupée avec porte et fenêtres praticables. Puis voici un fort pour le garçon, avec son pont-levis, ses canons, ses soldats. Lorsque les bougies sont allumées, Mme Turpin réveille les petits.

« Venez voir, le Père Noël est passé, c'est papa qui l'a amené. »

Jamais réveil d'enfants ne fut plus beau. Christophe et Nathalie n'ont pas assez de leurs yeux pour tout voir. Main dans la main, Claude et sa femme, les larmes aux yeux, les regardent faire sans parler, incapables de prononcer une parole. Les enfants posent des questions, le père leur montre toutes les possibilités de jeu qu'offrent ces jouets fabriqués de sa main, et qui se démontent. Tout comme se démonte le revolver, avec lequel il a acheté la complicité de l'enfant de chœur, et qu'il avait emporté en cas de coup dur... Mais l'heure tourne. Les enfants doivent retourner au lit, et embrassent leur père. Son épouse le regarde longuement sans rien dire, elle a promis de ne pas poser de questions. Après un dernier baiser, la porte se referme sur cette nuit fantastique dont tous conserveront un souvenir merveilleux. L'escapade est terminée.

A six heures moins le quart, la sonnette de la petite porte de la prison retentit. Un peu ensommeillé le gardien ouvre le judas. Un homme est là, qui tient à la main un ciboire et un chapeau de curé. Il est en tenue de prisonnier et, sur son bras, porte des vêtements d'ecclésiastique.

« Je suis Claude Turpin, le sacristain du père Labiouze, je lui rapporte ses accessoires. »

Devant l'hésitation qu'il lit dans l'œil du gardien, il ajoute :

« Téléphonez à l'aumônier, il m'attend... »

Et voilà comment, au matin de Noël 1943, Claude Turpin réintégra sa cellule. Aux quelques questions posées par l'administration, l'ancien missionnaire répondit qu'il n'était pas étonné du tout, et que tout cela était on ne peut plus normal.

En guise de remerciements, son sacristain lui a répété tout simplement :

« Merci de n'avoir été surpris de rien !... »

40

CE SONT DES CHOSES
QUI ARRIVENT

Ils sont vieux. Si vieux que leur âge n'a plus d'importance. Jusqu'à présent Albert s'occupait de Maria et Maria d'Albert.

Un vieux rhumatisme à enduire de pommade, une paire de lunettes que l'on cherche sans la voir, un escalier trop dur à monter... Les 84 ans de l'une aidaient les 92 de l'autre.

Mais ni l'un ni l'autre ne faisaient pitié. Faire pitié les aurait tués.

Albert et Maria toujours bien vêtus, proprets, vivaient d'une ridicule petite rente.

Aux Etats-Unis pas de sécurité sociale. Et pour avoir cette rente le couple avait dû payer sou par sou les primes d'une assurance retraite.

Résultat : quatre dollars par jour. Vingt francs.

Mais quatre dollars aux Etats-Unis ce n'est pas grand-chose. En tout cas pas de quoi payer un bifteck quotidien.

Quoi qu'il en soit, Albert et Maria mangeaient à

leur faim qui était minuscule, payaient le loyer de leur chambre qui était minuscule aussi. Et ils étaient heureux d'un bonheur simple, mais immense. Soixante-cinq ans de vie à deux !

Ce qui leur arrive aujourd'hui est d'une banalité tragique. Ils habitent dans une vieille vieille chambre d'un vieil immeuble du vieux San Francisco. Pour 8 dollars par mois. Avec l'eau sur le palier, et un escalier de bois qui menace de crouler chaque année. On va détruire ce vieil immeuble. Il faut partir.

Bon. Ce n'est pas la bombe atomique sur Hiroshima, ni l'explosion de l'Univers, il n'y a pas là de quoi attendrir les lecteurs du *Herald Tribune*.

Non. Juste deux vieux que l'on fiche à la porte. Avec une indemnité ridicule équivalant à six mois de loyer, soit 48 dollars.

Alors que personne ne pleure.

Mais si.

Si, parce qu'à un certain âge, lorsqu'on a vécu des années et des années au même endroit, quand tous les coins de murs, tous les points d'appui vous sont familiers, on ne connaît pas « d'ailleurs » où aller.

Les autres locataires sont déjà partis. Ils n'étaient pas nombreux, et surtout ils n'étaient pas vieux.

Aujourd'hui c'est le tour d'Albert et Maria. Il faut déménager. Faire des paquets, des valises, organiser l'exode, trouver une autre chambre, une autre chaleur, d'autres murs, d'autres points de repère, une autre vie, en somme.

Maria ne peut pas. Depuis une semaine, elle

regarde tour à tour le vieux buffet, le frigo écaillé, la table, le lit, les deux fauteuils, et l'étagère aux casseroles.

Elle ne peut pas. C'est au-dessus de ses forces.

Une sorte d'huissier redresseur de torts est déjà venu, leur intimant l'ordre d'avoir à déguerpir. Il a même eu l'audace de leur conseiller l'hôtel d'en face...

Albert est allé promener mélancoliquement ses 92 ans tout autour du quartier. Il a demandé le prix des loyers, sans espoir, et l'a entendu avec désespoir. Impossible.

Les conseilleurs n'étant pas les payeurs il en a beaucoup entendu chaque fois qu'il a parlé de son problème de logement.

Pourquoi pas l'armée du Salut ? Et l'hospice des secours de je-ne-sais-quoi, et pourquoi pas faire comme les squatters, s'installer dans les immeubles vides à la périphérie de la ville ?

Et pourquoi pas une roulotte ? Et pourquoi pas les ponts aussi, pendant qu'ils y sont ? Maria n'a toujours pas fait les bagages. Et Albert n'a pas la force d'insister.

Aucun des deux ne poussera l'autre à prendre une décision, c'est comme s'ils étaient anesthésiés.

Alors l'horrible huissier est revenu avec un policier. « Il faut partir, a dit le policier. Sinon, je serais obligé de vous faire évacuer de force. Allez à l'hôtel si vous n'avez pas loué quelque chose, et mettez vos meubles dans un garde-meubles en attendant, moi je suis obligé d'appliquer la loi, vous avez touché 48 dollars d'indemnité comme les autres. »

Maria a fondu en larmes. Et le policier n'était pas bien fier.

Alors Albert s'est fâché.

Il a dit au policier : « Vous êtes une brute. »

Il a dit à l'espèce d'huissier horrible : « Mon bonhomme, allez donc vous faire voir ailleurs. »

Et puis il s'est assis à côté de Maria, et lui a dit : « Ne pleure pas. J'ai décidé que nous ne partirions pas d'ici. Après tout qu'ils se débrouillent. C'est à eux de nous transporter. »

Flottement chez les assaillants, qui s'imaginaient que la peur de l'uniforme aurait raison de la résistance de ces deux vieillards.

L'huissier dit : « Moi je vais chercher des ordres. » Et le policier dit : « Moi je vais prévenir mon chef. »

Et un journaliste, prévenu Dieu sait comment, arrive sur les lieux, pour fabriquer de la copie.

A San Francisco comme ailleurs, et de tout temps, il a existé de ces journaux qui font d'un simple fait divers un article sur cinq colonnes avec photos, pour peu que l'actualité mondiale soit en panne d'événements de premier ou même de troisième ordre. Ou même tout simplement parce que le directeur du journal n'est pas du même bord que le gouverneur, ou le promoteur chargé de la reconstruction.

Bref, le journaliste est là. Et le lendemain, toute la ville peut lire en caractères gras le malheur qui frappe deux vieillards, déclarés impotents, et sans ressources, de race blanche, et incapables d'assurer leur pain quotidien.

A San Francisco, il y a des misères bien plus grandes. Mais celle-là émeut le public, parce que le journal en parle, et que la photo d'Albert et Maria, terrorisés par l'objectif, est particulièrement attendrissante.

Le titre choc qui la présente est un modèle du genre :

« Un couple de centenaires, pionniers de notre ville, expulsés de la maison qui les a vus naître. »

Ils ne sont ni centenaires, ni nés dans cette maison, mais seul le résultat compte.

Et le voilà, le résultat.

L'arrivée en colonne par deux de trois œuvres de bienfaisance, dirigées par les dames distinguées de la ville, les unes apportant de la nourriture, les autres des vêtements, et des médicaments. Ceci n'est rien.

Il y a aussi les dons individuels. Quelqu'un apporte un chien, qui leur tiendra compagnie, les autres proposent un spot publicitaire pour une marque de vitamines qui assure la longévité ! Un prêtre bizarre d'une église quelconque propose de les accueillir dans son temple, où ils pourront mourir dans la contemplation de Jehovah...

Mais personne, absolument personne, ne songe à leur proposer une vraie maison, ou tout simplement à les défendre, à exiger un délai, sauf...

Sauf un petit garçon, du nom de Timothée Reagle, habitant avec ses parents au 507 Highway boulevard, le long de la mer.

Timothée est venu proposer à Albert et Maria

d'être ses grands-parents et de venir vivre à la maison.

C'est extraordinaire, mais le seul inconvénient, c'est que les parents de Timothée ne sont pas d'accord.

Eberlués, ne sachant plus où donner de la tête, Albert et Maria accueillent et refoulent pendant trois jours ce lot de propositions plus folles les unes que les autres.

Et au soir du troisième jour, Maria, recroquevillée dans son fauteuil, devient soudain très pâle, sa tête roule un peu sur la dentelle du dossier, Albert a tout juste le temps de lui prendre la main, c'est fini.

Maria ne verra pas la suite. Elle ne quittera pas vraiment les quatre murs de cette chambre où se sont déroulés soixante-cinq ans de son existence, depuis son mariage avec Albert.

Elle est morte dans son fauteuil, au coin de sa fenêtre qui donne sur sa rue.

Cela n'a pas empêché l'horrible huissier de revenir le lendemain, nanti des ordres de sa société. Ladite société voulait bien prendre en charge le déménagement des deux locataires récalcitrants, c'était tout ce qu'elle pouvait faire...

Seulement il n'y avait plus qu'un seul locataire récalcitrant. Debout devant le lit où reposait sa femme.

« Allez-vous-en, monsieur », a-t-il dit.

Ensuite il est allé s'occuper des formalités. On lui a réclamé 83 dollars pour le plus petit enterrement avec la plus petite cérémonie. C'est-à-dire rien. Deux hommes avec une boîte, qui l'emportent dans une voiture, après avoir vérifié que le certificat de décès est en bonne et due forme.

Albert est allé tout seul à la cérémonie. Il en est reparti tout seul.

C'était le 6 juillet 1967.

Il n'est pas reparu dans le vieil appartement du vieil immeuble du vieux quartier de San Francisco.

L'horrible huissier en a déduit qu'il avait enfin compris qu'il valait mieux laisser le champ libre.

La table était bancale, le lit défoncé, le buffet démodé, la radio poussiéreuse.

Un chiffonnier a emporté le tout.

Une semaine plus tard, une énorme machine est venue cogner dans les murs, comme dans un jeu de cartes, et tout s'est écroulé avec bonne volonté.

Les choses étaient rentrées dans l'ordre, somme toute.

Albert a été identifié à la morgue de San Francisco, le 17 juillet 1967. La mer ne l'avait gardé que dix jours.

Il avait dans sa poche les papiers d'identité de sa femme et les siens. Et il portait à l'annulaire deux alliances.

Mais que personne ne pleure.

Ce sont des choses qui arrivent...

41

LE DIXIÈME HOMME

15 juin 1940 : la Campagne de France s'achève. Les débris de l'armée française ne sont plus que des troupeaux d'hommes au moral brisé, sans ordres et quelquefois sans chefs. Le régiment auquel appartient le sergent Raymond Marquet fait partie des rares unités qui se battent encore. Depuis plusieurs jours déjà, ils résistent dans Saint-Dié. Mais c'est une lutte désespérée, et pour l'honneur, car après avoir presque totalement épuisé leurs munitions ils sont contraints de se rendre.

Raymond Marquet dépose ses armes comme les autres et suit la longue file qui se dirige vers des camions bâchés. Le ciel est bas. De gros nuages gris se sont accumulés, et il fait chaud. De temps en temps, il jette un regard sur les soldats allemands en uniforme vert-de-gris qui les encadrent. Ils sont muets, apparemment impassibles. Le sergent Marquet pousse un soupir. Cette fois, c'est fait, il est prisonnier. Cela fait un mélange de honte, de tristesse et aussi d'un certain soulagement. La guerre est terminée pour lui et il est vivant.

Les camions allemands roulent pendant quelques heures et personne ne parle. Ses compagnons sont comme lui. Ils assimilent lentement cet événement qui va bouleverser leur vie pour un long moment : être prisonnier.

Enfin, les camions s'arrêtent. Le camp est là, grouillant d'hommes. A perte de vue, des baraques et des tentes.

A l'entrée du camp, c'est la bousculade. Les soldats allemands les poussent sans ménagement.

Et soudain, il y a un claquement sec. Tout le monde, prisonniers et soldats, se fige sur place.

Ensuite, il y a des cris, en français et en allemand, et Raymond Marquet pense : « C'est une sentinelle qui a tiré en l'air, ou sur un prisonnier. » Mais soudain, il pâlit. Cet homme, là-bas, qui se tient le ventre et s'écroule, c'est un officier allemand. Un prisonnier a tiré sur lui, mais il est impossible de savoir qui dans cette cohue.

A présent il vient des Allemands de partout. Des dizaines de soldats entourent les prisonniers et les poussent à coups de crosse, tandis que leurs chefs hurlent des ordres. Raymond se rend compte qu'ils sont en train d'isoler un groupe de prisonniers à l'endroit où l'officier a été abattu. Son groupe. Combien sont-ils avec lui, entourés de fusils et de mitraillettes pointés sur eux ? Deux cents peut-être.

Maintenant, on les fait mettre sur un seul rang

et au bout de quelques minutes, ils forment une longue file immobile devant l'entrée du camp.

Un officier arrive à l'un des bouts de la file. Lentement, il se met à la remonter. Raymond Marquet ne comprend pas bien ce qu'il fait. L'officier marche, en faisant un geste de la main, puis il s'arrête, dit quelque chose de très bref et deux soldats se précipitent pour faire sortir un homme du rang. L'officier reprend sa progression, et cette fois, Raymond Marquet comprend : il est en train de les compter. L'officier s'arrête de nouveau. Raymond l'entend dire *zehn,* en français « dix ». Un autre homme est arraché des rangs, et l'officier recommence à compter en abaissant rapidement son index vers chaque prisonnier choisi.

Maintenant, il n'est plus très loin. Marquet tente de calculer à toute allure si le sort va tomber sur lui. L'index de l'officier s'est à nouveau abattu : *zehn.* Un nouveau prisonnier rejoint les autres. Le sergent Marquet fixe avec intensité les quatre ou cinq camarades qui sont juste avant lui. Si la dizaine tombe sur eux, il est sauvé. L'officier vient encore de prononcer le « zehn » fatidique. Raymond Marquet retient sa respiration. Il y a environ dix hommes avant lui, et il entend le bruit des bottes qui se rapproche régulièrement. Il baisse la tête.

Zehn! Raymond Marquet a juste le temps de se redresser et d'apercevoir le visage crispé de l'officier qui pointe le doigt vers lui. Il est immédiatement soulevé par deux soldats qui l'entraînent quelques mètres plus loin.

Sur le moment, il ne sent rien. Il a l'impression de faire une chute libre sans pouvoir se raccrocher à quoi que ce soit. Comme dans un rêve, il continue à entendre la voix de l'officier qui s'éloigne : *zehn... zehn...*

Ils sont maintenant une vingtaine qui forment un petit groupe séparé du reste des prisonniers... Le sergent Marquet veut garder un espoir. Après tout, il ne connaît pas les intentions des Allemands. Peut-être ne va-t-on rien leur faire du tout...

Mais l'espoir est illusoire. Il n'a qu'à regarder les prisonniers qui lui font face, ceux que le sort a épargnés. Sur leur visage, se lit une sorte de soulagement pathétique. Il exprime à la fois la délivrance pour eux-mêmes et la souffrance pour leurs camarades.

Quant aux autres, les « dixièmes hommes », leurs visages, eux non plus, ne trompent pas. Les uns sont hébétés, la bouche ouverte, les bras ballants. D'autres sourient, d'un sourire serein, détaché de tout. Un sourire hors du temps, hors du monde. Ces deux groupes de prisonniers ne sont plus seulement séparés par des soldats en armes. Il y a, entre eux, un abîme.

Fusillé ! Est-ce Raymond qui vient de prononcer ce mot, ou vient-il de l'entendre de l'un de ses camarades ? Il ne sait pas et peu importe. Mais il se voit reporté cinq ans en arrière. Et un souvenir lui revient brutalement : celui qui l'a sans doute le plus marqué de sa vie. C'était à Meknès, au Maroc. Il était alors soldat de deuxième classe. Ce jour-là, on l'avait conduit dans une grande oliveraie. Il avait été désigné pour faire partie d'un peloton d'exécution. L'homme qu'ils devaient fusiller était un soldat musulman qui avait tué son caporal. Avec les autres, il avait attendu longtemps dans l'air encore frais de l'aube. Et puis, il avait vu une silhouette blanche ficelée de cordes noires qu'on entraînait.

« A quoi peut-il bien penser en ce moment ? » s'était dit le soldat Marquet. A présent, il le sait. Cet homme ne pensait à rien, il *ressentait* simplement de toutes ses forces. Il devait regarder le ciel si pur de cette aube marocaine comme s'il voulait s'imprégner de vie, et compenser par l'intensité le peu de temps qu'il lui restait. Lui aussi, en ce soir de juin 1940, ne peut s'empêcher de fixer le ciel lourd, chargé de nuages et d'électricité. Toutes ses sensations ont une violence jamais connue. Il ressent la soif des arbres sur le sol sec. Toutes les couleurs, toutes les odeurs, tous les bruits parviennent à lui.

Raymond Marquet se souvient qu'immobile derrière son fusil, il s'était demandé : « Que peut-il éprouver ? » Cela aussi, il le sait, maintenant. Ce n'est pas de la peur, c'est bien au-delà. Il a l'impression que ce n'est plus du sang qui circule dans ses veines, mais un liquide glacé, innommable, qui coupe la respiration, fait bondir le cœur dans toutes les directions, et assèche la bouche.

Raymond Marquet l'a revue cent fois dans ses cauchemars, cette exécution. Mais que pouvait-il faire ? Il n'était que simple soldat et il n'avait pas le moyen de discuter un ordre. Et puis l'autre était bien coupable, c'était un assassin. Il se souvient qu'au moment de tirer, il s'était dit, une ultime excuse : « Après tout, je vais peut-être le rater. Ce n'est pas forcément moi qui vais le tuer. C'est pour cela que nous sommes plusieurs, pour que l'on ne sache pas, jamais, qui a tué... »

Le ciel bas de cette fin de journée de juin s'est encore alourdi. De temps en temps une grande rafale de vent chargée de poussière monte de la terre. L'orage est imminent. Raymond Marquet regarde le soldat allemand qui le tient en joue à quelques mètres. Il est jeune, il doit avoir vingt ans, l'âge qu'il avait lui-même à Meknès. C'est peut-être lui qui sera désigné pour son peloton d'exécution. Et c'est peut-être à cela qu'il est en train de penser en ce moment. Il doit se dire : « Après tout, si on m'en donne l'ordre, je ne pourrai qu'obéir. Je n'aurai pas le choix, ces gens-là sont coupables. Un prisonnier a gardé une arme et tué un officier. C'est un acte puni de mort. D'ailleurs, je le raterai peut-être... »

Raymond ne cesse de fixer le jeune soldat allemand. Celui-ci s'en aperçoit et le regarde à son tour. Ils restent un long moment ainsi sans baisser les yeux. Et Raymond a tellement l'impression de se revoir lui-même que c'est plus fort que lui : il sourit à l'autre.

Un remue-ménage se fait à l'entrée du camp. Les gradés aboient des ordres et les talons claquent. Une grosse voiture freine brutalement dans un nuage de poussière. Un officier chargé de galons en descend, et fait le salut nazi d'un geste bref. C'est un général. Il se place devant le petit groupe des « dixièmes hommes » et lance quelques mots. Un prisonnier français sort des rangs, tête nue, son casque à la main. Raymond Marquet comprend que le général vient de demander un interprète.

Alors il se met à parler. Un discours violent à la Hitler en martelant ses mots. Il est rouge de colère et il crie, tantôt tourné vers eux, tantôt tourné vers les autres en les désignant du doigt. Raymond est totalement insensible aux vociférations du général qui, sans doute, les couvre d'injures avant de les envoyer à la mort. Il regarde le ciel. Il se demande avec une réelle perplexité : « Quand l'orage va-t-il éclater ? » Comme si cela avait une importance, comme s'il allait être là pour le voir. Mais depuis qu'il a adressé ce sourire au soldat allemand, il a retrouvé la sérénité. Au fond, il n'y peut rien. Il a été désigné pour faire partie des victimes, comme il l'avait été pour faire partie des bourreaux. Il s'agit simplement de changer de rôle.

Le général a terminé son discours, et remonte rapidement dans sa voiture. L'interprète s'avance. Il a du mal à garder une voix normale tant son émotion est forte.

« Le général a dit, par une mesure de clémence exceptionnelle, les hommes tirés au sort ne seront pas fusillés, mais envoyés dans un camp de représailles. »

En retrouvant ses camarades quelques minutes plus tard, Raymond Marquet reste sans réaction devant les effusions et les embrassades. Son corps est vide de toute sensation, sa tête vide de toute pensée. Sauf une, idiote, qui reste obstinément fixée en lui, et le force à sourire : « Ce soir, le jeune Allemand n'aura pas de cauchemars. »

42

LE DERNIER DU MARATHON

Dimanche 20 octobre 1968, Place de la Constitution à Mexico. Il est 15 heures, et les coureurs prennent le départ. Ils sont 74, arrivés de tous les horizons de la planète : Ethiopie, Japon, Nouvelle-Zélande, Turquie, Irlande. 74 coureurs, venus avec l'espoir de donner à leur pays la victoire la plus prestigieuse et la plus inhumaine des Jeux olympiques : le marathon. 42 km 195 à parcourir d'une seule traite.

Le tracé parcourt la ville et la banlieue même de Mexico. Vastes avenues et traversées de parcs immenses, tel le célèbre parc de Chapultepec. Le soleil est écrasant et l'altitude de la capitale mexicaine n'est pas faite pour épargner les concurrents. 2260 mètres au-dessus du niveau de la mer. De plus, la pollution est énorme, Mexico est une des villes les plus polluées du monde. Si haut placée, qui le croirait ?

Parmi le troupeau compact qui allonge ses foulées sur le macadam, un anonyme parmi tant d'autres, John Akvary. Il arrive tout droit de son Afrique natale et, bien sûr, lui aussi est venu pour gagner. Il porte les couleurs de la Tanzanie, pays né en 1964 de la fusion du Tanganyika avec les îles de Zanzibar et de Pemba, dans l'océan Indien. Voici quatre ans précisément que la Tanzanie a chargé un entraîneur de former une équipe nationale pour le marathon. Akvary a été sélectionné avec trois autres camarades qui ont su résister à l'entraînement inhumain de 40 à 50 kilomètres par jour. Akvary descend des Zoulous, il en a hérité l'ambition et l'endurance. Pour le moment les conseils de son entraîneur restent son unique préoccupation.

« Accroche-toi au peloton de tête, respire à fond, profondément. Souffle lentement. Tire bien sur les bras. »

A ses côtés, deux des trois Tanzaniens suivent avec aisance l'allure rapide qui, dès le départ, a été imposée par l'Allemand Jurgen Busch et le Canadien Roelants.

Akvary, qui est venu la veille avec l'entraîneur repérer le parcours en voiture, a pris des repères. Voici le cinquième kilomètre. Ils sont partis il y a un peu plus d'un quart d'heure. Pour des hommes qui doivent courir pendant plus de deux heures encore, ce n'est pas mal du tout. « Respire à fond, profondément, allonge ta foulée. Tire bien sur les bras... » Tandis que le coureur se répète inlassablement cette litanie dans sa tête, une brûlure atroce lui cingle la jambe droite. Il a dû recevoir une pierre, un coup de pied. Mais non. La douleur qui lui déchire le mollet dès qu'il pose le pied à terre ne laisse aucun doute sur l'origine de cette brûlure, il vient de se claquer un muscle. Tout se passe alors en quelques secondes. Akvary cesse de courir, ses deux camarades tournent vers lui des visages où se lisent la surprise et l'anxiété.

« Qu'est-ce que tu as ? »

En claudiquant, Akvary leur fait signe de ne pas perdre le contact avec le peloton de tête.

« Rien, rien, une crampe, continuez, continuez. »

Et comme les autres recollent au peloton, il leur crie :

« Je vous rattraperai ! »

Mais John Akvary sait que ce n'est pas vrai, la douleur atroce l'oblige maintenant à s'immobiliser au milieu de la route. C'est irréversible. Une boule, grosse comme une noix à la base du mollet, lui confirme qu'il s'agit bien d'un claquage. Comme il est là, au milieu de la route, courbé en deux, les mains appuyées au-dessus des genoux, le quatrième Tanzanien s'arrête près de lui et s'inquiète de son sort. Pour toute réponse, Akvary le pousse en avant : « Allez, va, va, je te suis... »

Et parce qu'il le dit, il décide de le faire. Il ne va pas abandonner comme ça ! Il ne gagnera pas le marathon, à présent, c'est certain, mais abandonner est une autre affaire. Machinalement, presque mécaniquement, John Akvary est donc reparti en boitant. Chaque foulée lui arrache une grimace mais il reprend son pas de course. « Respire bien à fond, tire bien sur les bras... » et fais ce que tu peux avec ta jambe droite, ajoute pour lui le Tanzanien.

Et John Akvary va courir ainsi pendant une heure, une heure de martyre, en gémissant chaque fois que la plante de son pied droit touche le sol. A présent il est le dernier. Tous ceux qui ont eu des problèmes ont été ramassés par les ambulances qui se relaient en queue de peloton. C'est ainsi qu'il a vu deux de ses camarades tanzaniens écroulés sur le bord de la route, incapables de parler, disparaître tandis qu'il continue.

Il est maintenant 16 h 30. A Mexico, le soleil est déjà bas sur l'horizon. Dans une heure il fera nuit. Un infirmier descendu de l'ambulance arrive à la hauteur du coureur et lui fait comprendre par gestes qu'il va lui mettre un pansement pour comprimer le muscle claqué, mais Akvary secoue la tête. S'il s'arrête, c'est terminé, il ne pourra plus repartir. Alors il continue de courir en boitant bas, et voit un groupe de spectateurs qui soutient un coureur écroulé sur le bord de la route. Encore un qui n'a pas eu de chance, pense-t-il. En arrivant à sa hauteur, il reconnaît le maillot, alors, il tourne la tête.

« Tchaka ! pas toi ! »

Dans un réflexe, Akvary s'est arrêté, pour rejoindre son camarade étendu sur le sol.

« Tchaka, tu ne vas pas abandonner ! »

Mais avant qu'il ait pu ajouter un mot, le Tanzanien est étendu sur une civière et transporté dans l'ambulance. C'est la fin d'un beau rêve. Le podium, le drapeau tanzanien montant au mât olympique, tandis que l'hymne de son pays retentit, la médaille que l'on passe au cou, le retour triomphal au pays, toutes ces images défilent dans la tête de John Akvary. Pour un peu il en pleurerait de rage. Tous ces kilomètres parcourus pour rien. Ces heures de souffrance, ces années de lutte et d'espoir réduites à néant. L'homme en blouse blanche revient vers lui et palpe sa jambe, le contact des doigts du médecin arrache un cri de douleur au blessé, et l'homme en blanc hoche la tête négativement. Il n'y a rien à faire. Il se relève et prend Akvary sous le bras.

« Allez, venez, c'est fini... »

L'ambulance est à deux pas, encadrée par deux motos de la police dont les gyrophares bleus lancent des éclairs. La foule s'est refermée sur eux et les entoure, silencieuse, consciente du drame qui se déroule devant elle. C'est toujours triste la fin d'un héros. Mais tout à coup, Akvary secoue son bras et retire la main du médecin qui l'entraîne. Non! Il ne va pas abandonner! Il arrivera! Le dernier, peut-être, mais il arrivera. Il ne sera pas dit que le nom de la Tanzanie ne figurera pas à l'arrivée du marathon. Finir le marathon, c'est remporter une victoire. Inscrire son nom sur la liste, c'est prouver au monde entier que son pays a eu raison de lui faire confiance, c'est le remercier de ses efforts. C'est l'encourager à entraîner d'autres coureurs qui auront peut-être plus de chance que ses camarades et lui...

Alors Akvary se redresse et fait comprendre à l'homme en blanc qu'il veut qu'on lui applique un emplâtre.

Devant la surprise et la réprobation qui se lit sur son visage, le Tanzanien ne trouve qu'un argument : il sourit. Et ce sourire va convaincre le docteur mexicain. Pendant de longues minutes, il masse le muscle claqué, puis il met l'emplâtre, et aide Akvary à repartir. Car il repart. Il reprend la route du stade, tantôt marchant, tantôt trottinant, escorté par une foule muette qui comprend et partage le supplice de cet homme qui souffre le martyre mais ne veut pas abandonner. Et la montée au calvaire va durer trois heures. Pendant trois heures, Akvary va se traîner sur la route qui mène au stade olympique. Pendant 180 minutes il n'a qu'une seule pensée, qu'un seul but, franchir la ligne d'arrivée. Cette silhouette titubante qui s'avance dans les rues de la ville n'est plus qu'une immense volonté propulsée par le désir de ne pas décevoir une jeune nation qui a placé toute sa confiance en lui.

Et voilà le stade tout illuminé. Le premier du marathon est arrivé voici plus d'une heure. Les épreuves sont finies depuis environ 35 minutes et la majorité du public a déserté le stade. Pourtant quelques centaines sont restées, attendant quoi ? On ne sait pas. Ou plutôt si. Sur la piste, des juges sont restés et une ambulance est venue s'arrêter près d'eux. On a sorti une civière et tout ce monde regarde l'entrée du tunnel. Car le bruit a couru : « Il y a un coureur du marathon qui arrive »; alors en silence on regarde et on attend.

Et tout à coup une silhouette apparaît à la sortie du tunnel. Silhouette minuscule et dérisoire d'un athlète qui traîne la jambe. Ebloui par les centaines de projecteurs qui éclairent la piste, l'homme s'est presque arrêté, il semble hésiter. Comprenant soudain toute la portée du drame qui se joue devant lui, le public explose en applaudissements et le coureur se redresse. Encore 500 mètres et c'est fini. Alors, rassemblant ses dernières forces, l'homme se remet à courir. A chaque foulée sa jambe droite plie tellement que l'on croit qu'il va s'écrouler sur la piste. Encore 300 mètres, 200 mètres, et la ligne droite. Les spectateurs hurlent, même les juges à l'arrivée se laissent gagner par l'enthousiasme qui étreint les témoins de cette course inhumaine. Encore 20 mètres, l'homme ne court plus, il titube vers la ligne blanche. 10 mètres, plus que trois pas. Une clameur immense jaillit dans le stade quasi désert lorsque le coureur franchit enfin la ligne d'arrivée. On se précipite, on le soutient, on l'allonge inanimé sur la civière. Et les juges écrivent sur la liste officielle du marathon de Mexico, à la date du 20 octobre 1968 : 57e — John Akvary — Tanzanie — 3 h 25'17". Pas une douleur de moins.

43

LA MORT DU PIANISTE

Ils sont quatre hommes venus d'horizons différents. Ils sont quatre hommes séparés par 50 mètres à peine, de part et d'autre d'une petite place de Madrid. Ils sont quatre hommes en ce début mars 1939, au moment où la guerre civile d'Espagne va s'achever par la victoire des Franquistes. Trois d'entre eux seront les acteurs d'un drame, le quatrième en sera le témoin. Deux font partie de l'armée dite « nationaliste » du général Franco : José Gomez, 20 ans, s'est engagé dans l'armée franquiste sur les instances de son oncle, vicaire à Bilbao, qui lui a raconté les atrocités commises par les communistes qui quittaient sa ville. Engagé aussi parce que la prime d'engagement était la bienvenue.

Le second a pour nom Manuel Primo Azona, il est depuis juillet 36 du côté de Franco, et fait partie des tout premiers fidèles qui sont partis des Canaries avec lui pour rejoindre les forces nationalistes. Le métier des armes est pour lui l'occasion de dépenser son énergie. Il est soldat par fatalité, comme d'autres sont boulangers par hérédité, ou moines par hasard. Il a gravi l'échelle des grades à la force du fusil, et aujourd'hui il est lieutenant. Il a la réputation d'être brave sans témérité, sévère avec indulgence et a toujours refusé les exécutions sommaires, laissant aux tribunaux le soin de juger et de condamner.

Du côté des Républicains, il y a Michel Puig, qui était pianiste à Paris et s'est engagé dans les Brigades internationales parce qu'il a horreur qu'on touche à la liberté, tout simplement. D'origine basque, il a fait le conservatoire de musique à Paris. Il travaillait le soir dans un cabaret de Montmartre, lorsque, en avril 1937, le bombardement de Guernica par l'aviation allemande avec ses 1 654 morts le bouleversa profondément. Fin 37, il s'engage dans les Brigades internationales. C'est un idéaliste passionné qui ne connaît pas la haine bien que ses meilleurs amis aient été pris par les franquistes et torturés avant d'être passés par les armes lors de la prise de Teruel par les nationalistes.

Le quatrième est un jeune journaliste français, épris lui aussi de liberté, correspondant de guerre auprès des armées républicaines, il s'appelle André Labarthes.

Ils sont donc là tous les quatre avec d'autres, accroupis dans les ruines des maisons qui ont subi les bombardements répétés des avions allemands de la légion Condor. Depuis deux semaines on se bat pour une place, une rue, un pan de mur. La lutte pour Madrid a pris des proportions considérables... Aux bombardements succède le tir au canon, à la suite duquel on se lance à l'attaque à la grenade, pour finir en combat au corps à corps à la baïonnette, quand ce n'est pas au couteau.

La patrouille du lieutenant Manuel Primo Azona, en cette matinée de printemps, progresse en direction d'une petite place encombrée de débris de toutes sortes. Celle de Puig, dans laquelle André Labarthes a pris place, arrive elle aussi devant cette place et tout à coup les chefs des deux patrouilles stoppent d'un geste impératif la progression de leurs hommes. L'ennemi ?... Non.

Au milieu de ce sol de désolation, parmi ces « choses » informes qui furent des maisons, des meubles, des escaliers : un piano. D'où vient-il ? Comment est-il arrivé là ? Personne ne saurait le dire. Sans doute cette accumulation de hasards qui fait dire aux uns « c'est incroyable », et aux autres « c'est un miracle ». Peu importe, le piano est là, quasiment intact, couvert de poussière, mais intact.

Manuel Primo Azona se tourne vers José Gomez et le désigne d'un coup de menton :

« Etonnant, non ? »

A ce moment précis une foule de souvenirs afflue à sa mémoire. Il se revoit enfant, faisant des gammes dans le salon de ses parents. Son père, une petite baguette de buis à la main, surveille le passage du pouce et lui donne de petites tapes sur les doigts lorsque ceux-ci ont tendance à devenir « raides ». Une bouffée de bonheur l'inonde tout entier. La vie était douce. Mais il est tiré de sa rêverie par le bout du fusil de José qui se trouve juste derrière lui :

« Regardez ! »

Là-bas, derrière des gravats, une ombre accroupie progresse. José ajuste son fusil, mais Manuel lui fait signe de patienter. Inutile pour le moment de perdre des balles, et de signaler leur présence. Attendre est plus sûr. Personne ne peut les prendre à revers, et la vue devant eux est suffisamment dégagée pour voir venir. Rien ne presse.

Donnant l'exemple le lieutenant s'assoit sur un tas de bois et toute la patrouille en fait autant. Il est aux environs de 13 heures, le soleil brille dans un ciel sans nuages. Seul le bourdonnement des insectes trouble le silence. Et soudain, dans l'air tranquille, quatre notes de musique montent une à une bien détachées. Manuel n'a aucun mal à les identifier. DO MI SOL DO. Les hommes échangent un regard surpris. Cela vient du piano. Avant qu'ils aient pu faire un geste, trois autres notes retentissent, puis un accord. D'un geste, Manuel fait signe à ses hommes de ne pas bouger. Le « Rouge » qui joue est sûrement un pianiste. Cette gamme suivie d'un accord ne trompe pas. C'est ce que tous les pianistes du monde font pour essayer un piano. En se penchant un peu Manuel voit le dos de l'instrument, dont la toile déchirée flotte doucement au vent, comme un drapeau. Le pianiste républicain prudemment accroupi derrière l'instrument fait des arpèges. Ses doigts courent le long du clavier en une vague montante et descendante qui ne laisse plus aucun doute, quant à la qualité de l'exécutant. Puis, après un nouvel accord, une mélodie enchaîne le plus naturellement du monde et Manuel la reconnaît instantanément. Sa mère la jouait à ravir, c'est la célèbre *Danse Espagnole n° 5* de Granados.

Le lieutenant se tourne vers ses hommes subjugués. Il existe des moments dans la vie où le temps cesse réellement de compter. Dans cette désolation, au cœur de cette guerre impitoyable où des hommes d'un même sang s'entre-tuent au nom de la liberté, cette musique prend une allure quasi irréelle. C'est un instant d'éternité que vivent tous ces soldats qui, voici quelques instants encore, se massacraient sans pitié. La mélodie sublime de Granados monte ainsi dans le ciel sans nuages de la capitale déchirée, comme un armistice étrange. Brusquement la guerre fait place à un moment d'intense émotion. Une même communion réunit ces combattants fratricides. Manuel ferme les yeux : c'est à ce moment-là qu'il tournait la page de la partition sur un petit signe de tête de sa mère. Les jolies mains de sa mère... Les longs fuseaux blancs aux ongles couleur cerise...

De l'autre côté de la place, à quelques mètres des Blancs, les Rouges eux aussi sont sous le charme. André, le Français, observe le pianiste qui peu à peu se redresse pour mieux jouer cette danse qui impose une sorte de trêve. Lui aussi s'évade de cette désolation. A ses côtés les autres volontaires des Brigades internationales vivent ce moment entre parenthèses, dans l'immobilité la plus totale.

Manuel se penche un peu pour regarder en direction de l'instrument. A présent il voit le visage du pianiste. Lui aussi, tout à son interprétation, n'est plus, à cet instant précis, un combattant. Son visage reflète un curieux bonheur. Il a des lunettes, une grosse moustache noire lui barre le visage, sa tête oscille doucement au rythme de la mélodie...

Le fracas d'une déflagration éclate à l'oreille de Manuel qui d'abord ne comprend pas. Le pianiste s'est arrêté net et a basculé en arrière, sur un accord, surpris. Le lieutenant tourne la tête et voit José baisser lentement son fusil dont l'extrémité du canon fume encore. Manuel pense encore qu'il va se réveiller. Dans un cauchemar, arrivé à cette intensité d'émotion, on se réveille en sursaut ! Mais tout ceci est bien réel. Le piano est redevenu silencieux.

Alors, devant l'horreur d'une telle ignominie, Manuel arrache le fusil des mains de José et braque son revolver dans sa direction. A quelques mètres de là, André le Français, lui aussi, comme tous les témoins du drame, est frappé de stupeur. A terre devant le piano, le musicien est étendu, bras en croix. Un filet de sang s'écoule par un petit trou rond en plein milieu du front. Les lunettes ont glissé sur son menton. Ses mains sont grandes ouvertes, comme ses yeux, face au ciel, muettes. Une bouffée de colère et de dégoût l'envahit soudain. André se dresse, saisit son fusil et ouvre la bouche pour dire quelque chose. Mais il n'a pas le temps de prononcer une parole. Un coup de revolver claque de l'autre côté des franquistes à quelques mètres de lui.

Alors il repose son fusil et s'assoit doucement. Il se sent las, très las, accablé par la guerre et sa bêtise. Et le titre d'un livre lui vient à l'esprit. Un livre écrit, quelques années auparavant, par un camarade français qui combat lui aussi contre la dictature : *La condition humaine*. Une évidence.

44

LA VIE DANS LA MAIN DROITE

Il est 6 heures, un samedi après-midi, quand Léopold Brucker abaisse la longue visière de son casque sur son visage. Il ne lui reste plus que quelques centimètres à souder et son travail sera terminé, le retard rattrapé, il est content.

Au contact de l'acier du tuyau, l'électrode fait jaillir des gerbes d'étincelles, et du fond de sa tranchée de 3 mètres de profondeur, Léopold entend confusément le bruit de la circulation bruxelloise, là-haut, sur l'avenue. Dans cinq minutes, il pourra rentrer chez lui, comme les autres l'ont fait voici une heure. Penché sur le tuyau métallique, Léopold se concentre sur ses dernières soudures, lorsque sans un bruit, sans qu'aucune vibration ne l'en ait averti, l'un des flancs de la tranchée s'éboule. Plaqué au sol par le poids de la terre qui lui recouvre le corps, le soudeur tente de se redresser... Il y parvient presque lorsqu'un deuxième éboulement se produit, interdisant tout mouvement. Dans sa chute, son nez a heurté son masque protecteur et du sang coule sur son visage en filet tiède. Respirant mal, enterré sous des kilos de glaise, Léopold fait un rapide bilan de la situation. Il lui est impossible de remuer les jambes, et à plus forte raison le corps, sa tête est immobilisée, mais grâce au Ciel son masque de soudeur a ménagé une petite poche d'air. Son bras gauche est replié sous lui, et il éprouve une curieuse sensation en vérifiant l'état de sa main droite. Elle n'est pas alourdie comme tous ses autres membres. Il lui semble même que tous ses doigts peuvent remuer librement. Cette petite boule dure, qu'il devine, est un caillou, et ce tube rond est le tuyau de son arc électrique. Sa main droite est libre. Il va pouvoir creuser.

Avec l'énergie du désespoir, le malheureux se met à gratter la terre. Ses ongles s'enfoncent dans une glaise que ses doigts rejettent quelques centimètres plus loin. C'est un travail de termite et Léopold se rend compte de l'inutilité de ses efforts. Alors il tire de toutes ses forces sur son bras, et sa tête réussit à remuer de quelques centimètres. Puis tout son corps se paralyse à nouveau; il lui faut se rendre à l'évidence, il ne peut rien faire d'autre que d'attendre un secours extérieur. Il est enterré vivant avec pour seul espoir sa main droite qui à l'air libre témoigne de sa présence sous cet amas de terre. Au-dessus de lui, les hommes vivent et respirent, une ville grouille, Bruxelles gronde de la circulation du soir, qui se calme peu à peu. Léopold n'a guère d'espoir, dans ce chantier, d'être découvert par un promeneur. Mais Jean Brucker, le jeune frère de Léopold, sort de chez lui. Il a rendez-vous avec quelques amis dans une grande brasserie de la place de Brouckère. Ils vont, comme chaque samedi, dîner ensemble. Et tandis qu'il enfourche son vélo, quelque chose de bizarre lui parvient aux oreilles. Comme si quelqu'un l'appelait d'une voix étouffée et lointaine. Le jeune homme a beau se retourner et regarder dans toutes les directions, il ne voit personne. C'est un léger malaise. C'est étrange, il aurait juré que quelqu'un s'adressait à lui. Quelques secondes plus tard, il se raisonne et poursuit sa route. Tout à coup, le visage de son frère apparaît devant ses yeux, il le voit tel qu'il était quelques heures plus tôt, avenue Prékéliden. Jean passait par là et s'était arrêté pour dire bonjour à Léopold. Il était au bord de la tranchée dans laquelle on posait des conduites d'eau. Jean s'arrête de rouler, saisi d'une idée bizarre. La voix dans son oreille, puis le visage de son frère brutalement imprimé devant ses yeux, comme une image de film, font une association inexplicable. Mais l'image était si fugitive, que Jean ne trouve aucune raison au trouble qui l'a saisi l'espace d'un instant; il se demande tout simplement s'il n'a pas oublié de dire quelque chose à son frère. Il ne le croit pas vraiment, mais il « fait comme si », et se dit qu'il va passer au chantier, où peut-être son frère travaille encore.

Une horloge sonne 6 heures. C'est à ce moment que Jean réalise que sans s'en rendre compte il roule déjà en direction de l'avenue Prékéliden, c'est-à-dire du chantier.

Au fond de son trou, Léopold a repris un peu

d'espoir. De sa main libre, il a réussi à saisir la poignée de son appareil à souder. Il suffit d'en appuyer l'extrémité sur une surface métallique pour produire un arc et faire jaillir des étincelles. Il tâtonne dans l'espoir de découvrir avec son unique main libre une conduite d'eau. Mais elle n'est pas à sa portée. Prenant alors le manche de l'appareil presque à son extrémité, il recommence son tâtonnement et, tout à coup, sent la vibration. Il a trouvé la conduite, il la touche et les étincelles doivent jaillir à l'air libre. Il suffirait à présent que quelqu'un regarde dans le trou, intrigué par ces lueurs, et il serait sauvé. Il doit tenir dans cet espoir, car il a rempli lui-même ce matin le réservoir du groupe électrogène et le courant peut fonctionner encore quelques heures. Le seul problème angoissant est l'air qui commence à manquer. Pour ménager le courant, et la crampe de sa main droite, il décide de faire son signal toutes les 30 secondes, et se met à compter.

Pendant ce temps, son frère Jean arrive à la hauteur du chantier et un bref regard circulaire lui indique qu'il est désert. Venir jusque-là pour le constater était une idée saugrenue. Son frère est parti, c'est évident, puisque la journée de travail est terminée. Comme la rue se rétrécit à cet endroit, il descend de bicyclette et marche un moment sur le trottoir défoncé. Une jeune femme avec un bébé dans une poussette l'oblige même à porter son vélo sur l'épaule pour lui permettre de passer, et il se demande ce qu'il est venu faire ici, puis, arrivé à l'extrémité de la tranchée, Jean Brucker remonte sur sa bicyclette et s'éloigne. Léopold est enterré vivant depuis près de deux heures.

A présent sa respiration est devenue rauque, l'air frais qui s'infiltre ne se renouvelle plus suffisamment. C'est l'asphyxie à brève échéance. Mais malgré l'angoisse qui lui étreint la gorge, Léopold continue d'appuyer sur son arc à peu près toutes les trente secondes. Cette vibration qu'il ressent à chaque fois dans le poignet lui laisse un peu d'espoir, car la nuit doit tomber sur Bruxelles et les étincelles vont mieux se voir. S'il pouvait faire un petit trou pour respirer, tout irait mieux, mais vingt fois Léopold a tenté de relever la tête, ou de la tourner pour augmenter le volume de la poche d'air. Chaque tentative ne lui a apporté qu'un essoufflement supplémentaire. Alors il s'est résigné : ou quelqu'un va le voir, ou il mourra là, comme une bête, à quelques mètres seulement de tous ces gens qui vont et viennent dans l'avenue, ignorants du drame qui se joue moins de 3 mètres sous leurs pas.

A la brasserie où il achève de dîner, Jean Brucker, immobile devant un verre de bière, se lève tout à coup. Il a enfin trouvé ce qui n'allait pas sur le chantier lorsqu'il y est passé tout à l'heure. Depuis son arrivée à la brasserie, une impression bizarre lui trottait dans la tête. Quelque chose qu'il avait vu ou entendu, et dont il ne se souvenait plus, mais anormal, de cela il était sûr. Et il a trouvé. C'était au moment où il a soulevé sa bicyclette pour laisser passer la femme et la poussette. Il a entendu le groupe électrogène qui tournait, il en est sûr à présent. C'était bien le bruit du moteur du groupe qu'il n'a perçu qu'une fraction de seconde, car avant d'analyser d'où venait le bruit, la femme est arrivée et son attention a été distraite. Mais sa mémoire a enregistré le message qui vient seulement de lui revenir après plus d'une heure d'efforts et de sentiment de malaise.

Il se lève brusquement pour partir, et ses camarades s'étonnent. Mais l'explication qu'il pourrait leur donner paraît soudain si bête qu'il n'ose même pas la formuler. S'inquiéter parce que le groupe électrogène fonctionne peut être ridicule. Il s'arrêtera de toute façon en arrivant à bout d'essence, si un voisin gêné par le bruit ne téléphone pas pour qu'on vienne l'arrêter. De toute façon ce n'est pas son problème à lui, Jean, d'aller s'occuper d'un groupe électrogène sur un chantier qui n'est pas le sien, et, qui plus est, un samedi soir...

Alors, pour ne pas dire à ses camarades la vérité, pour ne pas avoir l'air stupide en avouant cette angoisse bizarre, inconnue, impérative, qui le pousse à retourner là-bas, il bafouille :

« Excusez-moi, je ne me sens pas bien, je vais revenir ! »

Et sans plus d'explications, Jean Brucker sort de la brasserie, comme si sa vie en dépendait, à grandes enjambées.

Là-bas, sous son tumulus de terre et de boue pesante, Léopold s'est arrêté de compter. Tout se brouille dans sa tête, et les doigts de sa main droite peuvent à peine tenir la poignée de l'arc électrique. Il sait pourtant qu'il doit continuer et que sa seule chance est de faire des étincelles pour ne pas mourir. Un passant plus curieux que les autres regardera forcément dans ce trou à feu follet. Le contraire est impossible dans la logique. Mais combien de temps faudra-t-il? Combien de temps est-il déjà passé... Léopold ne sait plus. Il rassemble ses dernière forces et pousse l'arc en direction du tuyau. Les vibrations du manche l'avertissent que les étincelles jaillissent à nouveau. Mais l'effort a été si violent que Léopold perd conscience, sa main reste crispée sur cet ultime contact avec le monde des vivants, mais il ne le sait pas lui-même. Jean Brucker arrive au chantier une dizaine de secondes plus tard et se dirige vers le groupe. Il ne s'était pas trompé, le moteur ronronne. Comme il s'apprête à l'arrêter, une lueur attire son attention. Elle vient de la tranchée. Il s'en approche et voit cette main toute seule, sortie du sol comme une plante étrange et qui tient l'arc électrique. Le métal commence à fondre sous l'effet de la chaleur. Jean saute dans la tranchée, saisit cette main inerte, presque froide, il la reconnaît, et du même coup c'est son angoisse qu'il reconnaît. Il est arrivé malheur à son frère. Depuis plus de deux heures, il le sentait.

Ne pouvant le dégager tout seul, il appelle à l'aide et fait prévenir les pompiers. En dix minutes, le corps de Léopold Brucker est dégagé. Son cœur est faible, mais il tiendra. Dans quelques jours il pourra même plaisanter de son aventure; et tandis que l'ambulance fonce en direction de l'hôpital, Jean, qui serre la main de son frère dans la sienne et ne la lâche plus, se demande ce que tout le monde se demande dans ces cas-là : Prémonition ou hasard?

Hasard disent ceux qui réfléchissent. Prémonition disent ceux qui s'aiment.

TABLE DES MATIÈRES

1.	La beauté du diable	7
2.	Le cahier du passé	15
3.	Le jour du boulanger	23
4.	La cargaison du *China Sun*	31
5.	Le rôle de sa vie	39
6.	Agonie par téléphone	47
7.	Le seigneur des Monédières	55
8.	Une certaine image	63
9.	Le lâche	69
10.	Dans la douleur	77
11.	Un gentleman paie toujours ses dettes .	85
12.	La plus grosse araignée du monde . . .	93
13.	Le destin d'Aimée	101
14.	Le mot de passe	107
15.	L'homme sans terre	115
16.	Celui qui était mort demain	121
17.	Un S.O.S.	129
18.	Le mur	137
19.	Un bébé nu	145
20.	Le saut de l'ange	153

21. Quinze jours de hoquet 159
22. Le Pas de la Miséricorde 167
23. Un grand honneur 175
24. Le gentleman pauvre 183
25. Drame en trois actes 191
26. Le petit homme de Vienne 197
27. La conscience 205
28. Entre ciel et terre 213
29. La miraculée 221
30. La route de l'évasion 229
31. La fille 237
32. Journal du soir espoir 245
33. Une erreur surhumaine 253
34. Le zeppelin 261
35. Le sac à dos bleu ciel 267
36. Crime passionnel 275
37. Le déserteur 283
38. Comme un chien malade 291
39. Merci de n'être surpris de rien 299
40. Ce sont des choses qui arrivent 307
41. Le dixième homme 315
42. Le dernier du marathon 323
43. La mort du pianiste 331
44. La vie dans la main droite 339

« Composition réalisée en ordinateur par IOTA »

IMPRIMÉ EN FRANCE PAR BRODARD ET TAUPIN
7, bd Romain-Rolland - Montrouge - Usine de La Flèche.
LIBRAIRIE GÉNÉRALE FRANÇAISE - 14, rue de l'Ancienne-Comédie - Paris.
ISBN : 2 - 253 - 03228 - X

30/5781/7